Treasured Siren

Das Schicksal liegt in unseren Händen

Mavie Fleur

Cover: Sternfeder Verlag
Lektorat: Lektorat Textträume by Sabrina Hausmann
Illustrationen: Mavie Fleur
Herausgegeben von: Sternfeder Verlag, Bogenstr.8, 58802 Balve
www.sternfederverlag.de
produktsicherheit@sternfederverlag.de
Verlagslabel: Sternfeder Verlag
Druck und Distribution im Auftrag des Verlags.

Bibliografische Informationen der Deutschen Nationalbibliothek:
https://portal.dnb.de/opac.htm

Für alle, die als Kind lieber Meerjungfrau gespielt haben statt Bahnen zu ziehen - und es vielleicht noch immer tun

Content Notes

Hinten im Buch findest du eine ausführliche Liste der Content Notes. Achtung, Spoiler.

Bitte, passt beim Lesen auf dich auf.

Playlist

- Siren – Ateez
- War of Hearts – Ruelle
- THE DEATH OF PEACE OF MIND – Bad Omens
- COMPLETE MESS – 5 Seconds of Summer
- Figure You Out – VOILÀ
- Sorry – The Rose
- DON'T – Ari Abdul
- White Glove – Dove Cameron
- Change Me – Justin Bieber
- Dirty Thoughts – Chloe Adams
- Fire Up the Night – New Medicine
- Moon – Austin Giorgio
- Bleed – Connor Kauffmann
- Monster In Me – Little Mix
- PARANOIA – KANGDANIEL
- Harder To Breathe – Letdown.
- stay a little longer – ROSÉ
- Shadow - Livingston

Kapitel 1

Anouk

Wie in Trance beobachte ich das glitzernde Wasser vor mir. Leichte Wellen sind zu erkennen, sanft schwappen sie gegen den Rand des Glases.

Schon als Kind zog mich jegliche Form von Wasser magisch an, und der Grund dafür liegt wohl auf der Hand – eine Meerjungfrau hat das eben im Blut. Mein Vater musste mich als Kind oft aus dem Freibad tragen, weil ich am liebsten bis zum Einschlafen dort geblieben wäre.

Mittlerweile ist das anders. Obwohl ich es liebe, schwimmen zu gehen, vermeide ich es. Nicht wegen der fehlenden Lust, sondern wegen der Gesetze. Oder besser gesagt der fehlenden Gesetze.

»Nyx? Hey, Anouk.« Zoes Stimme dringt zu mir durch, doch ich sehe sie erst an, als sie mir mein Glas aus der Hand nimmt. »Zu viel getrunken?«, fragt sie belustigt.

»Nicht so viel wie du«, erwidere ich, ohne direkt auf ihre Frage einzugehen. Ich drehe mich um und blicke in das strahlende Gesicht meiner besten Freundin. Ihre grün-blauen Augen funkeln dezent, was ich eindeutig dem Alkohol zuschiebe.

Ihr leises Lachen vermischt sich mit den Bässen der Musik, und ich nehme ihr mein Glas wieder ab, um den übrig gebliebenen Schluck zu trinken.

»Es ist nicht normal, dass du dir von einem Typen eine Sprite ausgeben lässt anstelle eines Cocktails«, tadelt sie mich. Ihr Blick streift durch die Menge, um den blonden Haarschopf zu finden. »Damit hast du ihn eindeutig vergrault.«

»Das ist gut möglich.« Seit ich ihn vor einigen Minuten weggeschickt habe, ist er wie vom Erdboden verschluckt. »Eigentlich wollte ich mir gar nichts von ihm ausgeben lassen. Er hat darauf bestanden. Außerdem ist das keine *Sprite*, sondern Wasser.«

»Wasser?« Ungläubig schüttelt sie den Kopf, denn eigentlich mag ich kein Wasser. Es ist langweilig. »Ich schweife ab. Anouk, mit ein wenig Geflirte gehst du keinerlei Verpflichtungen ein.«

»Trotzdem ist mir das unangenehm. Ich wusste sofort, dass er nicht mein Fall ist. Hätte ich etwas von ihm gewollt, wäre es etwas anderes gewesen. Aber das war von Anfang an zum Scheitern verurteilt. Der Kerl war nervig. Ich habe nicht einmal nach seinem Namen gefragt.«

Belustigt zieht Zoe die Lippen kraus. »Höflich wie immer.«

»Wie lange kennen wir uns?« Mit einer schwungvollen Bewegung drehe ich mich auf dem Hocker zu ihr. Mir reicht es, morgen mit einem Kater aufzuwachen. Auf einen steifen Nacken verzichte ich gern.

»Drei Jahre«, erwidert sie trocken, als ob ihr die Absicht hinter meiner Frage unklar wäre. Daher spiele ich dieses Spiel mit, werde noch ein wenig konkreter.

»Drei Jahre, in denen ich mir wie viele Drinks habe ausgeben lassen?«

»Jaja.« Sie rollt mit den Augen und seufzt theatralisch. Dennoch verzieht sie das Gesicht zu einer Grimasse und bestellt uns zwei Shots beim Barkeeper. »Du lässt dir die Drinks lieber von deiner besten Freundin ausgeben«, sagt sie schließlich, weil sie genau weiß, dass ich auf eine Antwort bestehe. Diese unangenehme Beharrlichkeit schiebe ich einfach mal auf den Alkohol, wobei ich im Alltag eigentlich genauso bin.

»Stimmt genau.« Ich drücke ihr einen Kuss auf die Wange, auf der sofort ein rosafarbener Abdruck sichtbar wird, den ich wegwische. Das Kussecht ist also eindeutig eine Lüge. »Weil meine beste Freundin keine komischen Erwartungen hat.«

»Auf eine erfolgreiche Nacht.« Zoe nimmt eines der kleinen Gläser in die Hand und stößt es gegen mein eigenes.

»Auf eine schöne Nacht«, stimme ich zu und leere den Shot in einem Zug. Die süßliche Flüssigkeit brennt dezent im Rachen, sorgt für eine angenehme Wärme.

Zoe verträgt deutlich mehr als ich, und trotzdem lasse ich mir keine Runde entgehen. Es ist wie ein Zwang. Gut, dass wir selten in solchen Clubs feiern gehen. Im Sommer gibt es hier nämlich die besten Beachpartys, für die man keinen Eintritt zahlen muss. Ich liebe das Studentenleben in San Francisco, liebe den Alltag, den ich aus England nicht kenne. Das Leben hier ist deutlich freier.

»Du weißt, ich habe durch ein ausgegebenes Getränk die Liebe meines Lebens kennengelernt.«

»Gale hat dir einen Kaffee in einem Café spendiert, weil ihr an einem gemeinsamen Projekt gearbeitet habt«, erinnere ich sie. »Er hat dich nicht vollkommen dicht im Club von der Seite angemacht.«

»Und wenn schon. Ob Kaffee oder Cocktail. Getränk ist Getränk. Selbst dein Wasser. Vielleicht findet er dich deswegen ja süß. Du bist anders als die anderen Frauen.«

»Ja, ich bin mit meinem Wasser richtig geheimnisvoll.« Ich verdrehe übertrieben die Augen, damit sie es selbst in der Dunkelheit des Clubs sehen kann.

»Bist du«, stimmt sie zu. »Allerdings nicht wegen des Wassers. Und geheimnisvoll toll, nicht geheimnisvoll gruselig.«

»Was?« Amüsiert schüttle ich den Kopf. »Das musst du mir bitte erklären.«

»Naja, toll im Sinne von Eleven aus *Stranger Things*. Sie hat diese unglaublichen Kräfte, die sie verstecken muss. Wie du. Und gruselig wie *The Sixth Sense*. Dieser kleine Junge, der tote Menschen sieht. Oder Chucky. Gott ja, *das* ist gruselig.«

Es gibt nichts Besseres als eine betrunkene Zoe. Ich liebe meine beste Freundin immer. Ihr Humor ist rund um die Uhr unverbesserlich, aber wenn sie trinkt, schießt sie den Vogel ab.

»Was für ein liebevoller Vergleich. Danke, dass ich keine Mörderpuppe bin.«

»Sehr gern«, antwortet sie zufrieden.

»An der Tatsache, dass der Kerl absolut nichts für mich war, ändert das allerdings nichts.«

»Muss es auch nicht. Ich möchte bloß, dass du weißt, dass du eine begehrte Frau bist. Das darfst du ruhig wissen.«

»Du bist süß.« Meine Lippen verziehen sich zu einem Lächeln. »Dass ich dich hier kennengelernt habe, ist übrigens das Beste, was mir passieren konnte. Da kann kein Mann mithalten.«

»Jetzt bist du süß. Das kann ich genauso zurückgeben. Und genau deswegen: Barkeeper? Können wir noch zwei haben?« Sie deutet auf die leeren Gläser, die direkt durch zwei frische Shots ersetzt wurden.

»Du bist mein liebster Flirt auf jeder Party«, scherze ich und stoße wieder mit ihr an.

»Hach, Anouk.« Zoe kichert leise. »Da wird mir ganz warm ums Herz.«

Wir trinken beide unseren Shot, genießen den süßen Alkohol, und sie will sich gerade hinsetzen, da kommt mir eine andere Idee.

»Lass uns tanzen.« Noch bevor sie antworten kann, stehe ich vom Stuhl auf. Beherzt greife ich nach ihrem Handgelenk, um sie auf die Tanzfläche zu ziehen. Manchmal muss man Zoe nämlich zu ihrem Glück zwingen.

Sie murmelt etwas vor sich hin, was ich dank der lauten Musik kaum verstehe. Dass ihr Gesicht dabei Bände spricht, sie gar mit den Augen rollt, ignoriere ich gekonnt. Sie kann mir nämlich nicht böse sein. Dafür tanzt Zoe viel zu gern mit mir. Da bin ich mir ganz sicher. Zu neunundneunzig Prozent zumindest.

Schnell legt sich die abweisende Haltung, und sie bewegt sich zu den pulsierenden Bässen der Musik. Zoe ist von solch einer Eleganz geprägt, dass ich es jedes Mal aufs Neue genieße, sie beim Tanzen zu beobachten, während ich mich selbst von den Klängen mitreißen lasse. Schon nach wenigen Minuten gibt es nur noch sie und mich. Die Menge um uns herum ist komplett ausgeblendet, obwohl wir immer mal wieder angerempelt werden. Aber das gehört dazu. Ohne würde sogar irgendetwas fehlen. Schwitzende Menschen, blendende Scheinwerfer und Musik, die so laut ist, dass man schreien muss, um sich zu verstehen – das ist der Himmel.

Grinsend streiche ich meine blonden Haare zurück, in denen einzelne Bänder eingeflochten sind. Aus einem kurzen Tanz sind bestimmt zwei Stunden geworden. Ein gutes Lied folgt dem nächsten, sodass man keine Chance hat, die Fläche zu verlassen. Demnach gehören wir mittlerweile zu diesen schwitzenden Menschen.

»Hallo, Schönheit.« Es ist Zoe, die von hinten angetanzt wird. Gale sieht mich an und hält sich einen Finger vor die Lippen, damit ich ihn nicht verrate. Dabei sollte er wissen, dass ich so etwas nie tun würde. Es macht viel zu viel Spaß. Die kleine Falte auf Zoes Stirn, ihre gekräuselten Augenbrauen bei dem Versuch, die Stimme zu identifizieren, zu beobachten. Bei solch einem dämlichen Anmachspruch geht sie gern mal in die Luft.

»Gale?« Sofort schlingt sie ihre Arme um seinen Nacken. Er haucht einen zarten Kuss auf ihre Stirn, ehe er sich mir zuwendet.

»Hey, Nyx.« Ein schiefes Grinsen liegt auf seinen Lippen, welches ich erwidere.

»Hey.« Zoes Freund zieht mich zur Begrüßung in eine Umarmung. »Ich lasse euch mal allein«, rufe ich ihr zu, wobei sie bestimmt nur die Hälfte verstanden hat. Trotzdem nickt sie und greift einmal nach meiner Hand, bevor sie sich an Gale schmiegt. Mein Zeichen zu verschwinden.

Ich quetsche mich durch die Menge, die uns im Laufe der Zeit ziemlich in die Mitte gedrückt hat, und atme, am Rand angekommen, erleichtert auf. Luft.

Mit schnellen Schritten gehe ich zur Bar, die mittlerweile deutlich leerer ist. Die meisten Menschen sind entweder auf der Tanzfläche oder in eine der Nischen verschwunden, um sich besser unterhalten zu können. Dadurch ist sogar ein Hocker frei, auf den ich mich setze.

»Was darf ich dir bringen?« Der Barkeeper schenkt mir ein charmantes Lächeln, und ich merke, wie mein Herz einen kleinen Hüpfer macht. Das muss an dem vielen Alkohol liegen, immerhin ist das hier sein Job. Er flirtet mit mir sowie mit jeder anderen Frau in diesem Raum, damit alle fleißig Getränke kaufen. Aus keinem anderen Grund.

»Eine Cola und einen Kamikaze.« Ich möchte ihm gerade meine Verzehrkarte reichen, da kommt mir jemand zuvor.

»Mach zwei Kamikaze und rechne das alles hierauf ab.«

Sofort drehe ich mich zur Seite, um den Mann hinter der dunklen, melodischen Stimme anzusehen. Wider meiner Erwartungen ist das nicht Gale. Und Zoe erst recht nicht.

Ihn würde ich ganz sicher nach seinem Namen fragen. Ach was, ihn werde ich nach seinem Namen fragen. Zum einen, weil er verdammt gut aussieht in diesem hellblauen Hemd, das seinen dunkelblonden Surferlocken schmeichelt, und zum anderen hat er dieses gewisse Etwas. Obwohl ich auf dem hohen Stuhl sitze, ist er bestimmt einen Kopf größer.

»Danke.«

Er nickt. »Nicht dafür.« Perfekte, weiße Zähne blitzen bei seinem Lächeln auf. »Ich bin Cameron oder auch einfach Cam.«

Den Namen merke ich mir. Er passt perfekt zu ihm.

»Nyx«, erwidere ich.

»Ein schöner Name für eine noch viel schönere Frau.« Okay, das ist ziemlich dick aufgetragen. Was per se nicht schlecht ist. Im Gegenteil. Ich merke sogar, wie mein Gesicht heiß wird. Das liegt ganz klar am Alkohol. Eigentlich sollte mich ein flaches Kompliment kalt lassen, und doch gehe ich auf seinen Flirt ein. Immerhin meint er es, im Gegensatz zum Barkeeper, ernst, und wenn Zoe mit Gale ihren Spaß auf der Tanzfläche hat, darf ich das wohl auch. Die beiden sehe ich heute Abend nämlich ein einziges Mal wieder – um mir zu sagen, dass sie nach Hause verschwinden werden. Wie immer werden sie mir anbieten, mich mitzunehmen, und wie immer werde ich dankend ablehnen. Das Thema ist mittlerweile ein alter Schuh, weil meine Wohnung in einer ganz anderen Richtung liegt.

»Nicht gut?« Er lacht, als von mir keine Antwort kommt.

»Doch, doch. Klassisch. Vielleicht ein bisschen too much, allerdings habe ich genug getrunken, um darauf einzugehen.« Genau in dem Moment stellt der Barkeeper unsere Getränke auf die Theke, und wir stoßen mit den Shots an.

»Puh, Glück gehabt.« Er wischt sich mit dem Handrücken den imaginären Schweiß von der Stirn und mir entweicht ein verlegenes Kichern. Ja, ich bin eindeutig leicht zu beeindrucken, das merke ich in diesem Moment selbst. Aber er ist nett, spendiert mir einen Drink und hat dieses gewisse Strahlen in den Augen. Das mag ich.

So sehr ich versuche, ihn möglichst unauffällig zu mustern, es gelingt mir kaum. Mein Blick wandert über seinen athletischen Körper, dem das blaue Hemd perfekt steht. Sein Gesicht ist weich, dennoch zeichnen sich seine Wangenknochen deutlich ab. Seine Haare fallen ihm ins Gesicht und betonen seine grünen Augen auf eine Weise, die einfach perfekt ist. Und diese Lippen, dieses Lächeln ... ich könnte ihn stundenlang ansehen. Cam ist der Inbegriff von attraktiv, und ich muss leider Gottes die Beine übereinanderschlagen. Blöder Körper, blöde Weiblichkeit.

»Machst du hier Urlaub? Den Akzent kann ich schlecht zuordnen. Irgendwo aus England? Schottland?«

»Nah dran. England stimmt, ich komme allerdings von der Südküste«, erklärte ich. »Beim Urlaub liegst du allerdings falsch. Ich lebe und studiere bereits seit ein paar Jahren hier in San Francisco.«

»Eine typische Partystudentin also?«

»Ja und nein«, antworte ich kopfschüttelnd. »Ich gehe gern feiern, bestehe gleichzeitig jedoch gern meine Klausuren.«

»Verständlich.« Er sieht mich einen Moment an. »Wäre es sehr übergriffig zu fragen, was du studierst?«

»Mhm, ein wenig vielleicht.« Grübelnd tippe ich mir ans Kinn, um ihn etwas zu ärgern, doch mein Grinsen verrät mich. »Ich studiere Literaturwissenschaften. Total langweilig.«

Cameron zieht eine Augenbraue hoch. »Wieso langweilig? Du findest es doch interessant, oder? Das ist die Hauptsache.«

»Weil das gefühlt jeder Zweite studiert, vor allem, wenn sie keine Pläne für die Zukunft haben. Doch mich interessiert es, seit ich denken kann. Es war immer entweder das oder Meeresbiologie. Leider begeistert mich daran ausschließlich die ganzen schönen Dinge. Mit der ganzen Mathematik dahinter kann ich leider wenig anfangen.«

»Meeresbiologie?« Seine Mundwinkel zucken leicht in die Höhe.

»Ja? Ist das etwa noch schlimmer als Literaturwissenschaften? Sich darüber lustig zu machen, ist uncool, Cameron.« Dass ich das sarkastisch meine, merkt er hoffentlich. Ich fürchte, im angetrunkenen Zustand bringe ich das schlecht rüber.

»Nein, nein.« Er schüttelt den Kopf. »Ich bin Meeresbiologe«, erklärt er. »Deswegen musste ich schmunzeln. Weil ich deine Faszination für die ganzen schönen Dinge verstehe. Zum Glück macht mir der Rest auch Spaß.«

»Ich weine schon, wenn ich Zahlen in irgendwelchen Büchern sehe. Daher bezweifle ich, dass ich mich daran gewöhnt hätte.« Natürlich ist das maßlos übertrieben, dennoch unterstreicht es meinen Punkt: Meeresbiologie ohne Mathe wäre besser.

»Ein hoffnungsloser Fall also«, entgegnet er mit einem Zwinkern.

»Ein hoffnungsloser Fall«, bestätige ich und springe mehr

oder weniger elegant vom Hocker. »Erzähl mir von den schönen Dingen. Von den Tieren zum Beispiel.« Ich muss hochschauen, um ihm in diese wunderschönen grünen Augen schauen zu können. »Lass uns in eine ruhige Ecke gehen«, schlage ich vor und setze mich, ohne auf eine Antwort zu warten, in Bewegung. Im Gegensatz zu Zoe ziehe ich Cameron allerdings nicht am Handgelenk hinter mir her. So weit sind wir noch nicht.

Zufälligerweise verschwindet eine kleinere Gruppe gerade auf die Tanzfläche, und diese Gelegenheit möchte ich nutzen. Cameron hat etwas an sich, was mich wirklich fasziniert. Während der Barkeeper noch den typischen Arbeitscharme rübergebracht hat, ist der von Cameron echt. Zumindest wirkt es so.

»Welche Tiere begeistern dich denn am meisten?« Er stellt zwei Gläser auf den Tisch, die blau gefüllt sind. Cocktails, eindeutig.

»Dein Ernst?« Ich deute auf die Gläser.

»Wieder zu viel? Aber ich dachte, mit genug Alkohol.« Er zuckt mit den Schultern.

»So langsam wird es grenzwertig«, scherze ich. Obwohl es sich angenehm und unbeschwert anfühlt, bin ich unsicher, ob er versteht, dass ich scherze. Vielmehr ist es nahezu perfekt und ziemlich passend für das Bild, das sich in meinem Kopf zusammenbraut.

»Damit lässt sich arbeiten.« Er schiebt mir eines der beiden Gläser zu.

»Danke.« Instinktiv greife ich danach und zwirble die beiden Plastikstrohhalme zwischen meinen Fingern zusammen. »Die sind in Europa übrigens verboten. Wegen der Schildkröten.« Keine Ahnung, wo das plötzlich herkommt. Sobald ich diese Teile sehe, kommen mir die Bilder der armen

Schildkröten in den Kopf. Ich bin viel zu nah am Wasser gebaut, und Alkohol macht es nochmal schlimmer.

Cameron nickt zustimmend. »Ich weiß. Eine Schande, dass solche Dinge bei uns immer viel später ankommen.«

»Ist es«, erwidere ich, straffe meine Schultern und verziehe meine Lippen zu einem kleinen Lächeln. Die Stimmung herunterzuziehen ist nicht meine Intention gewesen. »Damit hast du übrigens die Antwort auf deine Frage. Ich liebe Schildkröten. Mein größter Traum ist es, irgendwann die Babys beim Schlüpfen zu beobachten.«

»Eine guter Traum. Das möchte ich auch irgendwann erleben.« Er lächelt warm, und ich spüre, wie sich eine angenehme Atmosphäre zwischen uns entfaltet. Ein Glück, es wäre nämlich schade gewesen, hätte ich es damit versaut.

»Was hast du denn bisher alles erleben dürfen durch deine Arbeit?« Ich lehne mich nach vorn, um ihm besser zuhören zu können. In der Nische ist es zwar ruhiger, trotzdem möchte ich jedes einzelne Wort verstehen.

»Da ich erst seit knapp drei Jahren mit dem Studium fertig bin, ist das Wenigste davon so spannend, wie du vielleicht erwartest. Man muss sich erst einmal hocharbeiten. Mein Partner und ich forschen viel an den Korallenriffen, sowohl über die dort ansässige Population als auch an den Korallen selbst. Ohne sie würden sich die anderen Lebewesen dort nicht ansiedeln. Im Sommer tauchen wir oft an den verschiedensten Stellen. Zum Glück ist es bald so weit. Die Tage werden immer länger. Darauf freue ich mich. Ansonsten sind wir auf das Verhalten von Meerestieren in Gefangenschaft spezialisiert. In dem Bereich findet die meiste Arbeit im Labor statt. Traumhaft wäre es natürlich, etwas mit Haien zu machen oder gar mit Nixen.«

Bei diesen elenden fünf Buchstaben zieht sich meine Brust

schmerzhaft zusammen. Obwohl es allgemein bekannt ist, dass es Meerjungfrauen gibt, habe ich Angst, sein Interesse genauer zu hinterfragen. Es wäre nicht auffällig, dennoch besteht die Gefahr, dass ich auffliege. Seit klein auf wurde mir beigebracht, diese Seite zu verstecken. Das habe ich verinnerlicht. Würde man uns nicht auf eine Ebene mit allen anderen Tieren stellen, könnten wir uns offen zeigen.

»Klingt unheimlich spannend«, sage ich wahrheitsgemäß und trinke einen großen Schluck des süßen Cocktails. »Ich bleibe aber bei meinen Schildkröten. Die sind niedlich.«

»Wohl wahr. Dagegen kann ich nichts sagen. Oder Haibabys. Die sind genauso niedlich.« Er beginnt, von seiner Forschung zu erzählen. Das ist der schönste Teil des Ganzen, ohne Mathe und all dem Kram. Gebannt höre ich ihm zu, stelle immer wieder neue Fragen, weil es mich wirklich interessiert. Man könnte meinen, wir würden uns bereits eine halbe Ewigkeit kennen. Seine lockere Art und sein offenes Lächeln machen es leicht, sich wohlzufühlen.

»Ich glaube, noch einen Cocktail vertrage ich nicht.« Grinsend nippe ich an dem Glas. Dieses Mal habe ich darauf bestanden, einen auszusuchen, und habe im gleichen Zug meine Verzehrkarte hingehalten. Ich lasse mich ungern aushalten. Davon bin ich kein Fan. Auch eine Frau kann zahlen.

Vor uns liegen zehn Cocktailschirmchen auf dem Tisch. Cam hat sie jedes Mal herausgenommen, damit ich mir die Augen nicht aussteche. Das wäre schon beim zweiten Cocktail beinahe passiert. Je mehr man trinkt, desto höher ist die Gefahr. Wir haben uns stundenlang unterhalten. Die Zeit ist quasi gerannt.

»Nyx. Hier bist du.« Zoe kommt zu uns, dicht gefolgt von Gale. »Ich habe dich an der Bar gesucht und auf der Toilette und der Tanzfläche. Nirgendwo warst du. Ich dachte schon, du bist einfach gegangen.« Schmollend stützt sie sich an meiner Schulter ab, scheint abzuwägen, ob sie sich zu uns setzen soll. Sie hat eindeutig zu viel getrunken.

»Du weißt, dass ich niemals einfach gehen würde.« Zugegeben, bin ich enttäuscht darüber, dass sie so etwas überhaupt denkt. Das sollte sie wissen, immerhin ist das unser oberstes Gesetz.

»Genau das habe ich auch gesagt. Doch du kennst Zoe. Sie hat mich durch den halben Club geschleift, um dich zu suchen.« Gale legt einen Arm um die Hüfte seiner Freundin, um sie an sich zu ziehen.

»Stimmt«, nuschelt sie vor sich hin und seufzt theatralisch. Erst dann wandert ihr Blick zu Cameron, und ihre Augen weiten sich. »Oho.« Sofort wackelt sie mit den Augenbrauen. »Der sieht gut aus.«

Erschrocken räuspere ich mich. »Gott, Zoe.«

»Was denn?« Sie schmollt wieder, ehe sie ihre Aufmerksamkeit auf ihn richtet. »Hat der hübsche Unbekannte einen Namen?«

Cameron sieht zwischen Zoe und mir hin und her, wirft einen Blick zu Gale, ehe er nickt. »Hat er. Cameron.«

»Der Name passt.« Zoe nickt zustimmend. »Freut mich sehr, Cameron. Ich bin Zoe. Das ist Gale. Anouk kennst du ja bereits.«

Cameron schmunzelt bei der kleinen Vorstellungsrunde, wohlwissend, wie betrunken Zoe ist, und ich entdecke angedeutete Grübchen auf seinen Wangen. »Ja, Anouk kenne ich bereits.«

»Wollt ihr euch zu uns setzen?« Bevor ich ein Stück weiter in die Nische rutsche, schüttelt Zoe den Kopf.

»Wir wollten eigentlich gehen. Hör dir mal den Mist an,

den der DJ spielt. Ich wette, er macht gleich Schluss, damit möchte er die Leute nämlich eindeutig vergraulen.«

»Ach?« Während unseres Gesprächs habe ich die Musik komplett ausgeblendet, sodass ich jetzt erst mal hinhören muss. Ein schlechter Remix eines Liedes, das letztes Jahr schon längst ausgelutscht war.

»Also. Kommst du mit?« Sie tippelt von einem Fuß auf den anderen, hält sich dabei an Gales Unterarm fest, weil sie ziemlich wackelig auf den Beinen ist.

»Nein, ich bleibe noch.« Um das zu demonstrieren, lehne ich mich in den roten Polstern zurück und greife nach dem Glas. So schlecht die Musik auch ist, die Gesellschaft ist umso besser.

»Keine Sorge, ich bringe sie später nach Hause«, wirft Cameron ein. »Falls das okay ist. Wir vertragen wohl beide frische Luft. Wie wäre es mit einem Spaziergang?«

»Das klingt super.«

»Nur spazieren gehen?« Zoe hebt eine Augenbraue, und Gale lacht amüsiert.

»Lass das mal ihre Sache sein.« Er möchte es ihr ins Ohr flüstern, spricht aber so laut, dass ich dennoch jedes Wort verstehe. Sie haben beide gut getrunken. »Pass auf dich auf, ja? Ruf Fynn an. Er holt dich jederzeit ab«, wendet er sich an mich.

»Mache ich.« Auch wenn ich seinen kleinen Bruder nicht anrufen werde, damit er mich abholt, bin ich Gale für das Angebot dankbar. Man erkennt den perfekten Freund unter anderem daran, wie gut er sich um die beste Freundin kümmert.

Beide mustern mich ein letztes Mal eindringlich, bevor sie sich umdrehen und aus dem Club verschwinden. Damit habe ich mein Schicksal besiegelt. Gut so. Es wäre schade, würden wir unser Gespräch hier unterbrechen.

»Sollen wir direkt zum Strand, oder möchtest du noch etwas trinken? Eine Cola?«

»Nein, keine Cola mehr. Strand klingt gut.« Kaum spreche ich das letzte Wort aus, stehe ich auf und sehe zu Cameron. Womöglich wird aus dem Spaziergang ja mehr. Er ist viel zu attraktiv, um ihn von der Bettkante zu stoßen.

Kapitel 2

Cameron

Ein lockerer Abend im Club. Das ein oder andere Bier und maximal ein oder zwei Tänze. Das war das Ziel dieses Tages. Ein bisschen mehr ist immer drin. Damit meinte ich allerdings Sex. Kein tiefgründiges Gespräch. Ich meine, wer geht in einen Club, um sich zu unterhalten? Ausgerechnet über die Arbeit, wenn man genau die einfach vergessen will.

Der Tag war mal wieder beschissen lang, und ich brauche die Ablenkung, um vernünftig schlafen zu können. Wir waren von Sonnenaufgang bis Sonnenuntergang auf dem Boot, trotz des kalten Windes. An den Küsten ist aktuell wenig los, doch ich weigere mich, meine Zeit mit langweiliger Sekundärforschung zu verschwenden. Nur über meine Leiche. Dafür haben wir das Labor nicht gepachtet. Der Druck, die Schulden zurückzuzahlen, die wir für unser Equipment bei Zaidens Vater aufgenommen haben, ist zwar groß, aber wir sind guter Dinge.

Zwar sind Schildkröten und Haie ganz nett, und man kann einiges von ihnen lernen, doch das haben schon zahlreiche Leute vor uns festgestellt. Es gibt einfach Unmengen unerforschter, gar unentdeckter Wesen in den Tiefen des Ozeans.

Ganz oben auf meiner Liste stehen Nixen. Bisher hatten nur wenige Menschen Kontakt mit diesen Wesen, und der Grund liegt wohl auf der Hand. Aufgrund der für sie beschissenen Gesetze, die für uns Forscher allerdings umso besser sind, leben sie versteckt in der Gesellschaft. Sie zeigen sich nicht. Bei solchen Forschungsobjekten würde mir diese dämliche Sekundärforschung sogar reichen. Es wäre ein Traum, eine Nixe live zu sehen, doch das Ziel ist wohl ein wenig hochgesteckt. Zaiden jedoch ist ziemlich verbissen darauf, endlich eine in die Finger zu bekommen. Deswegen fahren wir mit dem Boot weit hinaus zu den kleinen Inseln und Landzungen. Er hat die Hoffnung, dass sie dort draußen unvorsichtig sind. Bisher jedoch ohne Erfolg.

»Worüber denkst du nach?« Leichtfüßig tapst Nyx mit den nackten Füßen durch den Sand. Die Sandalen hält sie in der linken Hand, lässt sie in der Luft baumeln. Sie hat diese gewisse Eleganz an sich, die man einfach beobachten muss, ohne dass sie das selbst überhaupt merkt.

»Über nichts.« Ich sollte mich dringend auf die hübsche Blondine neben mir konzentrieren, anstatt auf die Arbeit.

Nyx bleibt stehen und verengt ihre blauen Augen. Doch bevor sie etwas sagen kann, stolpert sie über die eigenen Füße, und sofort strecke ich meine Arme nach ihr aus, um den Sturz abzufangen. Womöglich war der letzte Cocktail zu viel.

»Oh Gott.« Kichernd krallt sie sich in meinen Arm und schließt für einen Moment die Augen. Es braucht ein wenig, bis sie Halt findet. »Das wollte ich nicht.«

»Was?«, frage ich belustigt. »Umzufallen oder dich an mich zu schmiegen?«

Abrupt richtet sie sich auf, atmet tief durch. »Beides«, nuschelt sie und tritt einen Schritt zur Seite. Sie spielt mit den Fransen ihres bunten Kimonos und geht auf Abstand.

Verwunderung macht sich in mir breit. Ist sie wirklich schüchtern? Wegen so einer Kleinigkeit? Zwar kenne ich sie erst seit wenigen Stunden, aber das steht im vollkommenen Widerspruch zu dem, was ich im Club beobachtet habe. Diese plötzliche Zurückhaltung ist unpassend. Ihre blonden, lockigen Haare, hinter denen sie sich versucht zu verstecken. Dazu diese dezente Röte auf ihrer zartgebräunten Haut – all das wirkt fehl am Platz.

»Keine Sorge, ich vergesse das ganz schnell wieder, falls dir das lieber ist.« Um meinen Worten Bedeutung zu verleihen, laufe ich einfach los. Es dauert ein paar Sekunden, ehe Nyx sich räuspert und einen kleinen Sprint einlegt, um zu mir aufzuschließen.

»Perfekt«, sagt sie merklich zufrieden und umgreift meinen Arm. »Hast du irgendein Ziel? Oder laufen wir einfach los?«

Verstehe einer die Frauen. Erst war es ihr unangenehm, jetzt klammert sie sich wieder an mich.

»Kein Ziel. Oder hast du eins?«

Sie schüttelt den Kopf. »Kein Ziel«, stimmt sie mir zu. »Wobei der Strand im Grunde das perfekte Ziel ist. Ich liebe ihn.«

»Das stimmt. Da kann ich nichts gegen einwenden.« Wir laufen näher zum Wasser, und Nyx lässt meinen Arm wieder los.

»Und dieser Duft.« Sie atmet tief durch. »Nach all den vielen stinkenden Menschen ist das eine wohltuende Abwechslung.«

»Auf jeden Fall. Das ist der Vorteil, wenn man als partyliebender Mensch am Meer lebt.«

»Einer der wichtigsten Vorteile«, stimmt sie zu und schlingt die Arme um ihren Körper. »Der Duft, die Geräuschkulisse und der Anblick.«

Das Meer schwappt in sanften Wellen gegen den Strand, und mit dem sich auf der Oberfläche spiegelnden Mond zeigt es sich heute in seiner besten Form.

»Wunderschön.« Dass ich damit nicht den Strand meine, zumindest nicht primär, schlucke ich herunter. Wäre sie nüchtern, hätte sie das bestimmt sofort bemerkt.

»Stimmt.« Voller Konzentration blickt sie auf ihre Füße, setzt einen Schritt vor den anderen. »Ich liebe den Strand, vor allem nachts.« Sie strahlt eine gewisse Leichtigkeit aus. Ob sie das überhaupt bemerkt?

Nyx ist nicht nur wunderschön, sondern verflucht heiß in diesem hippie-angehauchten Aufzug. Geflochtene Strähnen, ein bunter Kimono und ein schwarzes Kleid. Es steht ihr verflucht gut. Bestimmt hat dieser Stil einen bestimmten Namen. Hippie? Bohemian? Irgendetwas in diese Richtung. Auf jeden Fall passt es zu ihr.

Kopfschüttelnd verwerfe ich diese falschen Gedanken. Es ist ein Outfit wie jedes andere. Außerdem ist eine blonde Schönheit in Kalifornien Standard. Sie ist eine Frau wie jede andere. Wahrscheinlich sollte ich sie einfach nach Hause bringen. Für eine Beziehung habe ich sowieso keine Zeit. Von der Lust auf eine ganz zu schweigen. Es ist also keinen einzigen Gedanken wert. Ein wenig Spaß ist alles, was ich brauche, und ich frage mich gerade, ob ich den hier überhaupt bekommen werde. Nyx ist bestimmt keine Frau, die nur auf eine schnelle Nummer aus ist. Wobei, sind die unschuldig Wirkenden nicht in der Regel die Versautesten?

Wir bewegen uns immer weiter von den Lichtern der Straßenbeleuchtung weg. »Sollen wir langsam umdrehen?« Ich bleibe stehen, warte, dass sie die zwei Schritte aufholt, die sie zurückliegt.

»Du willst schon umdrehen? Wieso denn das? Hier wird es gerade erst spannend.«

Mein Blick fällt auf ihre Arme, an denen sich eine dezente Gänsehaut gebildet hat. »Weil dir kalt ist.«

Sie zuckt mit den Schultern. »Nur ein bisschen. Das kann ich ignorieren. Ich möchte mehr von dir erfahren. Wir haben so lange über das Meer und deine Arbeit geredet, erzähl mir etwas über den Cameron dahinter.«

»Den Cameron dahinter?«, frage ich perplex.

»Ja, genau. Neben der Arbeit und dem Feiern meine ich. Einfach, wie du privat drauf bist. Oder bist du ein Arbeitstier, das schlecht loslassen kann? Das kann ich mir nämlich gut vorstellen. Wir haben den ganzen Abend ausschließlich darüber gesprochen.« Sie meint das ernst. In ihrer Stimme ist kein bisschen Belustigung zu hören, dennoch räuspere ich mich einmal.

Weil du immer weiter nachgefragt hast.

»Gegenangebot.« Anstelle von Konter entscheide ich mich für ein offenes Gespräch. Mit Betrunkenen zu diskutieren, ist in der Regel recht sinnlos. »Erstmal erzählst du mir etwas über dich. Du hörst nämlich den gesamten Abend nur zu. Jetzt bin ich damit dran.« Und das sage ich nicht nur, weil ich keine Lust habe, ihr irgendwelche privaten Dinge über mich zu erzählen. Ich interessiere mich wirklich für sie. Erschreckend.

»Ach, da gibt es nicht viel zu erzählen«, winkt sie ab. Es fehlt nur ein kleines Stück, bis das eiskalte Wasser sie treffen würde, trotzdem geht sie einen weiteren Schritt aufs Meer zu.

»Nicht?« Verwirrt ziehe ich eine Augenbraue hoch und

streiche mit meinem Fuß den Sand vor mir glatt. »Ich weiß bisher lediglich, dass du laut deiner Freundin Anouk heißt, dein Spitzname Nyx ist, du von der Südküste Englands kommst, wo es keine Schildkröten gibt, die du magst, und dass du Literatur studierst. Im Grunde tappe ich bei dir im Dunkeln.«

»Das ist schon eine ganze Menge.« Ihr Schlag gegen meine Schulter kommt so überraschend, dass ich ein wenig zurückstolpere. Es tut zwar nicht weh, dennoch reibe ich mir die Stelle lachend.

»Wofür habe ich das denn verdient?«

»Einfach so. Weil man Fremden so viel eigentlich nicht erzählen sollte. Ich meine …« Sie schüttelt den Kopf, doch ich erkenne trotz der Dunkelheit ein Grinsen auf ihren Lippen. Eindeutig der Alkohol.

»Da hat jemand eine gute Erziehung genossen.«

»Mhm.« Ihre Stimme wird plötzlich anders. Für einen kurzen Moment habe ich gar das Gefühl, sie starrt durch mich hindurch. Erst nach einigen Sekunden räuspert sie sich. »Da gibt es wenig Interessantes. Ich lese gern, vor allem am Strand in der prallen Sonne, und liebe es zu tanzen.«

»Na, das sind ganze drei Punkte, die ich mir auf meine imaginäre Liste schreiben kann.«

»Deine imaginäre Nyx-Liste?« Sie kommt zu mir, als eine leichte Windböe ihren Körper streift. Ohne dass ich darüber nachdenke, lege ich wie von selbst meine Arme um ihre zierliche Gestalt und schirme sie ab.

»Genau die«, murmle ich. Ihr süßlicher Duft umgibt mich. Pfirsich und Meer. Sie passt viel zu gut in meine Arme. Fuck, ich stehe ja auf One-Night-Stands, schaffe es auch schnell, eine Frau attraktiv zu finden, aber das hier ist komplett anders. Anstatt auf der vollen Tanzfläche rumzumachen, stehen wir hier am Strand, Arm in Arm, wie ein verliebtes Pärchen, das wir nicht sind. Wir sind Fremde.

Fast wie von allein hebt sich mein Arm, und ich lege meine Hand an ihre Wange, streiche mit dem Daumen behutsam darüber. Nyx schluckt merklich. Ich will sie schon zurückziehen, da stellt sie sich auf die Zehenspitzen und küsst mich einfach. Das kommt genauso plötzlich wie unerwartet, doch ich erwidere den Kuss instinktiv. Denn verflucht, schmeckt diese Frau gut.

Meine zweite Hand wandert zu ihrer Hüfte, und ich packe sie, um sie enger an mich zu ziehen. Nyx öffnet ihre Lippen, und sofort dringe ich mit meiner Zunge in ihren Mund. Stürmisch drängt sie ihren Körper an mich, bettelt nach mehr. Sie schlingt ihre Arme um meinen Nacken, und der Kuss wird immer intensiver.

Doch dann löst sie sich von mir. »Oh Gott. Tut mir leid. Das mache ich sonst nie.« Hektisch sieht sie zu mir hoch, Unsicherheit huscht über ihr Gesicht.

Dass sie das sonst nie macht, glaube ich ihr sofort. Umso geschmeichelter fühle ich mich, eine Ausnahme zu sein.

»Entschuldige dich ja nicht dafür«, flüstere ich und halte sie fest, um sie daran zu hindern, mich wegzudrücken. Sie ist nur unsicher, nicht panisch. Sonst würde ich sofort loslassen. Vielleicht ist sie sogar eher peinlich berührt. Vollkommen zu Unrecht, wenn man mich fragt.

Sie weicht meinem Blick aus, lässt ihre Hände allerdings in meinem Nacken liegen. Daher lasse ich ihr einen Moment, um ihre Gedanken zu sortieren.

»Ich mache so was eigentlich nie«, wiederholt sie nuschelnd, und sofort treffen ihre Lippen wieder auf meine. Dieses Mal deutlich rauer.

Fuck, küssen kann der kleine Hippie eindeutig.

»Dann ist das hier eine Ausnahme«, stimme ich zwischen zwei Küssen zu.

»Ist es.« Sie löst sich wieder von mir. Ihre Wangen sind rot gefärbt, ihre blauen Augen glitzern im Schein des Mondes.

»Damit kann ich leben.« Und wie ich damit leben kann.

»Ich …« Anouks Herzschlag vibriert an meiner Brust.

»Entspann dich.« Mit diesen Worten lasse ich mich auf die Knie sinken. Für eine schnelle Nummer ist sie zu unentspannt. Glücklicherweise können wir daran arbeiten. Und ganz ehrlich? Schon seit diesem Kuss male ich mir aus, wie sie wohl schmeckt.

»Ich bin entspannt«, nuschelt sie aufgeregt und legt ihre Hand in meine Haare. Vorsichtig drücke ich ihre Beine auseinander, und sie lässt es bereitwillig geschehen. Das passt perfekt zu ihrer unschuldigen Stimme.

Ein letztes Mal blicke ich zu ihr hoch, um mich zu vergewissern, dass sie das hier sicher will. Mit federleichten Küssen auf der Innenseite ihrer Schenkel lockere ich ihren versteiften Körper, schiebe den dünnen Stoff ihres Slips zur Seite. Sie soll sich entspannen, und das tut sie bereits nach wenigen Sekunden. Ihre Beine werden wackliger, ihr Griff in meine Haare fester. Sie will das hier genauso. Der nächste Kuss trifft daher direkt ihren Kitzler, und ich werde prompt mit einem süßen Stöhnen belohnt. Dachte ich es mir doch.

»Fuck, Cam«, keucht sie erregt. Ich umgreife ihre Beine etwas fester, kümmere mich mit meiner Zunge um sie. Abwechselnd lasse ich sie in ihre verdammt gut schmeckende Pussy gleiten und gegen ihren Kitzler schnellen. Es dauert nur wenige Minuten oder gar Sekunden, bis ihre Nässe an meinem Kinn entlangrinnt. Ihr gesamter Körper vibriert unter dem leisen, kehligen Stöhnen, und auch mir entfleucht ein zufriedenes Brummen. Fremde Frauen zu lecken gehört eigentlich zu meinen No-Gos, doch Nyx macht es mir leicht, diesen Vorsatz über Bord zu werfen. Es ist also für uns beide eine Ausnahme.

Anouk droht, unter mir zu zerfließen, und ich halte sie besser fest, während sie ihre Hüfte gegen mich bewegt und unter heiserem Wimmern zum Höhepunkt kommt. Sie hält sich eindeutig zurück, Öffentlichkeit sei Dank.

»Oh Gott.« Sie kneift ihre Augen zusammen, driftet wieder in ihren Kokon aus Schüchternheit ab. Deswegen stehe ich auf, lege zwei Finger an ihr Kinn, um sie zu zwingen, mich anzusehen.

»Das war der Wahnsinn. Du schmeckst unglaublich, kleiner Hippie.« Mit meiner anderen Hand streiche ich durch die Fransen an ihrem Kimono. Irritiert zieht sie die Augenbrauen zusammen, lacht aber amüsiert, als sie den Spitznamen versteht.

»Ich bin kein Hippie«, widerspricht sie mir keuchend. Dieses Mal bin ich derjenige, der die Augenbrauen hochhebt. Auch jetzt verzichte ich auf einen Konter und küsse sie stattdessen einfach. Für einen kurzen Moment sträubt sie sich, bevor sie ihre Arme erneut um meinen Nacken schlingt und den Kuss erwidert.

»Kein Hippie«, wiederholt sie, als ich in meine Hosentasche greife, um ein Kondom herauszuholen. Mein Schritt ist mittlerweile verdächtig eng.

Vorsichtig gehe ich ein paar Schritte mit ihr zurück, sodass wir etwas weiter weg vom Meer sind. Sex am Strand ist die eine Sache, Sex im eiskalten Wasser eine ganz andere. Wann anders vielleicht.

Nyx löst ihre Lippen von mir und drückt beherzt gegen meine Brust, damit ich mich in den Sand hinter mir fallen lasse. Lachend schlinge ich meine Arme um sie, um sie mir auf meinen Schoß zu ziehen.

»Frauen, die wissen, was sie wollen, sind verdammt sexy«, raune ich heiser und lasse zu, dass sie meine Hose öffnet. Damit ist endlich das letzte bisschen Widerstand von ihr abgefallen. Beherzt greift sie nach meinem Schwanz und bewegt ihre Hand auf und ab, obwohl es unnötig ist. Ich bin steinhart.

Mit einer flinken Bewegung öffne ich die Kondompackung und stülpe mir das Gummi über meine Erektion. Ohne die Augen von mir zu nehmen, lässt sie sich auf mich gleiten, umschließt meine volle Größe mit ihrer Wärme. Jetzt bin ich derjenige, der kehlig stöhnt. Scheiße, fühlt sich das gut an.

Ich lege meine Hände an ihre Hüfte, gebe ihr einen Moment, sich selbst zu bewegen, ehe ich nachhelfe. Der einzige Grund, wieso ich sie nicht umdrehe und mich in sie stoße, ist der Sand. Ein Gentleman lässt eine Frau nicht im Sand liegen. Auch keiner, der eigentlich immer die Oberhand behält.

Stöhnend legt Anouk ihren Kopf in den Nacken und gibt mir dadurch die Sicht auf ihren Hals frei. Sofort wandern meine Lippen über ihre weiche Haut, erkunden jeden Millimeter von ihr.

Und das gibt uns beiden den Rest. Es ist fast peinlich, wie schnell ich fertig bin. Gerade fühle ich mich wie ein pubertierender Teenager, der das erste Mal Kontakt zum weiblichen Geschlecht hat. Anouks Höhepunkt reißt mich selbst vollkommen aus der Bahn. Ihre Muskeln schließen sich um meine Härte zusammen, sodass ich gar keine Chance habe. Zweimal stoße ich noch tief in sie, bevor ich meinen Samen in das Kondom entleere. Eine ätzende, aber durchaus notwendige Barriere.

Vorsichtig rutscht Nyx zurück, und ich brumme zufrieden,

bevor ich das Gummi entferne. Ihre glitzernden Augen machen dem Sternenhimmel Konkurrenz, und ein dezentes Lächeln zupft an ihren Lippen.

»Das war ...« Anstatt weiterzusprechen, lehnt sie sich nach vorn und küsst mich. Fordernd, verlangend. Und ich bin sofort bereit für eine zweite Runde.

Kapitel 3

Anouk

Eine Ausnahme. Definitiv. Ein One-Night-Stand ist die eine Sache. Dafür nimmt man sich im Normalfall ein Hotelzimmer oder lässt sich einfach in die Wohnung des Typen entführen. Der Strand ist eine ganz andere. Nur hätte ich das vorgeschlagen, hätte ich garantiert einen Rückzieher gemacht, und dafür war diese Nacht einfach zu genial.

Ja, diese Nacht, denn aus einer Runde wurden zwei, dann drei, inklusive der Orgasmen. Dieser Mann weiß, was er da tut, und ich möchte lieber nicht darüber nachdenken, wie oft er das macht. Im Grunde sollte es mir egal sein. Die Nacht war der Hammer, alles andere ist unwichtig. Ich werde ihm nie wieder begegnen, es sei denn, wir laufen uns zufällig noch mal über den Weg. Nummern haben wir nämlich nicht ausgetauscht. Keiner von uns beiden hat den anderen danach gefragt. Es gab einfach keine Gelegenheit dazu.

»Sie ist wach.« Triumphierend grinse ich, während ich meine Zehen im Sand vergrabe. Man könnte meinen, ich wäre nie gegangen, aber tatsächlich habe ich zwischendurch tief und fest in meinem Bett geschlafen. Es ist mittlerweile fast mittags, und ich versuche, Zoe seit einer halben Ewigkeit zu erreichen. SMS, Anrufe, sogar auf Instagram habe ich es versucht. Eigentlich ist sie die Frühaufsteherin von uns beiden.

»Schrei nicht so«, grummelt sie und stöhnt auf. »Fuck, ich habe Kopfschmerzen.«

»Ich schreie gar nicht.« Augenrollend wende ich mich dem endlosen Ozean zu. »Du kannst nachher weiterschlafen, versprochen. Jetzt muss ich erst mal mit dir reden. Dringend. Über gestern. Über den Typen. Du erinnerst dich bestimmt.« Natürlich erinnert sie sich an Cameron. Vor allem, nachdem ich ihr kurz vorher einen Vortrag darüber hielt, dass ich keine Lust habe, jemanden kennenzulernen. Sie kann froh sein, dass sie meine beste Freundin ist, sonst würde ich ihr das alles verschweigen. Sie wird mich damit aufziehen. Diese zufriedene Stimmlage, wenn sie recht hat, erklingt bereits in meinen Ohren. Trotzdem muss ich ihr davon erzählen. Sie ist meine beste Freundin, da gehört sich das. Und im Grunde freut sie sich für mich. Das weiß ich.

»Ja klar. Caden, richtig? Was ist mit ihm?« Sofort wirkt ihre Stimme gefasster. Sie ist viel zu neugierig.

»Cameron«, verbessere ich sie. »Und nichts Großartiges. Wirklich. Ich wollte dir bloß mitteilen, dass er verdammt gut im Bett ist. Oder im Sand, wie man es nehmen will.«

»Er ist was?« Erfreut quietscht sie auf, und ich halte mir lachend das Handy vom Ohr weg. Aktuell habe ich keine Kopfschmerzen, und das soll so bleiben.

»Du hast mich schon verstanden.« Mein Grinsen ist auf meinen Lippen festgewachsen. Zwar könnte ich jetzt wiederholen, dass es eine Ausnahme war, aber ich bezweifle, dass ich mir diese Ausrede selbst abkaufen würde. Dafür genieße ich all das viel zu sehr.

Kurz gehe ich mit meinen Füßen ins Meer, um zu überprüfen, wie warm oder besser gesagt kalt das Wasser ist. Eindeutig keine Badetemperatur.

»Kommst du zum Strand?« Schnell gehe ich zurück, um mein Handtuch mit genügend Sicherheitsabstand im Sand auszubreiten.

»Ob ich kommen möchte? Natürlich will ich das. Das ist etwas Besonderes. Sowas muss gefeiert werden. Schicke mir deinen Standort und gib mir zehn Minuten.«

»Mache ich. Ich gebe dir sogar zwanzig Minuten, dafür bringst du einen Kaffee mit. Deal?« Kaffee klingt genial. Zu einer solch guten Chance kann ich nicht nein sagen.

»Deal.« Ohne sich zu verabschieden oder auf eine Reaktion zu warten, legt Zoe auf. Es fällt mir schwer, dem Drang zu widerstehen, ihr eine Nachricht mit meiner Bestellung zukommen zu lassen. Sie weiß, was ich möchte.

Entspannt lehne ich mich auf meinem dunkelroten Handtuch zurück, lasse mir die Sonne ins Gesicht scheinen. Die Wellen schwappen seicht an den Strand und ich lausche dem beruhigenden Rauschen. Eine halbe Stunde genieße ich die Ruhe, bis Zoe mit zwei großen Kaffeebechern vor mir steht.

»Sonnendiebin.«

»Ich habe dich auch lieb.« Sie hält mir einen der Becher hin und lässt sich neben mich auf mein Handtuch plumpsen.

Der Becher ist heiß. Zum Glück. Mit Eiskaffee konnte ich nämlich noch nie viel anfangen. »Du bist die Beste.«

Sie strahlt über beide Ohren und nippt an ihrem Kaffee. »Weiß ich doch. Das war allerdings nicht ganz uneigennützig, ich brauche den mindestens so sehr wie du.«

»Weiß ich doch«, wiederhole ich ihre eigenen Worte mit einem ironischen Grinsen auf den Lippen.

Zoe gräbt ein kleines Loch in den Sand, um ihren Becher abzustellen, ehe sie ihr eigenes Handtuch aus der Tasche holt um es neben meinem auszubreiten.

»Wer hätte gedacht, dass es heute so schön wird? Immerhin war Regen angesagt.« Sie schiebt ihre Sonnenbrille in ihre dunklen Locken und zieht sich elegant das Kleid über den Kopf.

»Das perfekte Wetter, um seinen Kater am Meer zu bekämpfen«, scherze ich und bekomme sogleich die Retourkutsche. Zoe schlägt mir gegen die Schulter, wenig schmerzhaft allerdings.

»Du hast mit deinem Cameron doch locker mehr getrunken.«

»Gut möglich. Aber der Sex hat dafür gesorgt, dass ich gestern schon gut ausnüchtern konnte.« Sie ist die einzige Person, bei der ich solche Sätze ungeniert in den Mund nehme.

»Oho.« Neugierig sieht sie mich an. »Das klingt nach mehr als einer schnellen Nummer.«

»War es«, bestätige ich. »Wir waren irgendwo am Strand und ich gehe nicht ins Detail, aber er war göttlich. Ein richtiger Gentleman, der sich um mich gekümmert hat.«

»Keine Details?« Ihr Grinsen wird schlagartig zu einem Schmollen. »Du bist fies.« Sie seufzt. »Aber das klingt doch traumhaft. Gott, ich wusste, dass du nicht prüde bist.«

»Prüde? Seit wann denkst du bitte, ich bin prüde?«

»Weil ... darum.« Sie zuckt mit den Schultern. »Du machst sowas selten. Oder eigentlich nie. Dabei muss jeder Student das mindestens einmal erlebt haben. Besser zweimal. Also, morgen schnappst du dir direkt den nächsten?«

Ich rolle übertrieben mit den Augen, damit sie es auch ja sieht. »Du bist unmöglich.«

»Weiß ich doch«, erwidert sie desinteressiert, doch das Lächeln auf ihren Lippen verrät sie. »Wenn du irgendwann mehr über diesen heißen Clubtypen erzählen möchtest, ich bin ganz Ohr.«

»Mache ich. Versprochen.« Womöglich mache ich das wirklich. Wenn ich eine Nacht darüber geschlafen habe, ohne ausnüchtern zu müssen, bekomme ich meine Gedanken bestimmt geordnet. Erstmal war es mir wichtig, dass Zoe weiß, wie wie verdammt genial es war. Und er. Cameron war unglaublich. Wenn ich das wirklich ein zweites Mal machen müsste, dann mit ihm.

»Gut.« Sie nickt zufrieden. »Wir sollten ins Wasser«, schlägt sie vor.

»Gern.« Mit einer mehr oder minder uneleganten Bewegung stehe ich auf und breite mein Handtuch über meiner Tasche aus. Obwohl das einen Dieb niemals abhalten würde, fühlt es sich sicherer an. Bescheuert, aber egal. »Ach, warte. Fast vergessen.«

»Warte. Du willst schwimmen? So richtig?« Zoes Augen weiten sich, bevor ich überhaupt dazu komme, meinen kleinen Beutel herauszuholen. Das wundert mich nicht im Geringsten. Sie ist meine beste Freundin, kennt mich womöglich besser, als ich mich selbst.

»Will ich«, bestätige ich ihre halbausgesprochene Frage. Schnell binde ich mir den kleinen Beutel um mein Handgelenk, in den ich gleich meinen Bikini stopfen werde.

»Bist du dir sicher?«

»Ja. Hier ist weit und breit niemand. Kein Mensch, kein Schiff. Und ich vermisse es«, gestehe ich und schaue verträumt aufs offene Meer. Wir sind oft am Strand. Dennoch verwandle ich mich selten. Wenn die Leute wüssten, was ich bin, würde es fatal enden. Als Nixe dürfen sie mich behandeln wie jeden Fisch im Ozean. Darüber habe ich viel zu viele Horrorgeschichten gehört. Gefolterte Frauen, Mädchen, die gezwungen werden, sich zu verwandeln, oder Schlimmeres. In menschlicher Gestalt dürfen sie uns rein rechtlich nichts tun, doch das hält sie nicht davon ab, die Verwandlung zu erzwingen. Es sind zwar Einzelfälle, aber ich halte mich trotzdem lieber bedeckt. Ich verrate es fast niemandem, lebe mein Leben, als wäre da nichts. So bin ich sicher.

Zoe nickt. »Ich bin ja bei dir.« Sie kann sich nicht vorstellen, wie viel mir das bedeutet. Sie gibt mir die Sicherheit, die ich brauche. Nur mit ihr an meiner Seite traue ich mich, schwimmen zu gehen. Solch eine Freundin ist Gold wert und ich würde sie für nichts auf der Welt eintauschen. Rein gar nichts.

»Ich liebe dich.« Mit diesen Worten greife ich nach ihrer Hand und renne einfach los. Erschrocken schreit sie auf. Zoe hat keine andere Wahl, als mit mir ins Wasser zu rennen, wie kleine Kinder, lachend und glücklich.

»Und du bist absolut bescheuert«, ruft sie laut. Prustend streicht sie sich die nassen, braunen Haare aus dem Gesicht, die sie aussehen lassen, wie ein begossener Pudel. Allein dafür hat sich diese Aktion gelohnt. Da nehme ich auch gern ihre gespielte Wut hin.

Grinsend zucke ich mit den Schultern. »Ich liebe deine Komplimente.«

»Jaja«, grummelt sie und schwimmt los. Ich lasse ihr ein Stück Vorsprung, da ich sie sowieso einholen werde. Egal, ob mit Beinen oder Flosse, bin ich deutlich schneller. Sie sagt, dass es an mir liegt, ich sage, dass sie einfach eine lahme Ente ist. Letztendlich ist es sicherlich eine Mischung aus beidem, wobei die Ente meiner Meinung nach eine recht wichtige Rolle spielt.

Wir bewegen uns ein ganzes Stück vom Strand weg, bevor ich überhaupt auf die Idee komme, mich zu verwandeln. Unter Wasser ziehe ich den Bikini aus, stopfe ihn in den mitgenommenen Beutel und tauche wieder auf. All das passiert innerhalb weniger Sekunden, die Zoe gebannt auf mich wartet.

»Ein Traum.« Sie seufzt theatralisch. Ihre Augen funkeln verliebt beim Anblick meiner hellblauen Schuppen. Ihre Reaktion ist jedes Mal die gleiche, wahrscheinlich, weil sie mich selten in dieser Gestalt zu Gesicht bekommt. »Das ist so wunderschön. Du bist so wunderschön. Diese feinen Linien. Die gefächerte Schwanzflosse. Wenn die Sonne darauf trifft, schimmert das Hellblau beinahe perlmutt. Das ist pure Magie, Nyx.« Sie schwärmt jedes Mal aufs Neue.

»Du wiederholst dich, Zoe.«

»Ein einfaches Dankeschön würde reichen, weißt du?« Zoe verdreht die Augen. »Du kannst echt nicht mit Komplimenten umgehen.«

Verlegen zucke ich mit den Schultern und schwimme ein Stück weiter. Dass ich nicht hässlich bin, ist mir durchaus bewusst. Zoe allerdings ist die Schönheit in Person. Braune Haare, dunkler Teint, dazu strahlend blaue Augen. Zudem ist Zoe nicht bloß äußerlich, sondern vor allem innerlich eine Göttin.

»Nicht quatschen, schwimmen«, lenke ich vom Thema ab und tauche wieder unter. Wir drehen bestimmt eine Stunde unsere Kreise, wobei sich Zoe immer mal wieder an mir abstützt, um zu Atem zu kommen. Meinen Beutel binde ich zwischendurch an einer Boje fest, um die Arme frei zu haben. Keine einzige Person ist zu sehen, wir haben den gesamten Abschnitt des Meeres für uns allein, weswegen ich immer mehr auftaue und es genieße, mich frei bewegen zu können. Dieser Drang nach dem Wasser wurde mir bereits in die Wiege gelegt und die Sehnsucht nach dem Meer ist in manchen Nächten derart stark, dass ich die Regierung regelmäßig für diesen Mist verfluche.

Nixen sind Tiere, keine Menschen. Entsprechend sollen sie behandelt werden.

Wer sich diesen Bullshit ausgedacht hat, gehört selbst weggesperrt in irgendeinen Zoo oder ein Aquarium, damit die Leute ihn rund um die Uhr angaffen. Das ist krank, einfach nur krank.

»Ich sollte langsam los. Wir sind bei Gales Mom zum Essen eingeladen. Bleibst du noch hier?«

Uns trennen zwei Meter, die ich schnell aufhole. »Ja, ich würde noch ein bisschen schwimmen. Schaffst du es allein zurück?«

Empört stemmt sie die Hände in die Hüften, streckt sie aber direkt wieder aus, um nicht unterzugehen. »Na hör mal. So schlecht bin ich auch wieder nicht.«

Ich kichere belustigt. Das *Doch* verkneife ich mir. »Alles klar. Wir sehen uns morgen.«

»Bis morgen.« Sie zieht mich in eine kurze Umarmung, ehe sie gemächlich zurück zum Strand schwimmt. Zwar hat sie gesagt, dass sie das locker schafft, trotzdem behalte ich sie sicherheitshalber im Auge. Nicht, weil ich ihr das nicht zutraue, sondern weil ich es mir niemals verzeihen würde, sollte ihr etwas passieren. Ich beobachte sie eine halbe Ewigkeit, bis sie endlich aus dem Wasser stapft. Vom Strand winkt sie mir mit beiden Armen kräftig zu, und ich erwidere die Geste mit einem Schmunzeln, ehe ich untertauche. Wenn ich allein bin, halte ich mich selten an der Oberfläche auf.

Mit langsamen Bewegungen schlängle ich mich durchs

Wasser, gleite an den Korallen vorbei, beobachte die vielen kleinen Fische, die sich sofort verstecken, sobald ich näherkomme. An dieser Stelle hat das Meer einen ganz besonderen Charme, und ich würde lügen, würde ich sagen, dass das keine Rolle bei der Wahl meines Colleges gespielt hat. So schön die englische Küste ist, zum Schwimmen ist sie ungeeignet. England nach dem Tod meiner Mutter zu verlassen, war nicht nur mental die beste Entscheidung, die ich getroffen habe. In San Francisco bin ich viel freier, physisch und psychisch.

Das Wasser umspielt mich, ruhige Wellen umhüllen meinen Körper, während ich wieder auftauche. Leider brauche ich eine Weile, um zu bemerken, dass es sich nicht um die typischen Bewegungen des Wassers handelt. Es ist ein kleines Fischerboot, das für die leichten Unruhen sorgt. Bevor ich reagieren kann, spannen sich seichte Fäden um meinen Körper, die meine Haut unangenehm schneiden. Das Netz, das sie ausgeworfen haben, umschließt meinen Körper, ohne dass ich etwas dagegen tun kann. Ich schaffe es nicht, Ruhe zu bewahren, reiße panisch an den grauen Seilen, schlage mit meiner Flosse, versuche irgendwie zu entkommen. Ohne Erfolg. Die Maschen ziehen sich unerbittlich um mich zusammen, und ich kämpfe gegen die aufkeimende Panik an. Das Wasser, welches sonst mein bester Freund ist, wird in diesem Moment zu einem undurchdringlichen Wirrwarr aus Dunkelheit und Verzweiflung, in dem ich zu ertrinken drohe. In diesem Augenblick schreien meine Lungen nach Luft, meine Kiemen können kaum reagieren.

Doch bevor ich ertrinke, wird das Netz nach oben gezogen. Obwohl ich die Wasseroberfläche durchbreche, brennt meine Lunge wie Feuer. Mein Atem geht viel zu schnell, ich strample gegen die Fesseln, versuche, mich loszureißen. Wieder ohne Erfolg. Ich werde auf das Boot gezerrt, kann nichts dagegen tun. Ich erkenne nicht, wer es ist, kann mich kaum auf die unruhigen, gar aufgeregten Stimmen konzentrieren.

»Fuck, die macht uns das ganze Netz kaputt«, sind die ersten Worte, die zu mir durchdringen. Ausgesprochen von einer tiefen, eindeutig männlichen Stimme.

»Scheiß auf das Netz, Zain. Wenn wir die verkaufen, sind wir reich.«

Netz.

Verkaufen.

Reich.

Mein Herz rast vor Angst. Trotz meiner Bemühungen, mich zu befreien, bleibt das feinmaschige Gewebe eng um meinen Körper geschlungen. Tränen vermischen sich mit dem Salzwasser des Meeres, und langsam wird mir klar, dass ich keine Chance habe, zu entkommen.

»Lasst mich raus.« Ich versuche, all meine Kraft zusammenzunehmen, so laut wie möglich zu schreien, doch meine Stimme ist brüchig, gleicht der eines verängstigten Kindes.

Einer der beiden Männer lacht rau und spöttisch. »Natürlich. Sonst noch Wünsche?« Seine Stimme trieft vor Sarkasmus, und ich zucke unweigerlich zusammen.

»Bitte«, versuche ich es dennoch. Meine Finger umschlingen das dünne Seil, und ich versuche, mich irgendwie ein wenig aufzurichten.

»Na komm, helfen wir dir mal.« Es ist der zweite Typ, der zu mir kommt. In seiner Hand blitzt ein Messer auf. Erschrocken japse ich auf, schüttle panisch den Kopf. Meine Gedanken überschlagen sich viel zu sehr, um zu begreifen, dass er damit lediglich die Seile durchtrennt.

Ich will gerade zu einem »Danke« ansetzen, da kommt der Kerl mit der ekelhaften Lache zu mir und fesselt meine Hände hinter dem Rücken zusammen, so schnell, dass ich es nicht schaffe, zu reagieren.

Sofort schüttle ich den Kopf. »Nein.«

»Hast du ernsthaft gedacht, er lässt dich gehen?« Spöttisch sieht er mich an und befestigt die Seile am Boot. Selbst meine Flosse ist fest zusammengeschnürt, sodass ich mich keinen Zentimeter bewegen kann.

»Bitte«, wiederhole ich immer und immer wieder, ohne Erfolg. Beide Männer wenden sich von mir ab, sprechen darüber, was das für ihre Forschung bedeuten würde, was sie mit mir erreichen könnten. Tränen der Verzweiflung rinnen meine Wangen hinab, tropfen auf das nasse Holz unter mir. Wäre ich nur mit Zoe zurück zum Strand geschwommen.

Kapitel 4

Zaiden

Wie in Trance beobachte ich das glitzernde Wasser vor mir. Leichte Wellen sind zu erkennen, sanft schwappen sie gegen den Rand des Bootes.

Im Hintergrund höre ich das Zappeln der Nixe, ihr nerviges Gebettel, die pure Verzweiflung in ihrer Stimme. Ein erstaunlich angenehmes Geräusch, wenn man mich fragt.

»Schnauze.« Es ist Rick, der ihr gegen die Flosse tritt. Obwohl ich sie ignoriere, habe ich das Gesicht der blonden Schönheit genau vor Augen. Die geweiteten Pupillen, der panische Blick. Dass sie kein Tier ist, wie jeder Fisch oder Hai, den wir bereits in einem unserer Becken hatten, ist mir durchaus bewusst, trotzdem wird sie genauso behandelt. Mehr oder weniger zumindest, wir sind ja keine Monster. Wir halten uns einfach an die Gesetze.

Erneut vernehme ich das Rascheln der Seile und lasse mir Zeit, bevor ich mich zu ihr umdrehe. Genau im richtigen Moment.

»Fuck.« Trotz des geringen Spielraums ihrer Flosse hat sie es geschafft, Rick einen festen Schlag zu verpassen. Ein präziser Schnitt ist an seinem Unterschenkel sichtbar, das Blut läuft an seiner nackten Haut herunter. Er will schon zu einem Schlag ausholen, da schüttle ich den Kopf. Sie soll ruhig denken, sie hätte eine Chance.

Entspannt lehne ich mich an die Reling in meinem Rücken, betrachte sie einen Moment. Hässlich ist sie nicht, keine Frage. Blonde Locken, blaue Augen, dezent gebräunte Haut und eine hübsche Flosse, die im Licht der Sonne in den verschiedensten Blautönen schimmert.

Unsere Blicke treffen sich, und ihre Augen schimmern hoffnungsvoll.

»Bitte«, wiederholt sie leise.

»Was bitte?« Ich blicke zu ihr hinab. »Wenn du nicht mit mir redest, können wir schlecht helfen.« Mit einer knappen Handbewegung winke ich Rick herbei, damit er sich um etwas anderes kümmert. Ein kurzer Moment allein mit der Kleinen muss sein. Den lasse ich mir nicht nehmen.

Erneut zieht die kleine Nixe an den Seilen. »Mir ist bewusst, dass das hier legal ist. Aber bitte. Ich bin ein Mensch mit Träumen, einem Studium. Lasst mich gehen. Bitte.« Sie scheitert bei dem Versuch, ruhig zu bleiben, kläglich. Das Zittern in ihrer Stimme ist deutlich zu hören.

»Dich gehen lassen?«, frage ich amüsiert. »Sagtest du nicht eben noch, dass es legal ist, was wir hier tun? Wieso sollten wir dich dann gehen lassen?«

Erschrocken blinzelt sie, ehe sie zaghaft nickt. »Ich bin kein Tier. Bitte, wieso wollt ihr mich denn wie eines behandeln?«

»Du bist kein Tier?« Mein Blick gleitet über ihren gesamten Körper und bleibt an der Flosse hängen. »Bist du dir da sicher?«

»Ja.« Dieses eine kleine Wort ist von solch einer Verzweiflung untermalt, dass ich unweigerlich lache. Ob das arschig ist? Kein Zweifel. Ob mir das egal ist? Definitiv. Auf diesen Moment habe ich viel zu lange gewartet. All die Schriften, die wir über Meerjungfrauen gelesen haben, die Videos, die Aufzeichnungen. Wir haben uns an Kleinigkeiten entlanggehangelt, und jetzt hat es das Schicksal gut mit uns gemeint. Mit Sicherheit werde ich meinen Traum nicht aufgeben, weil sie herumjammert.

Nur langsam gehe ich auf sie zu, lasse mir Zeit, sodass es etwas dauert, bis ich schließlich vor ihr stehe. Eine kleine Show muss einfach sein.

Mir fällt auf, wie schnell ihr Atem geht. Ihr Herzschlag ist wie ein Bass, der das kleine Boot zum Erzittern bringt. Sie hat Angst. Berechtigt natürlich, und ich genieße jede Sekunde davon. Sie soll ruhig wissen, in was für eine Scheiße sie sich selbst getrieben hat. Wir haben sie schließlich nicht dazu gezwungen, schwimmen zu gehen. Das hier hat sie allein ihrer eigenen Dummheit zu verdanken. Selbst schuld.

»Kein Tier?« wiederhole ich nachdenklich und hole mein Handy im selben Zug aus meiner Hosentasche. Mit zwei flinken Swipes auf dem Bildschirm ist die Innenkamera geöffnet, und ich halte sie ihr hin. »Einen Spiegel habe ich gerade nicht zur Hand, aber ich denke, das tut es auch.« Sie braucht einen Moment, um zu verstehen, was ich ihr damit sagen möchte. Ihre Augenbrauen sind gekräuselt, sie weigert sich, auf das Handy zu schauen. Wie in einem Bilderbuch spielen sich die Emotionen auf ihrem Gesicht wieder, und ich muss grinsen. Die Verwirrung verschwindet, ein Feuer der Wut lodert in ihren blauen Augen.

»Wichser«, nuschelt sie unmissverständlich. Sie scheint

sich ihrer Lage durchaus bewusst zu sein und dennoch testet sie ihre Grenzen bei mir aus.

»Wiederhol das«, fordere ich sie auf, ohne dabei eine Miene zu verziehen. Allerdings bedrohlich ruhig. Sie zuckt erneut zusammen, kauert sich enger an die Reling in ihrem Rücken. Die Angst ist ihr ins Gesicht geschrieben. Jeder Zentimeter ihres Körpers schreit danach. Jeder Zentimeter, bis auf ihre Augen. Diese sind starr auf mich gerichtet, halten meinem Blick stand.

Gebannt warte ich auf ihre Reaktion. Anstatt die Worte zu wiederholen, beißt sie sich auf die Unterlippe, und ehe ich realisiere, was hier vor sich geht, sitzt sie, wie Gott sie schuf, vor mir. Ihre Beine, die zunächst von dezenten blauen Schuppen gezeichnet werden, sehen nun vollkommen normal aus. Fuck, das hat sie gerade nicht wirklich getan. Sie sitzt splitterfasernackt vor mir, und weil ich eben einfach ein Kerl bin, schlucke ich hart. Das kann sich sehen lassen.

»Wichser«, wiederholt sie endlich. Gern wäre ich sauer, bin jedoch viel zu beeindruckt von der fehlenden Scham.

Meine Mundwinkel zucken leicht in die Höhe. »Ein bezaubernder Trick. Meinst du, der bringt mich dazu, meine Meinung zu ändern?«

»Ich bin kein Tier, okay? Ich heiße Anouk. Bitte, ich bin 21 Jahre alt und studiere hier an der University of California Literaturwissenschaften. Ich lese gern, liege oft viel zu lang in der Sonne. Früher habe ich es gehasst, wegen der ganzen Sommersprossen, aber mittlerweile liebe ich es. Ich gehe gern feiern, tanze viel. Bitte.« Sie redet viel zu schnell, überschlägt sich dabei fast. Immer wieder bleiben ihr einzelne Wörter im Hals stecken. Natürlich erkenne ich, was sie damit bezweckt. Da hat jemand bei den ganzen True-Crime-Podcasts aufgepasst.

»Nixe, ich bin kein Killer. Diese Taktik ist bei mir wirkungslos.« Erzähle deinem Mörder persönliche Infos über dich, damit er Mitleid hat. Das mag ein guter Tipp sein, der in manch einer Situation sicherlich auch funktioniert. Doch in dieser ist es wirkungslos. »Es ist interessant, dass du dich gern sonnst. Ich hoffe, dass hast du in den letzten Tagen genug getan. Ansonsten nutze die Zeit jetzt. Es wird nämlich eine Weile dauern, bis du die Sonne wieder zu Gesicht bekommst. Nackt bleiben dir immerhin hässliche Bräunungsstreifen erspart. Und jetzt hältst du besser die Schnauze, sonst binde ich dir einen alten Lappen um den Mund, haben wir uns verstanden?«

Das ist eindeutig der Vorteil an irgendwelchen Haien und Fischen. Die diskutieren nicht mit dir, sondern geben sich einfach mit ihrem Schicksal zufrieden. Mehr oder weniger zumindest. Zudem lassen wir sie ja irgendwann wieder gehen. Ob das bei Anouk der Fall sein wird, steht noch in den Sternen. Rick hat nämlich durchaus recht. Nixen bringen eine Menge Geld, wenn man sie an die richtigen Menschen verkauft.

»Einen Scheiß habe ich verstanden.« Sie zieht ihre Beine aus den nun viel zu locker gewickelten Seilen und tritt nach mir. Dass das eine dumme Idee ist, ist uns beiden klar, doch sie versucht es weiter, selbst nachdem ich ausgewichen bin. Der Abstand zwischen uns hält sie in ihrem Wahn nicht auf. Sie gibt nicht auf, obwohl ihre Lage aussichtslos ist. Ihre süßen kleinen Brüste hüpfen dabei auf und ab, und ich muss mich zusammenreißen, ihnen keine Beachtung zu schenken. Wieso muss sie denn auch nackt sein? Wieso trägt sie keinen hübschen pinken Bikini mit Blümchenmuster? In so ziemlich jeder anderen Situation wäre ich beeindruckt, außer in dieser.

»Ein verflucht heißes Bild.« Ricks Schritte hallen auf dem dumpfen Holz.

Ruckartig schnellt ihr Kopf herum, und ein zögernder Ausdruck huscht über ihr Gesicht. Man könnte beinahe sagen, es wirkt wie ein Fünkchen Hoffnung. Als würde sie abwägen, ob sie auch bei ihm um Gnade betteln könnte. Vielleicht ist Rick ja netter und fällt auf ihre Nummer herein. Wenn sie wüsste.

»Nicht wahr?« Weil von der kleinen Nixe kein Ton kommt, übernehme ich das Antworten. Ich verzichte darauf, ihr zu sagen, dass ihr Schweigen eine kluge Entscheidung ist. Rick hätte eine solche Diskussion direkt abgewendet. Wenn sie bei jemandem eine Chance gehabt hätte, wohl am ehesten bei mir. Oder bei Cameron. Zum Glück ist der zu Hause, seinen Kater ausschlafen. »Hast du schon Bescheid gegeben, dass Cam ein Becken fertig machen soll?«

»Ein Becken?« Rick mustert das zusammengekauerte Etwas. »So kannst du sie schlecht in ein Becken schmeißen. Wie hat sie das denn hinbekommen?« Ein Hauch von Gier blitzt in seinen Augen auf, und er drückt seine Hand kurz auf seinen Schwanz. Zum Glück weiß ich, dass er genauso vernünftig ist wie ich. Sonst hätten wir ein Problem.

Ich zucke mit den Schultern. »Das finden wir schon noch heraus. Wir schmeißen sie einfach ins Wasser.« Es würde mich brennend interessieren, was für Reaktionen in ihrem Körper bei diesem Prozess stattfinden. Das mag zwar magisch aussehen, der Prozess dahinter ist mit großer Wahrscheinlichkeit wissenschaftlich. Wir werden so viel Spaß mit ihr haben, und es fällt mir schwer, meinen Enthusiasmus zu verbergen. Auf diesen Tag habe ich lange gewartet und ich möchte jede Sekunde mit unserem Gast auskosten.

»Das würdet ihr nicht tun.« Ihre Stimme ist dünn und

brüchig. Sie klingt wenig überzeugt. Insgeheim weiß sie, dass wir es ernst meinen. Trotzdem spiele ich dieses kleine Spielchen mit.

»Bist du dir sicher? Nenne mir einen guten Grund und ich überlege es mir noch einmal.« Wieder lehne ich mich an die Reling ihr gegenüber, blicke auf sie herab. Diese Machtposition hat etwas seltsam Befriedigendes an sich. Sie hat keinerlei Chance, sich gegen uns zu wehren. Hier ist sie gefesselt, und unser Labor ist bestens abgesichert. Wir wären schön blöd, würden wir ein solches Prachtexemplar von Forschungsgegenstand einfach gehen lassen. Scheiß auf die Menschlichkeit.

»Weil ihr das nicht tun wollt. Ihr seid keine Monster.« Wäre sie nicht gefesselt, würde sie wahrscheinlich die Arme vor der Brust verschränken, um ihre trotzigen Worte zu untermalen. Beeindruckend.

»Nixe, wir sind hier nicht die Monster, sondern du. Oder was meinst du, was wir in unsere Berichte schreiben, solltest du irgendeinen Blödsinn anstellen? Gemeingefährlich, Bedrohung für die Menschen in ihrer Nähe.«

»Aber-«

»Kein aber. Das ist mein voller Ernst. Entweder du kooperierst, und es wird für uns alle angenehmer, oder du lässt es sein und wirst merken, was du davon hast. Also, egal, was du vorhast, lass deine Magie spielen und verwandle dich zurück, oder du wirst mich erst so richtig kennenlernen. Ist das in deinem hübschen Köpfchen angekommen?«

Sie schnappt keuchend nach Luft, als ich gegen ihre Füße trete, und zieht ihre Beine eng an ihren Körper. Erneut reißt sie an den Fesseln, was jedoch nur in einem frustrierten Stöhnen endet. Wahrscheinlich sind ihre Handgelenke bereits jetzt komplett wund.

»Ich würde auf den Boss hören, Puppe, sonst wird das wirklich ungemütlich.« Rick schlendert langsam auf sie zu und blickt dabei zu ihr herab. Eine komplett normale Geste, die mich in diesem Moment extrem stört. Das hier ist meine Arbeit, meine Nixe, mein Traum. Er hat mir zu helfen, das war's. Eine Schande, dass Cameron gerade heute meinte, sich von seinem Kater erholen zu müssen. Mit ihm hätte ich diesen Fang deutlich lieber gemacht.

»Boss?« Sie zieht eine Augenbraue hoch. »Das ist ein Scherz, oder? Das-«

Weiter kommt sie nicht, denn es ist Rick, der mich verteidigt, indem er ihr eine schnelle, präzise Backpfeife verpasst, die sie schrill aufschreien lässt.

»Pass besser auf, was du sagst«, knurrt er bedrohlich. Zumindest weiß er, wer das Sagen hat.

Anouks Atem geht schnell und flach, ihre Brust hebt und senkt sich deutlich. Sie könnte einem fast schon leidtun, doch es ist ihre eigene Schuld.

Einen Moment schweigt sie, bis Rick wieder auf Abstand gegangen ist. »Und du kannst dich nicht selbst verteidigen?« Sie funkelt mich angriffslustig an. Unsicherheit benetzt ihre Stimme, trotzdem spuckt sie mir diese Worte vollkommen bissig entgegen.

Rick setzt bereits an, wieder zu ihr zu gehen, doch ich stoppe ihn, indem ich meine Hand kurz hebe. »Das kann ich durchaus, habe es aber nicht nötig. Zugegeben, eine kleine Backpfeife ist nicht unbedingt niveauvoll, aber durchaus effektiv. Und weißt du, was noch viel effektiver ist?« Eine rhetorische Frage, die ich ihr im nächsten Moment selbst beantworte.

Aus einer Schachtel neben der Tür, die unter Deck führt, nehme ich eine Rolle Klebeband heraus. Ihr Blick brennt in meinem Rücken. Ohne mich davon beirren zu lassen, reiße ich ein Stück ab, schlendere damit zu ihr und klebe es über ihren

Mund. Damit ist das Generve endlich vorbei, und weil ich manchmal ein recht netter Kerl sein kann, ziehe ich mir im nächsten Zug sogar meinen Pullover aus, um ihn ihr überzuziehen. Mit den Armen kann sie zwar nicht hineinschlüpfen, aber sich zumindest mit ihrem hübschen Hintern daraufsetzen. Er ist nämlich groß genug, um ihr im Stehen bis zu den Kniekehlen zu reichen.

»Hörst du das, Rick? Diese angenehme Stille, die sich ausbreitet?« Das ist maßlos übertrieben und wahnsinnig amüsant. Vor allem, weil ihr trotziger Blick viel mehr aussagt, als tausend Worte es je könnten. Diese Macht ist ein tolles Gefühl. Wie schrecklich muss es sein, gefesselt auf einem Schiff zu hocken, seinem Schicksal ausgeliefert zu sein? Mundtot in einer Ecke sitzend, während ich der fucking Boss auf diesem Schiff bin.

Ich wende mich von dem Blondchen ab, die versucht, irgendetwas vor sich hin zu nuscheln. Vollkommen ruhig ist es also nicht, aber man nimmt, was man kriegen kann. Es ist immerhin angenehmer, und wenn ich mich zwischen ruhig und nixenfrei oder nervig und mit Nixe an Bord entscheiden müsste, gibt es genau eine richtige Antwort. Das hier ist der Anfang von etwas Großem.

»Rick? Auf direktem Weg zum Labor. Ich will keine Zeit verlieren.« Ich hole mein Handy heraus, um Cameron zu schreiben. Da ist mir der Kater völlig egal. Hierfür sollte er sich dringend zusammenreißen und ins Labor kommen. Für mimosenhaftes Verhalten haben wir keine Zeit. Nicht unter diesen Umständen.

Zaiden: Sei in 20 Minuten im Labor. Wir haben einen besonderen Gast dabei. 🧜

»Wir werden viel Spaß haben.« Zufrieden beobachte ich, wie sie sich in den Fesseln windet und erneut nach mir tritt. Das lasse ich ihr dieses Mal durchgehen, immerhin ist das, was wir mit ihr vorhaben, nicht unbedingt die feine englische Art. Sie wird wohl oft an ihre Grenzen kommen, vor allem, wenn sie so unkooperativ ist wie jetzt gerade.

Kapitel 5

Anouk

»Hört auf. Lass mich sofort runter.« Erneut zerre ich an den Fesseln, trete um mich. Mit allen Mitteln wehre ich mich gegen seine groben Griffe, egal, wie wenig es bringt. Alles, was ich damit erreiche, ist, dass mich dieser schwarzhaarige Kerl noch fester packt. Zaiden, wenn ich richtig gehört habe. Mit den vielen Tattoos an seinem Arm und dem schwarzen T-Shirt gleicht er mehr einem schlechten Bad Boy aus irgendeinem Low-Budget-Film als einem Wissenschaftler.

Wir haben das Boot mittlerweile verlassen, und ich bin bei Fluchtversuch Nummer zehn angekommen, möglicherweise auch Nummer zwanzig. Ich habe aufgehört, mitzuzählen. Über die Reling konnte ich mich nicht stürzen, den Steg hinabspringen ebenso wenig, am Hafen hat niemand gehört, und im Auto auf dem Weg hierher saß Rick dicht neben mir, sodass ich keine Chance hatte, auf mich aufmerksam zu machen. Hier auf dem Parkplatz des Labors jetzt wegzurennen, ist meine letzte

Option. Das hier ist die Gelegenheit. Würde Zaiden bloß ein wenig lockerlassen, würde ich es schaffen.

»Ich hätte dir das Klebeband wieder draufkleben sollen«, knurrt er. Gut, soll er ruhig genervt sein. Immerhin bin ich es ebenfalls, und im Gegensatz zu ihm habe ich sogar jeden Grund dazu.

Rick schließt zu uns auf. Es gibt keine logische Erklärung dafür, aber ich habe bei ihm ein viel schlimmeres Gefühl als bei Zaiden. Allein sein psychotischer Blick. »Ich bin gespannt, ob die im Wasser auch reden kann. Wäre tierisch nervig.«

»Wir werden es sehen.« Zaiden zuckt mühelos mit den Schultern, obwohl ich wie ein nasser Sack darüber hänge. »Oder möchtest du uns das zufällig verraten, Nixe?«

»Einen Teufel werde ich tun.«

»Welch ein Wunder.« Zaiden packt mich fester, und mein gesamter Körper bebt unter seinen Bewegungen. »Keine Sorge. Das finden wir alles heraus.« Untermalt von diesen Worten, landet seine flache Hand auf meinem nackten Hintern, und ich japse erschrocken auf. Das hat er nicht getan.

»Fuck, garantiert nicht.« Erneut winde ich mich, starte damit Versuch Nummer elf oder einundzwanzig, auch wenn ich weiß, dass es kein richtiger Fluchtversuch ist. Es ist wohl nachvollziehbar, dass ich hier nicht tatenlos herumhängen möchte.

Meine Gegenwehr wird ignoriert, stattdessen öffnen sie mit irgendwelchen Chipkarten zunächst die Türen zu dem großen Forschungsgebäude, dann eine weitere, welche mit einem metallenen Schild beschriftet ist, auf dem Labor 05.52 steht. Auf dem Weg sehe ich mich um, versuche, irgendetwas zu erkennen oder Menschen zu finden, die mir helfen, doch wir scheinen allein zu sein. Zumindest auf den Fluren. Wie das hier wohl alles aufgebaut ist? Das gehört niemals alles ihnen, dafür sind sie zu jung. Oder? Das Gebäude ist riesig, und die Nummer lässt erahnen, dass es mindestens hundert andere Labore geben muss.

Ob hier irgendwo weitere Menschen gefangen gehalten werden? So dunkel, wie es hier ist, würde es mich nicht wundern. Kaum eine Lampe an der Decke funktioniert. Labore sollten hell sein, sogar eher grell. Hier wirkt es eher wie in einem von diesen schlecht gemachten Horrorfilmen, in denen hinter der nächsten Ecke die Gestalt lauert, die alle auffressen wird. Nur dass die Gestalten in diesem Fall die Männer sind, die mich hier hereingeschleift haben. Das hier kann nicht legal sein. Wie kann ein Mensch beschließen, dass es in Ordnung ist, mich zu behandeln wie einen Delfin im Sea Life?

Keuchend schließe ich die Augen, als ich unsanft auf meine Füße gestellt werde. Obwohl der Pulli recht kuschelig ist, ist er durch meine nassen Haare an einigen Stellen ziemlich klamm, sodass das Zittern nicht allein meiner Angst geschuldet ist. »Das hier ist illegal. Ihr habt kein Recht, einen Menschen zu entführen. Ihr kommt in den Knast. Ihr alle.«

»Du bist eine Meerjungfrau. Nur weil du jetzt meinst, hier auf zwei Beinen herumzuturnen, wird dir der Spaß daran schnell vergehen, keine Sorge.« Er wendet sich Rick zu. »Becken drei sollte die richtige Größe haben. Ist es bereit?« Rick nickt und will zu einer Antwort ansetzen, da komme ich ihm zuvor. Garantiert lasse ich mich hier nicht mundtot machen.

»Ich bin gerade ein Mensch, oder bist du blind? Ihr könnt euch euer Becken sonst wo hinschieben und da von mir aus gern eure Zweisamkeit genießen.«

Das simultane Lachen, das den beiden über die Lippen gleitet, habe ich erwartet. Mir ist durchaus bewusst, dass ich gegen sie keine Chance habe. Selbst wenn ich vorher eine gehabt hätte, spätestens jetzt innerhalb dieser dicken Wände des Labors ist sie gänzlich verschwunden.

Das demonstriert Zaiden mir perfekt, indem er mich grob mit dem Rücken gegen die Wand der Tür schubst. Schmerzvoll stöhne ich auf. Er legt seine Hände links und rechts neben meinem Kopf ab und kommt mir nah. Viel zu nah. Mein zittriger Atem trifft auf seinen, und ich kneife die Augen zusammen.

»Was meinst du denn, Nixe?« Seine Finger gleiten federleicht, fast sanft über meine Wange, und ich zucke unweigerlich zusammen. »Du hast ja jetzt schon Angst. Dabei haben wir nicht mal angefangen. Vertrau mir, wenn wir erst mal mit dir fertig sind, wirst du keine großen Töne mehr spucken.« Seine Stimme ist genauso sanft wie seine Berührung. Wären da nicht seine Worte und der schneidende Unterton, könnte man denken, er sei nett.

Trotz der Deutlichkeit meiner Position recke ich das Kinn. Die Blöße gebe ich mir nicht. Einen Moment bin ich wie erstarrt von seinen dunklen Augen. Wieso müssen Arschlöcher immer besser aussehen? Bei König der Löwen ist das der Fall, in sämtlichen Marvel-Filmen, sogar bei Winx Club, und das ist eine Kinderserie. Am liebsten würde ich mir allein wegen dieses Gedankens vor die Stirn hauen. »Ich habe keine Angst.«

»Sicher?« Er dreht eine Strähne meiner Locken um seinen Zeigefinger, den feine Linien zieren, die wie die Knochen eines Skelettes aussehen, und ich muss mich stark konzentrieren, mich nicht in diesen verfluchten Augen zu verlieren. Der Glanz in ihnen lenkt wunderbar von seinem hässlichen Inneren ab.

»Sicher«, bestätige ich. »Weder vor dir noch vor dem anderen.«

»Na dann können wir ja direkt anfangen. Rick, lass das Wasser erst mal raus. Wir fangen human an.«

»Natürlich, Boss.«

In meinem Kopf spielen sich viel zu viele Szenarien ab, was sie vorhaben könnten. Ich habe diese spannenden Filme immer gehasst. Selbst kleine Folterszenen kann ich mir nicht ansehen, geschweige denn Filme wie »Saw«. Oh Gott. Wie komme ich auf »Saw«? Sowas würden sie niemals tun. Das sind Horrorfilme. Tierdokus passen besser. Süße, bunte Tierdokus, in denen sie das Verhalten einfach studieren. Bestimmt wollen sie genau das. Vielleicht eine Hautprobe, ein Haar und eine Schuppe, um sie unter einem Mikroskop anzuschauen. Mehr wollen sie bestimmt nicht. Das sollte genügen.

Ach, wem versuche ich bitte diesen Bullshit einzureden? Sie behandeln mich jetzt schon wie Dreck.

»In spätestens einer halben Stunde ist dein neuer Schlafplatz fertig. Weniger gemütlich, dafür umso effektiver. Oder möchtest du lieber direkt ins warme Wasser? Das würde es für alle Beteiligten einfacher machen.« Sein Blick bohrt sich in meinen. Es fällt mir von Sekunde zu Sekunde schwerer, ihm standzuhalten.

»Alle Beteiligten würden mich einschließen, oder nicht? Und ich bin ein Mensch. In einem Becken eingesperrt zu sein, würde es nicht einfacher machen.«

»Du bist kein Mensch«, wirft er kopfschüttelnd ein. »Nixe, du lebst unter Wasser, schwimmst mit deinen Fischfreunden durch die Gegend und kannst in den Tiefen perfekt atmen. Also versuch nicht, mich für dumm zu verkaufen.«

»Mit meinen Fischfreunden?« Es fällt mir schwer, nicht einfach mit der Wahrheit zu kontern. Die lautet nämlich, dass ich ungefähr zehn Prozent meines Lebens im Wasser verbringe, davon maximal fünf mit Flosse. Das, was sie da von mir verlangen, bin ich nicht gewohnt. Am liebsten würde ich ihm genau das sagen, aber die Chance, dass hier überall Kameras sind, ist zu groß. Innerhalb dieser Räume verliere ich kein einziges Wort darüber, dass ich eine Meerjungfrau bin. Zumindest nehme ich mir das vor, und verwandeln werde ich mich erst recht nicht. Das steht außer Frage.

Zaiden rollt mit den Augen. »Dumme Sprüche bringen dich hier nicht weiter.«

Hm? In meinem Kopf rattert es. Was war daran denn ein dummer Spruch? Ist sein Schwanz wirklich so klein, dass er um jeden Preis die Kontrolle über alles behalten muss? Selbst über das, was ich sage? Wahrscheinlich, sonst hätte ich vorhin auf den Geschmack dieses widerlichen Klebebandes verzichten können.

Obwohl mir bestimmt eine Million gute Kontersprüche durch den Kopf schwirren, schweige ich. Mir ist der Ernst meiner Lage durchaus bewusst, und sich dagegen zu wehren und ihn zu provozieren, sind einfach zwei unterschiedliche Paar Schuhe. Ich habe gar kein Interesse daran, ihn herauszufordern, sondern einfach nur … ach, keine Ahnung.

»Rede mit mir, Nixe.« Er kommt mir ein Stück näher. Sein Körper presst sich grob gegen meinen, sein heißer Atem brennt auf meiner Haut.

Reflexartig drehe meinen Kopf zur Seite. »Du bist mir zu nah«, wispere ich, anstatt auf die eigentliche Aufforderung einzugehen.

»Zu nah? Möchtest du wissen, wie es wäre, würde ich dir wirklich zu nah sein?«

Das soll wohl ein Witz sein. Was soll ich darauf bitte antworten? Ich spüre seine Wärme, den Druck an jedem Millimeter meiner Haut. Damit hat er mir nun auch die Chance genommen, ihn von mir wegzuschieben. Demnach habe ich genau eine einzige Möglichkeit, und bevor ich überhaupt darüber nachdenken kann, wie dumm das ist, ziehe ich mein Knie nach oben. Mit aller Kraft trete ich ihm in die Eier, bezwecke damit genau das, was ich will, zumindest im ersten Moment. Zaiden stolpert schmerzvoll stöhnend zurück, doch bevor ich großartig Abstand zwischen uns aufbauen kann, umgreift er meinen Hals und drückt mich gegen die Wand. Das passiert so schnell, dass ich keine Chance habe, überhaupt zu reagieren. Er schnürt mir die Luft ab, sodass ich nur japsen kann. Meine Versuche, ihn anzuflehen, darum zu bitten, mich loszulassen, verlaufen ins Leere, weil ich kein einziges Wort über meine Lippen bekomme.

»Möchtest du mir etwas sagen, Nixe? Dich eventuell entschuldigen?« Langsam hebt er seinen Arm, zieht mich zunächst auf die Zehenspitzen, bevor ich komplett den Halt unter den Füßen verliere. Meine Augen weiten sich vor Schreck und vor allem wohl vor Panik. Könnte ich reden, würde ich mich sogar entschuldigen. Jetzt gerade würde ich alles tun, damit er aufhört. Mehr als zappeln kann ich jedoch nicht. Dadurch komme ich mir vor wie ein Fisch auf dem Trockenen. Die Ironie dessen ist mir durchaus bewusst, aber ein besserer Vergleich fällt mir nicht ein.

Immer mehr Sternchen tanzen vor mir, mein Blickfeld wird dunkler, die Panik größer. Die Luft wird dünner und ich habe keine Chance, auf seinen Befehl einzugehen. Allein der Gedanke daran, dass er mich lebend braucht, hält mich über Wasser. Er würde mich nicht umbringen. Niemals.

»Wir sollten mit der Narkose anfangen, sobald sie einen Fischschwanz hat, Zaiden, nicht vorher.« Wie in Watte gepackt, klingelt Ricks Stimme in meinen Ohren. Ein Rauschen in meinem Kopf begleitet seine Worte, und dann dauert es nicht lange, bis ich auf den Boden aufkomme.

Instinktiv schnappe ich nach Luft, sauge sie viel zu hektisch in meine Lunge, während ich dabei möglichst viel Abstand zwischen uns bringe. Dass ich wieder nackt vor ihm sitze, ist mir dabei egal. Ich habe nicht einmal mitbekommen, wie er mir den Pulli ausgezogen hat.

»Ich hatte nicht vor, so lange zuzudrücken, bis sie das Bewusstsein verliert, keine Sorge.« Er wendet sich an Rick und lässt mich zumindest für einen Moment in Ruhe. Die Tür befindet sich keine drei Meter von mir entfernt, lädt einen förmlich zur Flucht ein. Bloß hätte ich keine Chance. Das Labor ist verriegelt, und er würde mich sofort wieder greifen können. Wenn ich versuche abzuhauen, muss ich das klüger anstellen, mir einen Plan zurechtlegen. Überstürzt schaffe ich es auf jeden Fall nicht.

»Schau dir an, wie rot sie ist, Alter.«

»Lass das mal meine Sorge sein«, knurrt er, und sofort mache ich mich klein. Er hat nicht einmal mich angesprochen, doch seine Stimme ist so tief und bedrohlich, dass es von ganz allein passiert.

»Jaja.« Im Gegensatz zu mir hat Rick keine Angst vor Zaiden. »Du solltest nur aufpassen mit unserem Hauptpreis. Kaputt und zerstückelt bekommen wir sie wohl schlecht verkauft.«

»Hörst du endlich mal auf mit deinem Verkaufen-Unsinn? Erst mal ist sie hier, verstanden? Weißt du eigentlich, wie lange Cam und ich auf diesen Augenblick warten? Das hier ist mein Lebenstraum. Deswegen bin ich Meeresbiologe geworden. Das lasse ich mir also nicht von dir kaputt machen, indem du die Versuche schnell abarbeitest.« Mit jedem Wort wird Zaiden angespannter und ich hoffnungsloser. Damit nimmt er mir gerade das letzte bisschen Hoffnung, an seinen gesunden Menschenverstand zu appellieren. »Wir werden mit den Ergebnissen allein reich. Um das Verkaufen an irgendeinen kranken Idioten, der schon immer ein exotisches Haustier haben wollte, können wir uns kümmern, sobald es so weit ist. Bis dahin sind die blauen Flecken verheilt. Und jetzt ...« Mit diesen Worten wendet er sich wieder an mich. »Nixe, ich glaube, du schuldest mir eine Entschuldigung. Ich bin ganz Ohr.« Er hockt sich vor mich, lässt aber bestimmt eine Armlänge zwischen uns Platz. Ich schlucke meinen Stolz hinunter und nicke, obwohl ich lieber wie ein trotziges Kind das Kinn gereckt hätte.

»'Tschuldigung«, murmle ich. Es ist nicht einfach, jemanden anzusehen, wenn man alles doppelt sieht, doch ich gebe mein Bestes.

»Was, 'tschuldigung?«

Ernsthaft?

»Tut mir leid, dass ich mich gegen diese illegalen Handlungen wehre.« Das zum Thema, keine bissige Bemerkung.

»Nixe«, knurrt er scharf. Abwartend sieht er zu mir. Scheinbar gibt er mir eine zweite Chance, das geradezubiegen, und ich wäge ab, ob ich sie ergreifen soll.

Schließlich gebe ich nach und atme zittrig ein. »Tut mir leid, dass ich dir in die Eier getreten habe.«

Er lacht rau. »Geht doch.« Zaiden streckt seine Hand aus, um nach meinem Arm zu greifen. Meinen Reflexen sei Dank rutsche ich vorher ein Stück weg und schüttle den Kopf. »Dann steh allein auf, ist mir egal.« Er richtet sich wieder auf.

Darauf wird er lange warten. Nicht einmal einen Millimeter bewege ich mich. Mein Herz hämmert gegen meine Brust, und ich bin mir sicher, würde ich jetzt aufstehen, egal ob mit Hilfe oder ohne, ich würde mich übergeben.

»Worauf wartest du?«

Erschöpft lasse ich den Kopf gegen die Wand sinken. Das

kühle Metall tut erstaunlich gut, trotz der Gänsehaut, die meinen Körper hochkriecht.

»Bist du taub? Hast du den Boss nicht gehört?« Bevor ich reagieren kann, packt Rick mich grob am Arm. Scharf ziehe ich die Luft ein, doch ehe er mich hochzieht, kommt Zaiden ihm zuvor. Unsanft drückt er ihn zur Seite, schirmt mich damit ab.

»Gib ihr fünf Minuten. Bis das Becken leer ist, dauert es eh noch.« Fast schon beschützend stellt er sich vor mich und ich erlaube es mir, meine Augen wieder zu schließen. Dass er keine guten Absichten hat, ist mir durchaus bewusst. Dennoch nutze ich diesen kurzen Augenblick, um durchzuatmen. »Wehr dich nicht dagegen, dann wird es dir hier ganz gut gehen, okay? Wir haben kein Interesse daran, dich zu misshandeln oder weiß Gott was mit dir anzustellen. Das würden wir mit keinem Hai tun, also wie kommst du darauf, dass wir es mit dir tun?«

Für einen Moment schweige ich, lege mir meine Antwort zurecht, damit ich nicht erneut voreilig reagiere. »Weil ihr mich entführt habt. Weil ich gefesselt auf dem Boden eines Labors liege, gewürgt wurde und du ... Wie soll ich dabei denn nicht denken, dass ihr das Schlimmste mit mir vorhabt, was ich mir vorstellen kann?«

»Wir sind keine Monster, Anouk. Wehr dich nicht gegen uns, und wir werden dir nichts tun.«

Wie gerne würde ich ihm glauben. Es würde mir all das hier so viel einfacher machen. Nur sträubt sich etwas in mir gewaltig dagegen.

Verzweifelt sehe ich zu ihm hoch und versuche, mich in eine halbwegs aufrechte Position zu bringen. »Und ich bin kein Tier. Also bitte behandelt mich nicht wie eins.«

»Die Gesetze sagen etwas anderes«, wirft er ein.

»Die Gesetze sind von irgendwelchen Politikern gemacht, die keine Ahnung vom echten Leben haben. Ich sitze hier vor dir, oder nicht? Ich bin ein Mensch, kein Tier. Ich rede mit dir, ich studiere, gehe feiern, treffe mich mit Freunden. Ich bin genau wie du. Wieso solltest du also das Recht haben, mich einzusperren, bloß weil solche dämlichen Gesetze das meinen?«

Er zuckt mit den Schultern und ich nehme wahr, wie sich seine Körperhaltung wieder anspannt. Das also zum Thema, dass man vernünftig mit ihm reden kann. »Ich diskutiere darüber garantiert nicht mit dir. Mach mit, oder lass es bleiben. Das Schmerzlevel bestimmst allein du, Nixe.« Mit diesen Worten wendet er sich von mir ab, genau in dem Moment, in dem ich das leise Piepen des Zahlenschlosses der Tür höre.

»Also, was ist die große Überraschung, Zaiden? Wehe, du enttäuschst mich.« Das ist unmöglich. Diese Stimme erkenne ich sofort, ohne aufsehen zu müssen. Ich tue es trotzdem. Unweigerlich zucke ich zusammen, als ich realisiere, wer der Dritte im Bunde ist. Inständig hoffe ich, dass ich mich täusche.

»Anouk?« Es ist Cameron, dem ich direkt in die Augen sehe. In diese verfluchten grünen Augen, in denen ich in der vergangenen Nacht mehr als nur einmal versunken bin.

Kapitel 6

Cameron

Wenn der beste Freund einem schreibt, dass er den Fang seines Lebens gemacht hat, rechnet man wohl mit allem, außer hiermit. Selbst für ihn ist das nicht normal, und ich rede über einen Kerl, der für seine Ziele über Leichen gehen würde.

»Woher kennst du die Kleine?« Schmunzelnd lehnt Zaiden sich an einen der Untersuchungstische, während er zu Anouk sieht. Einer nackten, total verängstigten Anouk.

»Was soll der Bullshit?« Seine Frage ignoriere ich einfach. Die spielt hier überhaupt keine Rolle. Wichtiger ist es, Anouk etwas überzuziehen. Sie ist heiß, keine Frage, aber nicht in dieser Situation. Schnell ziehe ich meine Jeansjacke aus, um sie Anouk über die Schultern zu legen. Dass sie dabei vor mir wegzuckt, ist verständlich, trotzdem fühlt es sich wie ein Schlag in die Magengrube an. Sie hat Angst vor mir. »Ich bring dich gleich nach Hause, okay?« Meine Stimme ist ruhig und sanft. In ihren blauen Augen vermischt sich Unsicherheit mit Hoffnung. Den Glanz vom gestrigen Abend haben sie verloren.

»Einen Scheiß wirst du«, mischt Zaiden sich ein. »Sie ist eine Nixe, Cam.«

Sofort ziehe ich eine Augenbraue hoch. »Auf was für einem Drogentrip bist du bitte?«

Er rollt mit den Augen und bleibt entspannt mit vor der Brust verschränkten Armen stehen. »Ich bin nicht derjenige, der zu verkatert ist zum Arbeiten. Wir haben sie vor der Küste an Bord geholt. Zu dem Zeitpunkt mit einem hübschen blauen Fischschwanz.«

Anouk schüttelt den Kopf und drückt sich ein Stück weiter hoch. »Er lügt.«

»Oh, Nixe. Wollen wir das Spiel wirklich weiterspielen? Wir wissen beide, dass du verlierst. Mach dir das Leben nicht unnötig schwer.«

Zähneknirschend massiere ich mir den Nacken. Er sagt die Wahrheit. Zaiden würde keine wildfremde Frau entführen auf gut Glück, dass sie eine Meerjungfrau ist.

Anouk ignoriert ihn. Verzweifelt zieht sie an den Fesseln hinter ihrem Rücken, versucht scheinbar, sich zu befreien.

»Was hast du mit ihr vor?«, frage ich stattdessen, ohne meinen Blick von ihr abzuwenden.

»Was ich mit ihr vorhabe? Was ist los mit dir, Cam? Du weißt genau, was wir mit ihr vorhaben. Schon vergessen? Das planen wir seit unserem Studium. Nur, weil du die Kleine scheinbar kennst, werden wir das nicht ändern. Also, sortiere von mir aus deine Gedanken, mach, was du willst. Heute Abend fangen wir an.«

»Bitte.« Anouk bemerkt meinen Zwiespalt. Ohne die letzte Nacht wäre es deutlich einfacher. Für uns beide. Sie hätte keine Hoffnung, ich keine Gewissensbisse. Eventuell würde ich sogar über die roten Abdrücke an ihrem Hals lachen. Den Mut, sich in ihrer Lage zu wehren, würden die wenigsten aufbringen. Sie hat keine Chance gegen ihn, trotzdem hat sie es versucht.

»Ich …«

Ihr flehender Blick trifft mich. Es ist klar, dass Aufgeben für sie keine Option ist, und beinahe hätte es sogar funktioniert. Dennoch wende ich mich von ihr ab und drehe mich zu Zaiden.

Er hat recht. Das hier ist unser Traum. Mein Traum. Wenn sie wirklich eine Meerjungfrau ist, sollte ich mir diesen nicht durch ein bisschen Mitleid für einen One-Night-Stand kaputt machen lassen.

»Ich kenne sie nicht. Wir hatten Sex, das war's. Wir können von mir aus loslegen«, sage ich schließlich und lasse damit die Hoffnung, die in ihr aufgekeimt ist, wie eine Seifenblase platzen.

Zufrieden stößt Zaiden sich vom Tisch ab und kommt zu mir. »Perfekt. Rick lässt das Wasser aus Becken drei. Sobald das leer ist, starten wir.« Er legt mir eine Hand auf die Schulter.

»Gut.«

»Nein.« Anouk weicht jegliche Farbe aus dem Gesicht.

»Hast du ernsthaft geglaubt, er hilft dir?« Schmunzelnd schüttelt Zaiden den Kopf.

»Wie fangen wir an?« Wir gehen so weit zur Seite, dass wir sie gut im Blick haben. Nur um auf Nummer sicher zu gehen. Sie sitzt direkt an der Tür, und das Risiko ist zu groß. Sie hat Kampfgeist.

Schon lange haben wir uns ausgemalt, wie es sein würde, endlich eine Meerjungfrau in unserem Besitz zu haben. Wir haben Listen darüber geführt, was wir gern in Erfahrung bringen wollen. Seit Jahren sprechen wir tagtäglich darüber, was für ein Erfolg das wäre und was alles zu tun ist – jetzt gerade fällt mir keine einzige Sache ein. Mein Kopf ist wie leergefegt. Natürlich möchte ich anfangen. Am liebsten würde ich direkt die ersten Proben nehmen und Ergebnisse erzielen. In meinem Kopf war alles perfekt. Wieso fällt es mir also so schwer? Möglicherweise liegt es daran, dass es mir schwerfällt, mir vorzustellen, dass sie eine Nixe ist. Es fühlt sich unwirklich an.

»Wir werden ihr in diesem Zustand Proben entnehmen. Gewebe, Blut, all das eben. Deshalb wäre es ganz gut, wenn du gut auf sie einredest, Romeo. Sie vertraut dir. Halbwegs zumindest. Vielleicht klappt das dann ja alles ohne viel Drama.«

Wir wissen beide, dass das eine Wunschvorstellung ist. Sie wird nicht mitmachen. Da kann ich noch so gut auf sie einreden. Bei einem Tier ohne gesunden Menschenverstand wäre es einfacher. Nyx wird mich abblocken, vor allem, weil Zaiden handgreiflich geworden ist. Außerdem bin ich zu verkatert für all das.

Apropos Kater.

»Hast du Schmerztabletten genommen? Ibu, Aspirin oder dergleichen? Nimmst du die Pille?«, frage ich Anouk.

»Ich wüsste nicht, was es dich angeht.« Trotzig sieht sie mich an, und ich verdrehe innerlich die Augen. Sie sollte gemerkt haben, dass sie so was nicht weiterbringen wird. Im Gegenteil, das wird ihr das Leben hier drinnen zur Hölle machen. Es ist nicht meine Intention, sie unnötig zu quälen. Ganz im Gegensatz zu Zaiden, und ich befürchte, das wird ihr hier zum Verhängnis.

»Was hast du gemacht, damit Zaiden dich würgt?«, stelle ich eine weitere Frage. Eventuell bekomme ich sie damit ja zur Vernunft. Eine weitere Überlegung ist es, ihr die Fesseln zu lösen. Damit könnte sie sich frei bewegen und die Jacke vernünftig anziehen – oder auf mich losgehen. Man muss mit allem rechnen.

»Gar nichts«, nuschelt sie trotzig und schielt an mir vorbei. Zaiden ist mittlerweile zu Rick gegangen. Im Hintergrund höre ich, wie die beiden das Labor bereitmachen. Maschinen werden gereinigt, die Ketten an der Liege klirren, was sofort Anouks Aufmerksamkeit auf sich zieht.

»Wir wollen das nicht benutzen, okay? Dafür musst du mitmachen. Wir werden dir Blut entnehmen, Haut, Speichel, Fingernägel. Das ist genauso wie eine Untersuchung im Krankenhaus. Es muss nicht wehtun.«

»Und das soll ich dir glauben? Ich meine, jemand, der mich fast zu Tode würgt, weil ich mich nicht entschuldige, ist zu allem fähig. Dabei müsste er sich entschuldigen, immerhin wurde ich entführt.« Zittrig saugt sie Luft in ihre Lunge. »Hatten wir uns gestern nicht gut verstanden? Du hast mir von deiner Forschung erzählt, von der Leidenschaft für deinen Job. Das hier hat nichts mit Leidenschaft zu tun, Cameron. Das ist krank, und tief im Inneren weißt du das. Selbst wenn ich eine Meerjungfrau wäre, ist das krank. Wieso nehmt ihr euch das Recht heraus, zu behaupten, das wäre in Ordnung?«

Ich verstehe sie, das tue ich wirklich. Wäre es andersherum, würde ich genauso versuchen, mich dagegen zu wehren. »Das Leben ist unfair, Anouk. Die Gesetze sind auf unserer Seite.«

»Das sind sie nicht. Ich bin ein Mensch mit zwei Beinen und keinem Fischschwanz. Schlag das in den Gesetzen nach. Das hier ist Freiheitsberaubung. Darauf ist eine beachtliche Strafe angesetzt.«

So langsam verstehe ich, wieso Zaiden zu solch drastischen

Maßnahmen gegriffen hat. Er war nie sonderlich geduldig, und dieses Gerede geht selbst mir auf die Nerven. Wobei es bei mir wohl eher daran liegt, dass sich mein Gewissen meldet. Denn sie hat recht. Wir haben keinerlei Recht, sie in diesem Zustand einzusperren.

»Wenn du all das einfach mitmachst, ist es für alle Beteiligten einfacher, und du kannst schnell gehen.«

»Du meinst, ich kann schnell verkauft werden?«

Verwirrt ziehe ich meine Augenbrauen kraus. »Verkauft werden? Wie kommst du darauf?«

»Das hat dein Freund ganz stolz offenbart. Wie viel Geld ihr für eine Meerjungfrau bekommen würdet. Also tue mir einen Gefallen, Cameron, lüg mich bitte nicht an.«

»Okay. Das wusste ich nicht.« Das geht eindeutig zu weit, selbst für ihn, und ich hoffe, dass Zaiden ihr damit lediglich Angst machen will. Die Gesetze auszunutzen, um Forschung zu betreiben und damit Geld zu verdienen, ist eine Sache, sie zu verkaufen, eine ganz andere. Daher schüttle ich an Anouk gewandt den Kopf. »Wir verkaufen dich nicht. Keine Sorge. Du hast mein Wort. Wenn du mitmachst, lassen wir dich einfach gehen.«

Jetzt sind es ihre Augenbrauen, die sich kräuseln. »Und das soll ich dir glauben?«

»Du musst mir vertrauen. Eine andere Wahl hast du nicht.«

Es gibt keine Möglichkeit, ihr das zu beweisen. Zumindest fällt mir spontan keine ein. Vor allem nicht, wenn Zaiden ihr damit gedroht hat. Zum Glück sitze ich am längeren Hebel. Natürlich werde ich darüber mit Zaiden sprechen und ihm diesen Gedanken ausreden. Morgen. Erst mal muss diese Mischung aus Wut und Euphorie nachlassen. »Also, was hast du alles für Medikamente genommen?«

Sie weicht meinem Blick aus, schweigt einen Moment.

»Keine Medikamente, bloß die Pille. Yaz«, antwortet sie schließlich.

»Danke. Dann können wir das bei der Untersuchung deines Blutes beachten. Damit hast du uns wirklich geholfen. Arbeite mit uns zusammen, und es wird alles sauber ablaufen.« Dass das nur die halbe Wahrheit ist, verschweige ich ihr in diesem Moment. Wir werden mit den einfachen, schmerzfreien beziehungsweise schmerzarmen Experimenten anfangen, das stimmt, aber damit ist es leider nicht getan. Es sind einige dabei, bei denen sie protestieren wird.

Da sie nicht weiter antwortet, wende ich mich von ihr ab und gehe rüber zu Rick und Zaiden. »Sie nimmt die Pille von der Marke Yaz.« Mit dieser Information setze ich mich an meinen Laptop, um die Inhaltsstoffe zu googeln.

»Sehr schön.« Zaiden atmet tief durch. »Damit können wir arbeiten. Fehlt nur noch die Verwandlung der Kleinen.«

»Eins nach dem anderen. Ich versuche es gerade damit, ihr einfühlsam zuzureden«, erkläre ich, und Zaiden nickt.

»So lange sie bald mitmacht.« Er zuckt mit den Schultern.

»Das wird sie«, verspreche ich, trotz meiner Zweifel daran. Das sind bereits zwei Versprechen, bei denen ich unsicher bin, ob ich sie halten kann.

Ein zittriges Wimmern vermischt sich mit dem Geräusch der blubbernden Aquarienpumpen aus dem hinteren Teil des Labors. Anouk presst ihren Körper eng gegen die Wand, und ich halte inne. Die Gewissensbisse, die mich plagen, sind absolut fehl am Platz. Wir haben immer darüber gesprochen, eines Tages an Meerjungfrauen zu forschen. Jetzt, wo es allerdings so weit ist, frage ich mich, ob es richtig ist. Ich arbeite mit Tieren zusammen, die fiepen, sobald ihnen etwas missfällt, anstatt mit mir zu reden. Das ist eine komplett andere Hausnummer.

»Cam?« Zaiden holt mich aus meinen Gedanken. »Du solltest sie etwas unauffälliger beobachten, wenn du möchtest, dass sie dir vertraut.«

»Sorry.« Kraftlos atme ich durch. »Bist du dir sicher, dass wir das durchziehen sollten? Sie ist ein Mensch, Zaiden.«

»Natürlich bin ich mir sicher.« Er schnappt sich meinen Laptop und öffnet die Aufnahmen unserer Überwachungskameras.

Nachdem zweimal das Equipment von unserem Boot geklaut wurde, trotz Sicherheitsschloss, haben wir sie letztes Jahr installieren lassen.

»Hier, erkennst du ihren Schwanz.« Zaiden zeigt auf den unteren Rand des Bildschirmes. »Es ist natürlich kein optimaler Beweis, immerhin sind die Kameras dort ja nicht installiert, um dir zu beweisen, dass deine kleine Freundin ein Fisch ist. Die Schuppen siehst du trotzdem.«

Man erkennt so gut wie nichts. Es wäre keine gute Beweisgrundlage. Weder zu unseren Gunsten noch für mögliche polizeiliche Nachforschungen. Für mich allerdings schon. Mein Herz reagiert, bevor mein Kopf es kann, und hämmert schnell gegen meine Brust. Genau das habe ich gebraucht. Es ist nur ein kleiner Beweis, der jedoch zeigt, dass Zaiden recht hat.

»Fuck. Das ist … Die Kleine ist eine Meerjungfrau.«

Zaiden klopft mir auf die Schulter. »Sage ich ja. Ich habe zwar keine Ahnung, wie das mit der Schwanzflosse und den Beinen funktioniert, aber das wird sie uns verraten. Mit der sanften Tour kommen wir nur nicht weit, das sollte dir bewusst sein. Bist du dabei, oder lässt du es? Dein Zögern brauche ich hier nämlich nicht.«

Dieses Video hat irgendeinen Schalter in meinem Kopf umgelegt, mein Gewissen hat sich nämlich verabschiedet. »Ich bin dabei.« Sie ist das, was wir seit Jahren in unserem Labor haben wollen. Wir haben darüber sogar vergangene Nacht erst gesprochen, und sie hat sich trotzdem auf einen Spaziergang am Strand eingelassen.

Zaiden nickt zufrieden und schließt das Videoprogramm, damit ich weitermachen kann. »Lass uns keine Zeit verlieren.« Das lasse ich mir nicht zweimal sagen.

Kapitel 7

Zaiden

Dass Cameron schnell einknickt, wusste ich von Anfang an. Er ist nicht der Typ für diese Gütiger-Samariter-Nummer. Schon im Studium haben wir uns geschworen, die Moral beiseitezuschieben, wenn es um Meerjungfrauen geht. Wir verfolgen dasselbe Ziel. Ein Menschenleben ist im Vergleich zu solch einer bahnbrechenden Forschung unwichtig. Zumal wir dieses Leben nicht beenden. Wir rauben ihr halt einfach für ein paar Monate die Freiheit. Es gibt durchaus Schlimmeres. Sie hätte genauso gut in die Hände eines Serienmörders fallen können. In einer Großstadt wie San Francisco passiert so etwas häufig. Wir sind damit das kleinere Übel für die hübsche Nixe, tun ihr damit in meinen Augen sogar einen Gefallen.

Ein letztes Mal kontrolliere ich die Gerätschaften gründlich. Alles liegt fein säuberlich auf dem kleinen Tablett, bereit zur Entnahme der Proben. Dass sie sich weigert, sich zu verwandeln, hat durchaus seine Vorteile. Menschliche Proben und Messungen sind wichtig für den Vergleich. Wenn sie erst einmal ein Fisch ist, werden wir alles tun, damit sie sich nicht zurückverwandelt. Die Gefahr, dass man sie in menschlicher Gestalt findet, ist zu groß. So sehr ich das Risiko liebe, auf den Knast verzichte ich gern. Dass wir die Schulden bei meinem Dad wohl jahrelang abstottern müssen, ist Gefängnis genug.

»Dann können wir ja loslegen.«

»Wir fangen mit Speichel, Hautzellen und Blut an.« Cameron klappt seinen Laptop zu. »Da sollten wir problemlos drankommen. Um die Liquorprobe kümmere ich mich anschließend.« Scheinbar hat es lediglich dieses simple Video gebraucht, damit er voll und ganz an Bord ist.

Fehlt nur noch eine Person, die wir überzeugen müssen, und die hockt zusammengekauert neben der Tür. Seitdem sie hier ist, hat sie sich keinen Zentimeter bewegt, beobachtet uns lediglich wachsam. In ihren Augen kämpfen Angst und Trotz miteinander. Eine Mischung aus Unsicherheit und Widerstand. Ihr Blick ist so intensiv, so kämpferisch, dass sie mich wirklich beeindruckt. Sie hat keine Chance gegen uns, das ist ihr durchaus bewusst. Trotzdem gibt sie nicht auf. Chapeau.

»Wir nehmen jetzt ein paar Proben. Entweder du sitzt dabei ruhig auf der Liege«, ich deute auf besagte Metallliege hinter mir, »oder wir müssen dich an Händen und Füßen festbinden. Ziemlich erniedrigend, wenn du mich fragst. Also los, mitkommen.« Der Abstand, den ich zwischen uns beibehalte, ist taktisch gewollt. Die Hoffnung, dass sie auf mich hört, ist groß. Zumindest bis sie sich allein beim Aufstehen viel zu ungeschickt anstellt und mit allen Mitteln versucht, die Jacke anzubehalten. Für so etwas habe ich zu wenig Geduld. »Okay. Ich helfe dir«, erkläre ich so ruhig wie möglich und packe sie am Oberarm, um sie hochzuziehen.

Sie zuckt zusammen und zieht ihren Arm weg, jedoch

ohne Erfolg. »Ich bin sehr wohl in der Lage, mich allein zu bewegen.«

»Das glaube ich dir gern«, erwidere ich ruhig und lasse sie erst los, nachdem sie auf den Beinen ist. »Na los, ab zur Liege.«

Natürlich war es vernünftig von Cam, ihr seine Jacke umzulegen. Die Klimaanlage läuft auf Hochtouren. Selbst wir tragen hier im Hochsommer meistens dicke Hoodies. Der Unterschied ist, dass ich meinen besten Freund gern angezogen sehe, die Nixe sieht hingegen nackt verflucht heiß aus. Bis sie ihren schuppigen Fischschwanz bekommt und im Moment hier auf zwei Beinen herumturnt, genieße ich diesen Anblick, laufe sogar mit etwas Abstand hinter ihr her.

Sie bleibt vor der Liege stehen und sieht über die Schulter zu mir, bevor sie sich zu Cameron dreht. »Nehmt ihr mir denn die Fesseln ab? Wehren kann ich mich eh nicht«, erklärt sie unsicher, beinahe bettelnd.

Diese Entscheidung überlasse ich allein Cameron. Mir ist das egal, und Rick hat dabei sowieso kein Mitspracherecht. Er ist lediglich Student. Von mir aus soll er an den Schildkröten und Fischen herumexperimentieren, aber nicht an unserer kleinen Meerjungfrau.

»Lass es mich nicht bereuen, Nyx.« Cameron geht mit einem kleinen Messer zu ihr und schneidet damit die Fesseln durch. Sofort nimmt sie ihre Hände nach vorne und reibt sich die Handgelenke. Wie erwartet, sind sie komplett wund. Selbst schuld, wenn man ununterbrochen versucht, sich zu wehren. Spätestens nach dem dritten Mal hätte sie merken sollen, dass sie keine Chance hat, sie irgendwie gelöst zu bekommen.

»Untersteh dich, mich so zu nennen«, faucht sie aufgebracht und schlüpft mit ihren Armen in die Jacke. Knopf für Knopf schließt sie diese.

Cameron lacht. »So hast du dich mir vorgestellt, schon

vergessen? Deinen vollen Namen habe ich erst von deiner Freundin erfahren. Wie hieß sie noch gleich? Sofie?«

»Ich habe mich einem netten Mann vorgestellt, mit dem ich mich gut unterhalten habe, keinem Psycho«, wendet sie ein. Die Kleine hat Feuer unterm Hintern. Man sollte meinen, sie sei deutlich ängstlicher und zurückhaltender.

»Der Psycho bin wohl eher ich, meinst du nicht?«, bringe ich mich in das Gespräch der beiden ein, und sofort schnellt ihr Kopf zu mir. Sie scheint nach einer bissigen Bemerkung zu suchen, bleibt jedoch still. Besser für sie, mein Geduldsfaden ist nämlich recht kurz. »Aber ein interessanter Spitzname.« Die Ironie dahinter ist amüsant. Wer kommt denn bitte auf die bescheuerte Idee, sich als Meerjungfrau den Spitznamen Nyx zu geben? Vor allem bei diesen Gesetzen? Das erinnert mich an die Menschen, die ihre Hunde Bello nennen oder ihre Katze Mieze. Das also zum Thema, sie ist kein Tier, und wir sollen sie menschlich behandeln.

»Den Namen haben mir meine Eltern direkt nach der Geburt gegeben. Da war ich ein kleines Baby. Das eine hat mit dem anderen nichts zu tun.« Es ist offensichtlich, dass sie vehement versucht, nicht auszusprechen, dass sie eine Meerjungfrau ist. Gar keine doofe Taktik, das muss ich ihr lassen. Es wird ihr nur keinen Erfolg bringen. Ich arbeite nicht seit acht Jahren an diesem Ziel, damit ich es mir von einer störrischen Nixe kaputt machen lasse. Mir egal, was es kostet, sie wird in diesem Becken schwimmen, inklusive Fischschwanz. Komme, was wolle.

Ich räuspere mich. »Wie auch immer. Setz dich jetzt.« Abwartend sehe ich sie an. Wir verschwenden unnötig Zeit. Es ist nicht mein Ziel, sie mir zur Freundin zu machen. Wenn Cameron es auf diese Weise versuchen möchte, soll er es von mir aus tun, aber mir ist das zu blöd. Mit den anderen Versuchsobjekten kuschle ich ja auch nicht.

Anouk murmelt irgendetwas vor sich hin, spricht jedoch zu leise, um es zu verstehen. Meine Schultern spannen sich direkt an, und ich atme dreimal tief durch. Es ist mir egal, welche Beleidigungen sie vor sich hin nuschelt. Immerhin sind die, die sie für sich behält, wohl viel schlimmer. Hauptsache, es bleibt beim Verbalen, und sie meint nicht wieder, es auf meine Eier abzusehen.

Das Wichtigste gerade ist, dass sie unsere Befehle befolgt. Und das tut sie. Mit einem, zugegeben, recht eleganten Sprung begibt sie sich auf die Liege.

»Dann mal los. Womit auch immer ihr anfangen wollt.« Sie krempelt den Ärmel der viel zu großen Jacke hoch und sieht mich abwartend an. Ihre Füße baumeln in der Luft, und ihre blonden Haare, die mittlerweile wieder trocken sind, liegen in zerzausten Locken über ihren Schultern. Dass Cameron sie abgeschleppt hat, wundert mich kein bisschen. Ich würde das Gleiche tun. Die Kleine ist heiß.

Sie starrt mich stur an, während Cameron die Proben nimmt. Speichel, Abschürfungen der Haut. Sie lässt sich sogar problemlos Blut abnehmen, obwohl es einen Moment dauert, bis er die Venen gefunden hat. Während all dem sagt Anouk kein Wort, beobachtet ihn lediglich dabei. Es dauert eine Weile, denn gerade die Gewebeproben nehmen wir an jeder erdenklichen Stelle, konzentrieren uns vor allem auf ihre Beine. Schließlich sind sie es, die gänzlich verschwinden, wenn ihr der Fischschwanz wächst.

»Gut, das hätten wir.« Ich gebe Rick das letzte Röhrchen mit Blut, damit er sich darum kümmert, alle Proben in die Zentrifuge zu stellen. Der Rest ist bereits beschriftet und sicher verstaut. Das ist ein Vorteil daran, mit Werkstudenten zu arbeiten. Sie nehmen einem die Drecksarbeit ab und lernen gleichzeitig wichtige Dinge für das Studium. Da mussten auch Cam und ich früher durch, deswegen hält sich mein Mitleid in Grenzen.

»Gut. Ich brauche eine kurze Pause. Für die Liquorprobe brauche ich meine volle Konzentration.« Cam rollt mit seinem Stuhl ein Stück von der Liege zurück, ehe er aufsteht und sich eine Flasche holt.

»Dann fange ich mit den Nerven an«, beschließe ich kurzerhand und ziehe mir schwarze Einweghandschuhe an.

»Gib ihr eine kurze Pause und kümmere dich erst mal um das Messen.« Cam reicht Anouk die Wasserflasche. Skeptisch nimmt sie diese entgegen, trinkt jedoch direkt einen Schluck. Aus unserem Gespräch hält sie sich dabei komplett heraus. Gut für sie, denn obwohl es um sie geht, hat sie selbst kein Mitspracherecht.

»Gut.« Kurz scanne ich Anouk von oben bis unten. »Das sollte am einfachsten sein.«

»Beinahe wie bei einem normalen Arzttermin«, bemerkt sie missmutig und steht wieder auf. »Nur, dass ich Ärzten vertraue.«

»Wow, da können sie sich wirklich glücklich schätzen.« Ich rolle mit den Augen und bereite die Waage vor. »Draufstellen.« Zum Herumtrödeln haben wir keine Zeit. Es kitzelt mir viel zu sehr in den Fingern. Menschliche Proben und Untersuchungen sind langweilig, wenn man weiß, dass man das Gleiche auch mit einer Meerjungfrau machen könnte. Sobald wir dieser erst mal Proben entnommen haben, wird der Vergleich sicher das Spannendste sein. Allerdings müssen auch die notwendigen Punkte auf der Liste abgearbeitet werden.

»Jaja«, erwidert sie gereizt und stellt sich auf die Waage. In der Regel kommen darauf die Eimer mit den Tierchen, es ist daher keine Personenwaage, wie man sie sonst kennt, dafür liefert sie die besten Ergebnisse.

»Ein Meter sechsundsechzig und achtundfünfzig Komma drei Kilogramm«, rufe ich Rick zu, damit er die Zahlen notiert, während ich mich um die Arme und vor allem die Beine kümmere. Um auf Nummer sicher zu gehen, messe ich zum Schluss den Oberkörper an verschiedenen Stellen. Man kann nie genug Informationen sammeln. Wer weiß, wofür es am Ende alles gut ist. Anouk macht das alles Gott sei Dank brav mit, muckt dabei kein einziges Mal auf. Alles läuft wie am Schnürchen.

»Perfekt. Dann kommen wir nun zum interessanten Teil. Setz dich.« Ich bringe sie zurück zur Liege und rolle das Maßband auf, bevor ich es in meiner Hosentasche verschwinden lasse.

Anouk schluckt leicht. »Wie nimmt man denn Nervenproben?« Das Zittern in ihrer Stimme ist deutlich zu hören.

»Unwichtig«, winke ich ab, doch Cam knurrt frustriert auf.

»Wir machen einen Ultraschall, um deine Nerven zu finden. Dann wird die Stelle betäubt. Das nimmt dir den gröbsten Schmerz. Der Rest ist recht einfach. Im Grunde ist es fast wie eine Blutabnahme.«

Wow. Eine dreiste Lüge, die selbst mich überrascht. Er spielt die Guter-Cop-Böser-Cop-Nummer perfekt. Innerlich ziehe ich meinen imaginären Hut vor ihm. Die Betäubung hilft zwar etwas, schmerzhaft wird es aber trotzdem. Vor allem, weil die Nadel dick ist. Verdammt dick. Hoffentlich dreht sie sich dabei nicht um. Sie ist zwar misstrauisch, nickt aber.

»Und nach all dem lasst ihr mich gehen? Dann habe ich ja gut mitgemacht und ihr habt genug Proben. Damit kommt ihr weit genug.«

»Du möchtest ...« Irritiert ziehe ich eine Augenbraue hoch. Mein Blick schweift zu Cameron, der lediglich mit den Zähnen knirscht. »Keine Ahnung, wer dir diesen Bullshit eingeredet hat. Ich hoffe inständig, dass das nicht mein Partner war.« Ich drehe mich zurück zu Anouk. »Nein, danach lassen wir dich garantiert nicht gehen. Du kommst, wie geplant, in das Becken, Nixe.«

»Ich war es nicht«, wirft Cameron schulterzuckend ein. »Ich habe ihr lediglich gesagt, dass wir sie nicht verkaufen, sobald wir hiermit fertig sind.«

Gut, darüber müssen wir früher oder später nochmal reden, denn das steht überhaupt nicht zur Debatte. Von mir aus kann sie bis zur letzten Minute denken, wir würden sie gehen lassen, wenn wir fertig sind. Immerhin jammert sie dann weniger herum, während sie ihre Tage im Labor verbringt. Ihr das zu versprechen, war demnach keine dumme Idee.

»Dann verrate du mir, wie du auf die Idee gekommen bist.« Erwartungsvoll sehe ich Anouk an und verschränke meine Arme vor der Brust. Ihr die Nervenproben zu entnehmen, wird kompliziert. Da ist es egal, ob ich die Handschuhe jetzt noch ein zweites oder drittes Mal wechseln muss. Sie wird sich wehren. Gut, dass ich die Ketten bereitgelegt habe. Ich habe nämlich kein Problem damit, sie auf dieser verfickten Liege festzuschnallen, wenn es sein muss. Wir waren nett genug.

Anstatt zu antworten, springt sie auf und weicht ein gutes Stück zurück. Schritt für Schritt geht sie zurück, bis sie in den Armen von Rick landet, womit sie eindeutig nicht gerechnet hat. Sie stößt einen spitzen Schrei aus. Keuchend reißt sie sich von ihm los, die blauen Augen vor Schreck geweitet. »Lass mich los.« Panisch windet sie sich in seinen Armen und will gerade auf seinen Fuß treten, da habe ich die zwei Meter zwischen uns überwunden und packe sie grob.

»Nanana, nicht so voreilig.« Schmunzelnd ziehe ich sie zurück zu ihrer persönlichen Hölle. »Nur fürs Protokoll, wir werden dir diese Proben entnehmen. Nerven und Liquor, ob du willst oder nicht. Danach wirst du in diesem Becken landen. Es ist mir scheißegal, wie sehr du dich wehrst, wie sehr du bettelst und flehst. Wir haben kein Mitleid. Keiner von uns. Je früher das endlich in dein kleines, blondes Köpfchen geht, desto besser ist es für uns alle.« Mit diesen Worten drücke ich sie auf die Liege und zurre die Gurte der Ketten zusammen mit Cameron fest. Es braucht drei Leute, damit sie uns nicht die Augen auskratzt. Damit ist mein letztes bisschen Mitleid, das ich tief in mir verspürt habe, gänzlich verschwunden. Jetzt sind mir die Betäubung und ihr Schmerz egal. Soll sie doch herumheulen.

Kapitel 8

Anouk

Das muss alles ein Traum sein. Ein verfluchter Albtraum und ich bin mir sicher, ich habe in meinem vergangenen Leben irgendetwas furchtbar Schlimmes angestellt, anders kann ich mir das hier nicht erklären.

»Na siehst du? War doch gar nicht so schlimm.« Zaiden löst die Fesseln an meinen Beinen, doch ich bleibe einfach liegen. Die Embryonalstellung gefällt mir gerade ganz gut. Zudem untermalt sie meine Situation perfekt. Aufstehen und mich bewegen kommt nicht in Frage. Da meine Hände erneut hinter meinem Rücken zusammengebunden wurden, um zu verhindern, dass ich mich – O-Ton – damit selbst in Gefahr bringe, macht das Ganze noch schwieriger.

Zittrig atme ich durch und schließe die Augen. Die meisten meiner Tränen sind der inhumanen Demütigung geschuldet, über meine persönliche Schmerzgrenze bin ich längst hinaus. Wieso hat Cameron mir denn überhaupt eine Antwort gegeben, wenn es eh eine Lüge war? Wofür dieses Theater, wenn ich mich dagegen sowieso nicht wehren kann?

»Na los. Wir haben nicht den ganzen Tag Zeit.« Kurz spüre ich Zaidens Hand an meiner nackten Schulter, bevor er meinen Arm jedoch packen kann, wird er weggezogen. Der Stimme nach von Cameron.

»Lass ihr fünf Minuten Ruhe. Darauf kommt es auch nicht an.«

Mit einem genervten Laut wendet sich Zaiden ab. Hätte das hier alles nicht solch einen bitteren Beigeschmack, hätte ich mich beinahe bedankt.

»Sind die Proben sicher verstaut? Ich möchte verhindern, dass wir das hier nochmal machen müssen.«

»Wieso das? Sie liegt machtlos da. Wir können alles mit ihr machen, wonach uns ist.« Rick.

»Gerade können wir gar nichts machen, verstanden? Und man muss sie nicht unnötig quälen.«

»Cameron.« Der warnende Unterton in Zaidens Stimme ist deutlich zu hören. »Wir werden mit ihr machen, was notwendig ist. Ich dachte, das Thema hätten wir bereits geklärt. Wenn wir zehn weitere Nervenproben nehmen müssen, dann werden wir das tun.«

Es lässt sich nicht vermeiden, dass ich bei seiner Aussage zusammenzucke. Mein Körper weigert sich, mir zu gehorchen. Sowohl die kühle und unberechenbare Art, wie er die Worte ausspricht, als auch die Worte selbst machen mir Angst. Immerhin durfte ich bereits spüren, dass er keine Scherze macht.

»Wenn es für die Ergebnisse notwendig ist, okay. Wenn es wegen Ricks Dummheit ist, nicht okay. Er muss sich vernünftig um die Proben kümmern und fertig. Keine Diskussionen, verstanden?«

Rick knurrt wütend. »Alter.«

»Wir arbeiten immer vernünftig«, wirft Zaiden frustriert ein.

»Dann beweist es.« Cameron klingt gelassen, beinahe zufrieden. Also bin ich es auch. Keine zehn weiteren Proben klingt gut. Es ist zwar ein kleiner Trost, aber ich klammere mich selbst daran. Warum genau, ist mir völlig schleierhaft. Immerhin hat er selbst bestätigt, dass sie weitere Proben nehmen würden. Sind das erste Anzeichen des Stockholm-Syndroms? Ausgelöst bereits vor der Entführung, durch den verdammt perfekten Sex?

»Pass auf, was du sagst. Ohne mich hätten wir sie nicht einmal fangen können. Aber woher sollst du das auch wissen? Oder warst du etwa dabei?« Ricks angespannte Stimme durchschneidet die kühle Luft im Labor.

Langsam öffne ich meine Augen wieder, um den Streit, der sich gerade entwickelt, zu beobachten. Genau im richtigen Moment. Camerons Körper spannt sich komplett an, während er seine Hände zu Fäusten ballt. »Wie bitte?«

Ich bleibe still, um keine Aufmerksamkeit zu erregen. Meine Neugier ist zu groß, um das zu ignorieren.

Hochnäsig hebt Rick das Kinn an. »Du hast mich schon verstanden. Ich bin ein ebenso wichtiger Teil dieser Aktion wie du und Zaiden. Daher erlaube ich es mir, Respekt zu verlangen.«

»Gott, denkt ihr eigentlich nach, bevor ihr sprecht?« Zaiden stellt sich zwischen die beiden. »Das hier ist unser Verdienst, verstanden? Niemand hätte das allein bewerkstelligen können. Cameron trägt einiges zu der Forschung hier bei. Ohne sein Köpfchen wäre eine Meerjungfrau im Becken sinnlos. Zudem ist er der Grund, wieso mein Vater uns das hier finanziert. Mir allein würde er das nicht zutrauen. Und ohne die Gerätschaften hättest auch du sie nicht fangen können, Rick. Also hört auf mit dem Bullshit. Nutzt die Wut lieber für andere Dinge. Wir müssen die kleine Nixe dazu bringen, sich zu verwandeln, schon vergessen? Aktuell haben wir nämlich ein riesiges Problem, sollten die Bullen auftauchen. Und das werden sie zwangsläufig, sobald ihre Familie sie vermisst meldet.«

»Wieso sollten sie genau bei uns auflaufen?« Rick zieht eine Augenbraue hoch und ich schließe gerade noch rechtzeitig die Augen. Er macht mir Angst. Sie wissen zwar, dass ich zuhöre, und wäre er Cameron, würde ich ihn anschauen. Nur ist Rick eben nicht Cameron.

»Weil das hier eines der größten Laborkomplexe der Westküste ist. Sie werden jedes Labor durchsuchen, um sie zu finden. Wenn sie dann ein Mensch ist, sind wir alle am Arsch.«

Oh, das hoffe ich doch. Spätestens morgen macht Zoe sich Sorgen. Sie wird wohl erst mal selbst suchen, bevor sie die Polizei um Hilfe bittet, so wie ich sie kenne. Damit fängt die Polizei dann übermorgen an zu suchen, und falls sie schlau sind, fangen sie bei den Laboren an. Ich stecke all meine Hoffnung in meine beste Freundin, die mich niemals enttäuschen würde. Sie weiß, dass ich nicht einfach verschwinde, ohne ihr etwas zu sagen.

»Gut. Dann bringen wir sie in das Becken und sehen weiter. Heute wird niemand mehr kommen. Es ist beinahe Mitternacht.« Die mir versprochenen fünf Minuten scheinen herum zu sein, denn wieder werde ich am Arm gepackt, dieses Mal jedoch deutlich sanfter. »Stehst du von allein auf, oder muss ich nachhelfen?«

Den bissigen Kommentar schlucke ich herunter. Stattdessen starre ich Cameron einfach an. Die Fesseln hindern mich daran, allein aufstehen zu können. Außerdem sind meine

Beine eingeschlafen. Demnach bin ich nicht mal in der Lage, mit seiner Hilfe aufzustehen. Er zieht mich hoch und sofort fängt alles an zu kribbeln. Ich wimmere laut auf, stolpere nach vorne, direkt in seine Arme. Cameron hält mich fest und stützt mich ab.

»Was ist denn jetzt los?« Zaiden stöhnt genervt. »Hast du verlernt zu laufen?«

»Meine Beine sind eingeschlafen«, antworte ich zaghaft. Vorsichtig tipple ich von einem Fuß auf den anderen, um das Gefühl in ihnen zurückzubekommen. Eine Demütigung jagt die nächste und ich hasse alles daran. Ist es nicht genug, dass ich ihnen ausgeliefert bin? Muss ich wirklich in die Arme meines Entführers stolpern, der zugegeben viel zu gut riecht? Es ist der gleiche Duft wie am gestrigen Abend. Eine Mischung aus einem typischen Männerparfüm, holzig und edel, und einer süßen Note. Papaya oder Mango. Es fühlt sich viel zu gut an, um es nicht auszukosten. Außerdem ist es eine gelungene Abwechslung zu der metallisch riechenden Liege, auf der ich die letzten Stunden verbracht habe, weswegen ich mich einen Moment zu lange an ihn kuschle.

»Ich bringe dich jetzt in das Becken und besorge dir eine Decke.« Camerons warmer Atem kitzelt mich. »Mehr kann ich gerade nicht tun. Wir bekommen es hin, dass das hier sauber abläuft.« Ein Versprechen, das ich ihm zu gern glauben würde, aber das ist unmöglich. Er steht mit diesem Gedanken allein da und hat zwei Kollegen, die wohl über Leichen gehen würden, um an ihr Ziel zu kommen.

Dennoch nicke ich vorsichtig. »Was bedeutet denn sauber?«

»Wir tun, was notwendig ist, um an Ergebnisse zu kommen, Ny- Anouk.« Er nutzt meinen richtigen Namen. Immerhin.

»Also Schmerzen, Schmerzen, Schmerzen«, stelle ich

ernüchternd fest. Es war wohl zu früh, auf Menschlichkeit zu hoffen.

»Forschung, Forschung, Forschung«, verbessert er mich.

»Forschung, alles klar.« Mir fehlt die Kraft, um ihm zu widersprechen. Jetzt, wo ich stehe, merke ich erst, wie erschöpft ich bin. Die Zeit mit Zoe am Strand liegt bloß wenige Stunden zurück. Wir haben einen Kaffee getrunken, über Cameron gesprochen, den Tag genossen. Es fühlt sich an wie eine halbe Ewigkeit. Zeit ist ein wahnsinnig komplexes und verwirrendes Konstrukt.

»Soll ich dich tragen?«

Sofort löse ich mich von ihm. »Nein«, sage ich mit fester Stimme. Das hat mir gerade noch gefehlt.

Cameron seufzt, als ich vorsichtig loswanke, sagt aber nichts weiter dazu. Gut für ihn. Dieses bisschen Würde lasse ich mir nicht nehmen. Dass ich nackt hier stehe und wie ein Versuchsobjekt behandelt werde, reicht. Ein gewisses Maß Selbstachtung ist keineswegs falsch.

»Etwas schneller. Wir haben nicht ewig Zeit.« Rick ist bereits vorgelaufen und hat das Licht im hinteren Teil des Labors angestellt.

»Geht nicht«, sage ich knapp und setze einen Fuß vor den anderen. Meine Zehen lassen sich wieder problemlos bewegen. Fehlen noch die Sohlen, die Ferse und meine Waden.

»Habt ihr mal auf die Uhr geschaut?« Rick tippt genervt auf seine.

Davon lassen weder ich noch Cameron uns beirren.

»Kein Stress«, sagt Cameron leise und hält sicherheitshalber seine Arme ausgestreckt.

Am liebsten würde ich die Zeit hinauszögern. In irgendein Becken eingesperrt zu werden, stand nämlich nicht auf meiner Bucketliste für dieses Jahr.

»Lass gut sein, Rick.« Diese Worte, in einer überraschend angenehmen Tonlage, kommen nicht von Cameron, sondern tatsächlich von Zaiden.

»Meine Güte.« Rick stöhnt genervt.

Erneut schlucke ich mein »Danke« herunter. Das hat Zaiden nicht verdient. Keiner von ihnen hat das.

Plötzlich ist das leise Plätschern des Wassers zu hören und ich weite die Augen. Wie kann es sein, dass ich das zuvor überhört habe?

»Was zum-?« Im hinteren Teil des Labors stehen zahlreiche Becken mit den unterschiedlichsten Fischen. Manche von ihnen sind kleiner, andere größer. In einem davon schwimmen sogar niedliche Schildkröten. Nach dem, was sie erzählt hatten, habe ich, um ehrlich zu sein, mit Haien oder Delfinen gerechnet, nicht hiermit.

»Du hast immer Gesellschaft, Nixe. Ein Traum.«

Entgeistert sehe ich zu Zaiden. »Fällt dir etwas auf? Ich bin kein Fisch. Dein gesunder Menschenverstand müsste dir verraten, dass das unmöglich funktioniert. Du kannst mich nicht in eines dieser Becken sperren.« Noch immer weigere ich mich, zuzugeben, dass ich eine Meerjungfrau bin. Scheißegal, dass sie mich schon gesehen haben. Ich muss nur einen von den dreien überzeugen, mich gehen zu lassen. Das wäre eine Möglichkeit. Meine größte Hoffnung stecke ich zudem in Zoe und die Polizei. Sie werden mich finden.

»Mal sehen, wie lange du das durchhältst«, ist das Einzige, was er erwidert, ehe er mich grob packt und zu einem der Becken zieht. Immerhin ist es nicht mit Wasser gefüllt. Nass ist es trotzdem, weswegen ich direkt meine Hacken in den Boden presse und versuche, stehen zu bleiben. Bevor ich meinen Protest mit Worten untermalen kann, kommt Zaiden mir zuvor. »Zu einem leeren Becken gehört dazu, dass du es gründlich trocknest und reinigst.«

Rick grummelt. »Wieso? Wir fluten es morgen eh.«

»Weil ich es sage«, presst Zaiden angespannt hervor. »Wir wollen sie untersuchen und keine Krankheiten. Die werden sich bei den ganzen Ablagerungen nämlich in ihrem Körper breitmachen. Also los, reinigen und trocknen.«

»Absolut unnötig.« Entgegen seinen genervten Worten tut Rick jedoch genau das, was ihm befohlen wurde.

»Ein warmes Bett fände ich auch nett«, entgegne ich ihnen mit fester Stimme, blicke Zaiden dabei ins Gesicht. Bevor ich weiterspreche, hole ich tief Luft. »Ich kann dir ein Pony besorgen. Das sollte kein Problem sein. Dafür musst du mich nur gehen lassen. Deal?«

»Immerhin hast du Humor. Mal sehen, wie lange noch.«

»Hätte ja klappen können.«

Rick fängt an, das Becken mit einem Handtuch von innen zu trocknen, steigt dafür extra hinein. Es wäre geradezu einfach, dieses groteske Gitter, welches im Schein der grellen Neonröhren glänzt, zuzuklappen um ihn dort einzusperren. Dann wäre einer von dreien ausgeschaltet. Vielleicht würde Zaiden ihm zur Hilfe kommen. Er könnte sich dazu gesellen und zack, wären wir bei zweien von drei. Bliebe nur noch Cameron. Das bekomme ich hin. Er lässt sich von mir bestimmt um den kleinen Finger wickeln. Das ist ein guter ... nein, das ist kein guter Plan. Zaidens Muskeln tanzen unter dem schlichten schwarzen T-Shirt und aus seinem Ärmel schlängeln sich die Tattoos, welche ihn bedrohlicher wirken lassen. Eine Linie? Möglicherweise eine Schlange. Zu gern wüsste ich, was genau für Bilder auf seiner Haut sind, doch ich wende meinen Blick ab. Bisher kenne ich nur die Skeletthand.

»Ich wette, Tattoos tun nicht halb so weh wie diese Nervenprobe. Hast du am Rücken auch welche?«

»Sie taten nicht weh, nein«, antwortet Zaiden. »Manche haben etwas gezogen, und die am Rücken habe ich kaum gespürt.« An den Armen also, an den Händen, am Rücken, wahrscheinlich am ganzen Körper. Cameron hat kein einziges. Zumindest konnte ich in der letzten Nacht keins erkennen.

»Sagst du das, um cool zu wirken?«

Zaidens Griff um meinen Arm wird fester. »Ich sage das, weil ich keine Mimose bin.«

»Bin ich auch nicht.«

»Schon klar.«

Böse funkle ich ihn an. Ich bin keine Mimose. Um das zu beweisen, verzichte ich sogar darauf, mich an ihn zu schmiegen. Gern würde ich die Wärme, die er ausstrahlt, in mich aufsaugen. Mir ist kalt, ich bin müde und möchte mich einfach in eine Decke kuscheln. Doch stattdessen warte ich darauf, dass ich in mein neues Zuhause auf Zeit steigen kann.

Damit ich ihm keine unnötige Aufmerksamkeit zukommen lasse, wende ich mich der kleinen Gruppe Guppys in dem Becken links neben mir zu. Sie schwimmen viel zu fröhlich durch das triste Wasser, sind auf der Suche nach Futter und einem Weg in die Freiheit. Ob sie den überhaupt kennen? Oder sind es gezüchtete Fische? Ich bekomme Camerons Worte aus dem Club dazu nicht mehr zusammen. Er hat mir davon erzählt, bloß an Details erinnere ich mich nicht. Mich wundert, dass alle Tiergruppen mindestens zweimal vorhanden sind. Das hat mit Sicherheit einen Grund.

Cameron scheint meinen irritierten Blick erkannt zu haben, denn er tritt neben uns und räuspert sich einmal. »Wir untersuchen primär, wie sich das Verhalten von Fischen unterscheidet, die in Gefangenschaft aufgewachsen sind, von dem Verhalten der Fische, die direkt aus dem Meer kommen.«

Zaiden lässt mich los, und sofort gehe ich einen Schritt zur Seite. »Das hast du mir gestern gar nicht erzählt.«

»Wir haben damit gerade erst angefangen und wollen es nicht an die große Glocke hängen«, erklärt Cameron. »Zudem werden wir von vielen belächelt, weil sie davon ausgehen, dass ein Fisch so etwas unmöglich merken kann. Deswegen ist unser Ziel, das Gegenteil zu beweisen.«

»Sie merken das eindeutig. Schau, wie unterschiedlich sie schwimmen.«

»Genau das ist es. Man erkennt es auf den ersten Blick, und das gilt es wissenschaftlich zu beweisen.«

»Klar. Beobachtungen alleine reichen bestimmt nicht aus«, stelle ich fest und seufze. Unglaublich, dass ihnen die Ironie dahinter entgeht. Bei Fischen erforschen sie, warum es besser ist, sie in Freiheit leben zu lassen, mich hingegen wollen sie hier einsperren. Genau mein Humor.

»Natürlich ist es möglich, allein durch Beobachtung zu guten Ergebnissen zu kommen«, fährt Cameron fort. »Früher war das primär der Fall. Heute ist die Wissenschaftswelt ziemlich taff. Man hangelt sich an Kleinigkeiten entlang, arbeitet viel gegeneinander anstatt miteinander. Gerade, wenn man so jung mit eigenen Forschungen anfängt, wird man oft belächelt.«

»Bald ist das zum Glück vorbei. Mit dir haben wir echt den Jackpot gezogen, Nixe.« Zaiden kommt zu uns, und ich zucke bei diesem widerlichen Unterton in seiner Stimme unweigerlich zusammen. »Wenn wir unsere Ergebnisse erst mal präsentiert haben, werden wir aus der Wissenschaftswelt und womöglich auch den Geschichtsbüchern nicht wegzudenken sein.«

»Zu welchem Preis?« Für einen Moment schließe ich die Augen, bevor ich in seine blicke. Das Braun blitzt für den Bruchteil einer Sekunde auf. »Ich meine, ihr werdet für immer damit leben müssen, dass ihr euch der Freiheitsberaubung und Misshandlung eines Menschen schuldig gemacht habt. Rede dir das ruhig schön, Zaiden.« Es ist das erste Mal, dass ich seinen Namen ausspreche.

Seine Mundwinkel ziehen sich zu einem Schmunzeln hoch. »Du bist eines von vielen Tieren, die wir in unserem Labor willkommen heißen durften. Wieso sollten wir ein schlechtes Gewissen haben?«

»Wie gesagt, versucht euch das nur einzureden, es wird euch auf Dauer nicht gelingen.« Zumindest hoffe ich das inständig. Gerade bei ihm und Rick bin ich vorsichtig.

»Wie auch immer.« Er verdreht die Augen. »Bist du gleich mal fertig, Rick? Ich höre mein gemütliches Bett rufen.«

Den Seitenhieb ignoriere ich gekonnt, obwohl er unüberhörbar ist.

»Wie gesagt, wenn du dein Leben lang mit dieser Schuld leben kannst.« Gleichgültig zucke ich mit den Schultern.

»Das kann ich.«

»Dein Schlafplatz ist trocken. Und sogar angewärmt, extra für die Prinzessin.« Widerlich. Dieser Kerl ist absolut widerlich. Es ist traurig, dass ich das sage, aber ich bin fast froh, dass Zaiden hier scheinbar das Sagen hat.

»Willst du jetzt, dass ich mich bedanke?« Trotz meiner dünnen Stimme muss dieser Spruch sein. Ich bin viel zu müde, um mich zu wehren, und wahrscheinlich würde ich auf dem Boden sofort einschlafen.

»Mach, was du meinst. Und jetzt zack, zack.« Ein weiteres Mal werde ich unsanft am Arm gepackt, und ich spüre den blauen Fleck schon jetzt.

Ohne dagegen anzukämpfen, lasse ich mich zum Becken führen. Eine andere Wahl habe ich nicht. Mich jetzt weiter aufzuregen oder dergleichen bringt mich nicht nach vorn. Wenn ich Pech habe, würde es sogar das Gegenteil bewirken, und ich hätte keine Chance, vernünftig mit Cameron zu reden, wenn ich ihn morgen allein erwischen sollte. Ein Plan, der weder ausgereift noch sonderlich gut durchdacht ist. Vielleicht fällt mir heute Nacht etwas Besseres ein.

Da das Becken bestimmt drei Meter hoch ist, steht eine Leiter links daneben, über die gerade schon Rick hineingeklettert ist. An sich eine einfache Angelegenheit, nur mit gefesselten Händen eher weniger. Zaiden führt mich dorthin, und ich mache keinerlei Anstalten, dort hochzuklettern. Nur über meine Leiche. Ich meine, wie zum Geier soll ich bitte auf der anderen Seite wieder herunter? Springen? Trotz der Holzfläche am Beckenrand hätte ich keine Chance, das vernünftig anzustellen.

»Vergiss es. Nimm mir die Fesseln ab.«

Zaiden lacht amüsiert. »Damit du versuchst abzuhauen oder um dich zu schlagen? Vergiss es, Nixe.«

»Hast du wirklich Angst vor mir?« Stur sehe ich ihn an. »Lös die Fesseln«, wiederhole ich mit fester Stimme.

»Sie hat recht, Zain. Lös die Fesseln. Ich meine, schau sie dir an. Sie hat keine Chance, sich zu wehren. Vor allem nicht, wenn sie gleich in dem Becken ist.« Cameron kommt zu uns. Er greift nach einem Messer und durchtrennt erneut meine Fesseln. Dieses Mal zucke ich dabei nicht zusammen.

»Danke.« Es fühlt sich richtig an, dieses Wort auszusprechen. Vor allem gegenüber Cameron. Mit ihm möchte ich mir alle Türen offen halten. Er ist gerade meine einzige Hoffnung. Wenn man mal von der Polizei absieht.

Cameron nickt und führt mich zu der Leiter. »Hochklettern, auf den Vorsprung setzen, auf mich warten, Leiter zu dir hochholen, dann mit ihrer Hilfe ins Becken klettern«, erklärt er, und ich nicke, obwohl ich das auch von allein genau auf diese Art getan hätte. Die Bemerkung schlucke ich herunter. Davon habe ich in den letzten Stunden wahrscheinlich zu viele gebracht.

Ich spüre ihre Blicke auf mir auf dem Weg nach oben. Dort angekommen, zögere ich. Meine Beine scheinen mir nicht ganz gehorchen zu wollen. Sie baumeln in dem Becken, und mit jeder Minute sackt mein Herz ein Stück tiefer. Jetzt gibt es kein Zurück. Cameron sitzt neben mir, Zaiden und Rick stehen unten vor dem Becken, warten darauf, dass ich hineinklettere. Daher ziehe ich die Leiter ins Becken und steige sie langsam hinab, direkt in mein Gefängnis aus Glas. Cameron sieht von oben zu mir. Auf seinen Lippen bildet sich ein mitfühlendes Lächeln.

»Zaiden, schmeiß mir mal eine der Wolldecken zu.«

»Was?« Ungläubig schüttelt dieser den Kopf und verschränkt die Arme vor der Brust. »Willst du sie verhätscheln?«

»Nein, ich kann nur gut darauf verzichten, dass sie krank wird. Das siehst du mit Sicherheit ähnlich, oder nicht? Also los, die graue Wolldecke.«

Durch das Glas beobachte ich, wie Zaiden verschwindet und in irgendeiner Kiste wühlt. Währenddessen verschränke ich meine Arme vor der Brust. Nicht aus Trotz, sondern weil es hier drinnen unsagbar kalt ist.

»Hier, Nixe.« Anstatt die Decke an Cameron zu geben, schmeißt er sie ins Becken, und zu meinem eigenen Erstaunen fange ich sie sogar auf.

Ich sehe ihn einen Moment lang an, bevor ich sie ausbreite und um meinen Körper lege. Zum Glück ist sie groß genug, dass ich sie um meinen kompletten Körper ziehen kann. Sie dient mir gleichzeitig als Decke und als Unterlage. Was für ein Luxus.

»Gut.« Ein leises Knarzen lässt mich nach oben blicken.

»Was?« Erschrocken beobachte ich ihn dabei, wie er ein feinmaschiges Gitter über das Becken legt und mit einem Schloss festmacht.

»Hast du gedacht, dass wir dich so hierlassen?« Rick stellt sich vor die Scheibe. Am liebsten hätte ich ihm dieses widerliche Grinsen aus dem Gesicht geschlagen. Da ich dazu keine Möglichkeit habe – egal ob mit oder ohne dieser Scheibe zwischen uns – drehe ich mich einfach von ihm weg und setze mich auf den Boden. Somit habe ich allen dreien den Rücken zugekehrt. Ein bisschen Würde darf ich mir selbst hier drinnen bewahren.

»Gute Nacht, Nixe.« Die dumpfen Schritte von zwei Leuten entfernen sich immer weiter. Einer nach dem anderen.

»Versuch zu schlafen.« Cameron ist übrig geblieben. Er wartet einen Moment auf eine Antwort, dann geht auch er.

Mein Kopf ist leergefegt. Die Situation überfordert mich komplett, und in dem Augenblick, in dem das Licht ausgeschaltet und die Labortür mit einem lauten Knall zugezogen wird, wird mir bewusst, was hier vor sich geht. So sehr ich auch versuche, es mir schönzureden, mir einzureden, dass ich hier herauskomme, in der Dunkelheit kommen plötzlich mehr und mehr Zweifel.

Das laute Blubbern der vielen Pumpen untermalt die Misere noch einmal schön. Tränen rollen über meine Wange, mein Körper bebt vor Anspannung. Erholsamen Schlaf kann ich mir damit wohl diese Nacht abschminken.

Kapitel 9

Zaiden

»Womit fangen wir heute an?« Cameron kommt aus dem Bad unserer gemeinsamen WG und streckt sich ausgiebig. Brummend lehnt er sich an die Küchenzeile. Ich verstehe ihn. Auch ich würde mich zu gern nochmal hinlegen. Bevor wir die kleine Nixe im Labor hatten, haben wir den Tag immer erst nach neun Uhr gestartet. Jetzt ist das anders. Von nichts kommt nichts, und ich sitze seit sieben Uhr vor dem aufgeklappten Laptop, um Anouk im Auge zu behalten. In jedem Winkel des Labors sind Kameras angebracht, sodass wir sie rund um die Uhr beobachten können. Im Schnelldurchlauf kontrolliere ich die letzten Stunden. Viel geschlafen hat sie nicht. Das wird ihr garantiert noch zum Verhängnis werden.

Cameron kommt zu mir und trocknet sich die braunen Haare mit einem Handtuch ab. Er fokussiert sich auf den Bildschirm, auf dem mittlerweile die aktuellen Aufnahmen laufen. Seine Körperhaltung allein zeigt, wie wenig überzeugt er ist.

Zwar behauptet er das, doch ich kenne meinen besten Freund. Mir kann er nichts vorspielen.

»Das Wichtigste heute ist, dass sie sich verwandelt. Ansonsten würde ich gerne mit den Blutproben anfangen.«

Er nickt, ohne seinen Blick von Anouk zu lösen. »Gut, das sollten wir hinbekommen. Ich habe gestern in den Datenbanken gewühlt. Anscheinend gibt es irgendeinen Mechanismus dahinter. Sie können sich nicht mit reiner Willenskraft verwandeln. Natürlich kann das auch Bullshit sein, den Quellen wurden nämlich keinerlei Beweise hinterlegt, aber es ist zumindest ein Ansatz fürs weitere Vorgehen.«

»Ein Jammer, dass es nicht wie in den ganzen Filmen ist. Ein Tropfen Wasser, und sie verwandelt sich. Das würde die Sache deutlich einfacher machen.«

»Hast du etwa etwas gegen eine kleine Herausforderung?« Auf Camerons Lippen schleicht sich ein mir nur zu bekanntes Grinsen, welches ich direkt erwidere. Diese kleine Rivalität zieht sich seit dem Studium durch. Manchmal geht es dabei um Experimente während der Arbeit, manchmal um Frauen im Club. Eine rein freundschaftliche Rivalität.

»Natürlich nicht. Und ich habe bereits eine Idee.« Mit diesen Worten klappe ich den Laptop zu und packe ihn in meinen Rucksack.

»Magst du sie mir verraten, oder werde ich genauso überrascht wie Anouk?« Wir haben keine Zeit, um zu trödeln. Obgleich uns die Nixe niemand wegnehmen kann, sobald sie sich verwandelt hat, müssen wir an diesen Punkt erst einmal gelangen. Bis dahin spielen wir auf Risiko. Zudem möchte ich möglichst zügig an die ersten Ergebnisse kommen.

»Eigentlich ist es recht simpel. Wir fluten das Becken.« Natürlich ist mein Plan an Bedingungen geknüpft, deren Einschätzung mir fehlt. Er baut darauf auf, dass ihre Lunge und Kiemen in den beiden unterschiedlichen Zuständen anders funktionieren. Knapp gesagt, dass sie in ihrer menschlichen Form unfähig ist, unter Wasser zu atmen. Wenn der Wasserpegel erst einmal das Gitter erreicht hat, muss sie sich verwandeln. Ertrinken ist ein grausamer Tod, den ihr Kopf niemals freiwillig über sich ergehen lassen wird. Außerdem ist Anouk eine Kämpferin, die nicht geplant hat, im jungen Alter zu sterben. Davon gehe ich zumindest aus.

»Fluten? Wieso hast du denn das Wasser dann überhaupt rauslaufen lassen? Bis das Becken voll ist, dauert es locker acht Stunden.«

»Hast du heute Abend etwas vor? Nein, oder? Also lass mich mal machen.«

Obwohl er mich genervt ansieht, steigt er auf dem Parkplatz anstandslos ins Auto ein, sodass wir losfahren können. Trotz der vielen kleinen Uneinigkeiten sind wir Partner in dieser Sache.

»Dann erkläre es mir.« Er startet den Motor und fährt auf direktem Wege zum Labor.

Es wundert mich kaum, dass Cameron den Grund nicht versteht. Dass man an die ganze Sache nicht plump und unbedacht rangehen darf, sondern mit einer Taktik. »Weil der Effekt ein anderer ist, hätten wir sie einfach reingeschmissen. Wenn wir das Becken gleich fluten, wird sie von Minute zu Minute, oder bei der Geschwindigkeit eventuell von Stunde zu Stunde, immer panischer. Am Anfang, solange sie sitzen oder stehen kann, ist alles gut. Sie wird vielleicht ein bisschen betteln, aber uns nichts verraten. Sobald sie allerdings schwimmen muss, sieht das schon anders aus«, erkläre ich und mache eine kurze Pause, um auf eine mögliche Reaktion zu warten. Als nichts von Cam kommt, fahre ich fort. »Sie hat die Nacht kein Auge zugetan laut der Aufzeichnungen und wird ein kleines Häufchen Elend sein. Es wird also einfach, sie in diesem Zustand zu manipulieren, Cam. Sie wird dir aus der Hand fressen, wenn du ihr versprichst, sie da herauszuholen.«

»Also eine Mischung aus physischer und psychischer Folter«, stellt er fest, und ich nicke zufrieden.

»Die perfekte Mischung, wenn du mich fragst.«

»Es reicht, wenn wir erst einmal harmlos anfangen. Wir sollten sie nicht unnötig quälen.« Seine Fäuste krallen sich um das Lenkrad. Er verschwendet viel zu viele Gedanken an die menschliche Seite der kleinen Nixe.

»Wir haben gestern harmlos genug angefangen.«

»Schön zu wissen, was du unter harmlos verstehst«, grummelt er vor sich hin, doch ich ignoriere es gekonnt. An dem Streit, den er gerade provoziert, habe ich nämlich kein Interesse.

»Übrigens habe ich eine Idee.« Freddy Mercurys Gesang wird von mir gestoppt, indem ich das Radio ausschalte. »Wie wäre es mit einer Wette?«

»Eine Wette? Du meinst, noch eine?« Er zieht eine Augenbraue hoch. Sein Interesse ist somit geweckt, da kann er mir erzählen, was er will. Er steht genauso hinter der Forschung wie ich. Keine Frau der Welt sollte einen Keil zwischen uns und unsere Forschung treiben. Nicht, wenn es sich bei der besagten Forschung um unser beider größten Traum handelt.

Ich nicke. »Genau. Eine zweite.« Und möglicherweise würde eine weitere folgen. Denn wie heißt es so schön? Alle guten Dinge sind drei.

Kurz scheint Cam zu zögern, bevor er tief durchatmet. »Erzähl mir mehr.«

Vor dem Laborkomplex herrscht reges Treiben. Viele Wissenschaftler gehören zu den frühen Vögeln und die meisten gleichzeitig zu den Nachteulen. Normale Arbeitszeiten sind hier fehl am Platz. Genauso wie teure Autos. Es gibt wichtigere Dinge, in die man sein Geld investieren kann, vor allem, wenn man teures Forschungsequipment braucht. Mein Dad würde mich wohl umbringen, würde ich mit einem Porsche vorfahren.

In einer eleganten Bewegung lenkt Cam seinen Wagen auf unseren angemieteten Parkplatz, und wir verlieren keine Zeit mehr, unser Labor zu betreten. 05.52. Eine wunderschöne Zahl, wenn man mich fragt, die in die Geschichtsbücher eingehen wird.

»Morgen.« Selbst auf den Gängen sind zu dieser frühen Stunde einige Menschen unterwegs, sodass man nicht drum herum kommt, jeden zu begrüßen. Wir sind Kollegen, sollten uns wohl alle nett verstehen, und bei den meisten trifft das zu. Dann gibt es allerdings ein paar Kandidaten, die uns belächeln. In unserem Alter schließen sich die meisten eher bestehenden Forschungen an, anstatt gleich auf eigene Faust loszulegen. Für die meisten ist das die sicherste Variante, für uns wäre es dumm gewesen, und jetzt gerade kann ich darüber nur lachen. Wüssten sie, was wir an Land gezogen haben, würden sie ihre Meinung ganz schnell ändern. Ihren Neid spüre ich schon jetzt, dabei ist bisher nichts passiert. Auf ihre dämlichen Gesichter, sobald sie merken, dass diese hübsche Meerjungfrau die ganze Zeit hier war, freue ich mich am meisten. Das hier ist unser Erfolg, unser Triumph, den ich genieße.

»Einen wunderschönen guten Morgen, Nixe.« Ich betrete unser Labor ohne Cameron und schalte das Licht ein. Rick hat heute Uni und wird erst später dazukommen. Er müsste nicht, wird sich das hier aber nicht entgehen lassen. Zumindest würde ich es nicht verpassen wollen. Womöglich hätte ich die Uni sogar geschwänzt, um bei allem dabei zu sein.

Gemächlich mache ich mich daran, die Gerätschaften einzuschalten, damit sie warmlaufen können, kümmere mich um die anderen Tiere in ihren Becken, lese die Werte ab, gehe mit einem Kescher durch das Wasser, bevor ich sie füttere. Erst danach schenke ich der kleinen Nixe meine Aufmerksamkeit. Sie sitzt zusammengekauert in der Ecke, die Decke um ihren gesamten Körper geschlungen. Hier drin ist es natürlich wahnsinnig kalt, und sie trägt nichts.

»Findest du nicht, dass es unhöflich ist, mich nicht zu begrüßen?«

Nur langsam hebt sie ihren Kopf. Obwohl ihre Augen dunkel unterlaufen sind, man ihr die Erschöpfung aus der Entfernung anmerkt, ist ihr Blick vor allem von Starrsinn gezeichnet. Oder Bockigkeit, wie man das bei einem kleinen Kind beschreiben würde, das nicht seinen Willen bekommt.

»Morgen«, wirft sie mir bissig entgegen.

»Geht doch.«

Ich lehne die Leiter an ihr Becken und steige hinauf, um zu kontrollieren, ob die Pumpe funktioniert. In diesem Becken hat schon seit mehreren Wochen kein Tier mehr gelebt. Sobald wir gleich anfangen, das Wasser laufen zu lassen, wäre es blöd, wenn wir sie nochmal austauschen müssten.

»Was wird das?«

Nur kurz sehe ich durch das Gitter zu ihr herunter, und in ihren Augen blitzt Hoffnung auf. Mit dieser Reaktion habe ich gerechnet.

»Wir wollen doch, dass das Wasser mit genügend Sauerstoff versorgt wird, hm?«

In diesem Moment wird die schwere Eisentür zum Labor geöffnet, und Cam tritt mit einigen Tüten voller Gebäck ein.

Das ist der Vorteil, wenn einer der besten Bäcker der Stadt gleich um die Ecke liegt.

Es dauert keine drei Sekunden, da hat Anouk ihre Aufmerksamkeit von mir auf Cameron verlagert. Sie drückt sich an der Wand des Beckens hoch, wobei sie sich mit einer Hand in ihre Decke krallt, als würde ihr Leben davon abhängen.

»Cam«, flüstert sie, und seine Aufmerksamkeit gilt sofort ihr.

Genervt klettere ich wieder von der Leiter und nehme ihm eine der Tüten ab.

»Mach keinen Scheiß«, warne ich ihn, bevor ich damit nach draußen verschwinde. Soll er sich ruhig darum kümmern, dass sie etwas isst, trinkt und auf den Spaß vorbereitet wird. Vielleicht nimmt er sie auch mit ins Bad, um ihren Frauenkram zu erledigen. Muss ich nichts mit zu tun haben. Lieber verbringe ich die Zeit sinnvoll, esse mein Brötchen und rauche eine. Das Wetter zeigt sich heute von seiner besten Seite.

Ich verstehe nicht, wieso die Kleine mich so reizt. Sie hat heute nicht einmal angefangen zu betteln oder dergleichen. Hoffentlich lernt sie schnell, mit ihrem Schicksal umzugehen. Das würde es für alle Beteiligten deutlich vereinfachen. Selbst für sie.

Es vergeht bestimmt eine halbe Stunde, bevor ich wieder reingehe. Zu meiner Erleichterung stelle ich fest, dass Anouk noch immer in diesem Becken sitzt. In der Hand hält sie eine der Tüten. Er hat sie also nicht herausgelassen.

»Die Geräte sollten soweit warmgelaufen sein und auch der Boiler. Dann legen wir los.«

Nickend kommt Cameron zu mir. »Perfekt.«

Mir ist vollkommen egal, was in dieser halben Stunde passiert ist. Hauptsache, sie ist gehorsam – und er. Cameron fängt sich schnell wieder, und ich hoffe mal, dass dieses ständige Auf und Ab schleunigst enden wird.

»Was habt ihr vor?« Anouk kommt näher zum Glas und kaut auf ihrer Unterlippe herum. Cameron hat ihr unseren Plan nicht verraten. Interessant.

»Eine Nixe im Trockenen ist nicht sonderlich artgerecht.« Grinsend gehe ich zu ihr.

Es dauert eine Weile, bis sie meinen Worten folgen kann. Ihre Augenbrauen sind zusammengezogen. Genau in dem Moment, in dem ich nach dem großen Schlauch greife und ihn ins Becken werfe, weiten sich ihre blauen Augen.

»Nein«, keucht sie panisch. Sie weicht zurück, wirkt wie ein Goldfisch, der im Kreis schwimmt bei dem Versuch, einen Ausweg aus dem Becken zu finden. Spoiler: Es gibt keinen. Cameron stellt das Wasser an, und weil sie keine Chance hat, zu entkommen, stehen ihre Füße in kürzester Zeit in einer kleinen Wasserlache.

»Gibst du mir die Decke freiwillig, oder willst du, dass sie später an der Oberfläche schwimmt und dir die Luft zum Atmen nimmt?«

Ein bisschen tut sie mir leid. Mir ist bewusst, dass sie kein fröhliches Fischleben irgendwo im Meer führt, sondern ein Menschenleben an der Universität. Dass die Gesetze das Allerletzte sind, ist mir durchaus bewusst, aber shit happens. Ich bin kein Monster, aber mir ist mein eigener Arsch wichtiger. Den Rest meiner Karriere in der Mittelklasse zu verbringen, ohne mir einen Namen zu machen, war noch nie mein Ziel. Anouk ist unsere Chance zu Ruhm und Anerkennung. Niemals würde ich mir das nehmen lassen. Da kann sie mich noch so flehend ansehen, wie sie es in diesem Augenblick tut.

»Das Wasser ist kalt.« Sie umklammert die Decke für einen Moment, bevor sie sich aus ihr hinaus schält. Ich halte ihr meine Hand hin, und sie reicht sie mir zögerlich an. Wahrscheinlich hat sie abgewogen, ob sie irgendwie herauskommt, wenn ich das Gitter öffne. Ihr Arm zuckt zurück, und wieder weiten sich ihre Augen vor Schreck. Mal sehen, wie lange es dauert, bis sie sich daran gewöhnt hat.

»Etwas schneller, Nixe.«

»Untersteh dich, mich so zu nennen«, faucht sie aufgebracht und baut den größtmöglichen Abstand zwischen uns auf, der ihr nicht das Geringste bringt.

»Ich nenne dich, wie ich will, verstanden? Du kannst eh nichts daran ändern.« Ich schmeiße die Decke nach unten und verschließe das Gitter mit den beiden Schlössern.

»Gut. Dann hast du sicher nichts dagegen, wenn ich dir einen dämlichen Spitznamen gebe.« Ihre Augen huschen zu Cameron, der sich jedoch auf seine Arbeit fokussiert. Er versucht es zumindest.

»Na dann schieß mal los.« Amüsiert verschränke ich die Arme vor der Brust und bleibe unten angekommen vor der Scheibe stehen. Den Spaß lasse ich mir nicht entgehen, da können die Proben ruhig drei Minuten länger liegen bleiben.

»Arschloch passt am besten, meinst du nicht? Oder doch Monster?« Sie verschränkt ebenfalls ihre Arme vor der Brust, um sich vor meinen Blicken zu schützen. Nur bringt ihr das herzlich wenig. Ich habe den perfekten Blick auf ihren Körper. Es ist beinahe schade, dass sie ihre langen Beine gleich gegen diesen schuppigen Schwanz eintauscht. Was man nicht alles für die Wissenschaft bereit ist zu tun.

»Da stellt sich nur die Frage, wer von uns beiden das eigentliche Monster ist. Der Wissenschaftler, der seine Arbeit erledigt, oder die Frau, die jeden Augenblick zu einem Fisch mutieren wird?«

Entrüstet sieht sie mich an. »Du, du Wichser.« Ihre Wut ist beinahe niedlich.

»Wichser finde ich gut. Auch wenn ich das nicht nötig habe, Nixe.« Mit einem Zwinkern wende ich mich von ihr ab und gehe zu Cameron.

»Wichser, Wichser, Wichser.« Sie hämmert gegen die Scheibe.

»Musste das sein?«, grummelt Cameron frustriert.

»Was spricht dagegen, dass ich ein bisschen Spaß mit der Kleinen habe? Du hattest ihn immerhin vorletzte Nacht.«

»Fuck, ist das dein Ernst? Ich habe mit ihr geschlafen und mich nicht über sie lustig gemacht, Zain«, knurrt er genervt und legt seine Brille ab. Ob der Spruch etwas zu weit unter der Gürtellinie war? Bestimmt. Ob er dennoch passend war? Eindeutig ja.

»Glaube mir, würde sie wollen, ich würde nicht nein sagen.« Schulterzuckend werfe ich einen Blick nach hinten. Anouks Blick ist starr auf uns gerichtet, ihre Augenbrauen wütend zusammengezogen.

»Sie würde dich mit der Zange nicht anfassen. Vor allem nach dieser Aktion.« Cameron lacht, und obwohl ich weiß, dass er das nicht gehässig meint, rolle ich mit den Augen.

»Lass uns einfach anfangen«, antworte ich, ohne darauf großartig einzugehen, und kümmere mich um die Proben, die wir gestern genommen haben. Das sind einige.

»Das ist doch …« Frustriert werfe ich den Kopf in den Nacken und reibe mir die Schläfen. Stundenlange Konzentration unter der Klimaanlage schadet meinem Kopf. Wir haben viele verschiedene Proben genommen. Haare, Speichel, Hautschuppen, Liquor. All das unterscheidet sich nicht im Geringsten von denen jedes Normalsterblichen, egal, wie man sie dreht und wendet.

»Ich besorge nochmal was. Morgen sollten wir es mit Säure versuchen oder mit Ethanol, anstatt sie enzymisch zu behandeln. Gerade bei den Nerven sollten wir vorsichtig sein, davon können wir nicht beliebig oft neue Proben nehmen.«

»Wieso? Wir sitzen an der Quelle«, erwiderte ich schulterzuckend und sehe zu Anouk. Nachdem sie anfänglich extrem gebettelt hat, haben wir ihr die letzten Stunden keinerlei Beachtung geschenkt. Mittlerweile ist der Wasserspiegel so hoch, dass sie schwimmen muss. Ihr Wimmern ist bis hier zu hören. Nicht mehr lange bis für ihren Kopf kein Platz mehr zwischen Wasseroberfläche und Gitter ist.

»Das weißt du genau«, zischt er und wendet sich wieder den Unterlagen vor ihm zu. Krampfhaft versucht er, Anouk zu ignorieren, die zum wiederholten Male erst seinen, dann meinen Namen ruft.

»Ich kann nicht mehr, bitte«, keucht sie, und weil Cameron es nicht tut, erhebe ich mich von meinem Stuhl. Das ist das erste Mal in fast neun Stunden, dass sie Aufmerksamkeit bekommt. Selbst als wir uns Essen vom Thailänder haben liefern lassen, wurde sie dabei nicht berücksichtigt. Schnell und sauber zum Ziel, nach diesem Motto arbeiten wir hier.

»Nixe, die Lösung zu deinem Problem ist simpel, meinst du nicht?« Durch die Scheibe hindurch sehe ich sie an und stelle den Wasserdruck höher, damit es auf die letzten Meter, oder vielmehr letzten Zentimeter, schneller geht.

»Ja, du steigst diese Leiter nach oben und öffnest das Gitter.« Sie versucht, taff zu wirken, und mit diesem süßen Spruch gelingt es ihr fast. Kleine Tröpfchen sind auf ihrer Stirn zu erkennen. Schweiß.

»Gegenvorschlag. Du verwandelst dich und kannst ganz entspannt in diesem Becken schwimmen.« Ich lasse meine Hände in die Taschen meiner Jeans gleiten. Lange hält sie das nicht mehr durch, und obwohl die Kameras laufen, möchte ich diesen Moment auf jeden Fall selbst mit ansehen.

»Vergiss es.« Garstig spuckt sie mir die Worte entgegen. Man könnte denken, dass sie das wirklich durchhält. Zumindest bis sie nicht mehr atmen kann. Zentimeter für Zentimeter steigt das Wasser, sie hält ihr Gesicht heraus, drückt es irgendwann sogar gegen das Gitter, um Luft zu holen. Dabei werfe ich einen kurzen Blick zu Cameron, der mir wissend zunickt und sich das notiert. Sie kann als Mensch unter Wasser nicht atmen. Eine Erkenntnis, die von unfassbarem Wert sein könnte. Denn andersherum klappt das mit Flosse an Land ganz gut. Wie lange das gut geht, wissen wir nicht, die wenigen Minuten auf dem Schiff sind wohl kaum der Rede wert. Doch das finden wir schon heraus.

»Wir wissen beide, dass ich hier am längeren Hebel sitze.«

»Fick di-« Sie kann den Satz nicht beenden, da ein Schwall Wasser in ihren Mund gelangt und sie heftig hustet.

»Das hast du dir selbst eingebrockt.« Zufrieden beobachte ich das Spektakel, wie sie sich windet, panisch versucht, irgendwie an Luft zu gelangen. Dafür ist das Gitter zu feinmaschig. Sie hat keine Chance.

»Was meinst du? Kann sie länger unter Wasser atmen als ein Mensch?« In dem Moment, in dem Anouk endgültig untertaucht, stelle ich die Stoppuhr an meinem Handy an. Wir müssen alles aufzeichnen, was ansatzweise in Verbindung damit stehen könnte.

»Keine Ahnung.« Cameron zuckt mit den Schultern und beobachtet die kleine Nixe genau. »Was, wenn sie sich nicht verwandeln kann? Wie willst du sichergehen, dass sie nicht ertrinkt?«

»Ich habe dir die Aufnahmen gezeigt und es mit meinen eigenen Augen gesehen. Wäre Rick heute hier, könnte er es dir bestätigen. Das da im Becken ist eine Meerjungfrau.«

»Wenn du es sagst«, schnaubt er. »Ich weiß nur nicht, was das bri- Fuck.« Camerons Augen weiten sich, und er tritt näher ans Becken. Anouks Beine fangen erst an, blau und schuppig zu werden, bevor sie sich direkt vor unseren Augen in eine Meerjungfrau verwandelt.

Ohne hinzusehen stoppe ich die Uhr. Meine Aufmerksamkeit gilt allein Anouk, und ich bin von diesem Anblick gefesselt.

»Scheiße, ist das geil.« Cameron ist hellauf begeistert. Genau das wollte ich erreichen. Wir werden mit der Nixe die beste Zeit unseres Lebens haben.

»Ist es«, stimme ich zufrieden zu.

Ich bin mir sicher, dass er damit die restlichen Zweifel endlich über Bord wirft, denn vor uns schwimmt eine echte Meerjungfrau, und sie gehört uns. Vor dem Gesetz ist Anouk jetzt offiziell ein Tier, ein Gegenstand und somit ein legitimer Teil unserer Forschung. Hiermit fängt der Spaß erst richtig an.

Kapitel 10

Cameron

Wie in Trance beobachte ich das glitzernde Wasser vor mir. Leichte Wellen sind zu erkennen, sanft schwappen sie gegen den Rand des Beckens.

Zwischendurch erwische ich mich immer wieder dabei, wie ich Nyx in diesem Becken beobachte, obwohl ich mich um andere Dinge kümmern sollte.

»Ich brauch dringend Koffein.« Es ist Zaidens Stimme, die mich aus meinen Gedanken reißt. »Möchtest du auch einen Energydrink?« Müde reibt er sich die Augen und steht von seinem Platz am Mikroskop auf.

»Gerne. Blaubeergeschmack oder so.« Konzentriert widme ich mich den Unterlagen vor mir.

Seit einer Woche sind wir dabei, diese unsagbar besondere Spezies zu untersuchen, und langsam kommen wir zu den ersten Ergebnissen. Es sind nur kleine Anomalien in ihrer Genetik, die man schnell übersieht. Aber sie sind da. Es ist nervenaufreibend, all diese Dinge zu entdecken, die bisher nur wenige Menschen zu Gesicht bekommen haben, und gleichzeitig darauf zu achten, dass wir ja kein Detail übersehen. Bisher gibt es kaum Aufzeichnungen, kaum Materialien, und das werden wir ändern. Mit dem, was wir hier Tag ein, Tag aus machen, werden wir nicht nur reich, wir werden berühmt. Man wird Bücher über uns schreiben, Filme drehen. Wir gehen in die Geschichtsbücher ein.

»Alles klar.« Mit diesen Worten verschwindet Zaiden durch die Tür und lässt mich mit unserem Gast allein.

Das hier fühlt sich nach wie vor wie ein verfluchter Fiebertraum an, in dem ich gefangen bin. Unglaublich, dass das hier echt ist.

In den letzten Tagen haben wir ihr recht wenig Aufmerksamkeit geschenkt. Lediglich, um sie gründlich zu messen, zu wiegen und ihr weitere Proben zu entnehmen. Da sie sich nach wie vor vehement dagegen sträubt, hat es eine halbe Ewigkeit gedauert. Trotzdem schwimmt sie die meiste Zeit in ihrem Becken herum.

Es nagt an mir, sie in diesem Zustand zu sehen. Das schlechte Gewissen wird von Tag zu Tag größer.

Ein seichtes Klopfen gegen die Scheibe weckt mich aus meinen Gedanken. Natürlich kommt es von Nyx, die Fische haben bislang keine Methode entwickelt, auf diese Weise unsere Aufmerksamkeit zu erregen.

»Was willst du?« Die Frage stelle ich ihr, wohlwissend, dass sie mir keine Antwort geben kann. Das hat sich schnell herausgestellt. Genauso wie die Tatsache, dass sie uns trotzdem versteht. Damit ist eine Untersuchung ihrer Gehörgänge weiterhin offen.

Sie legt ihre flache Hand an die Scheibe, und dieser flehende Blick bricht mir beinahe das Herz. Sie sieht grausam aus. Vollkommen ermüdet und erschöpft. Die dunklen Ringe unter den Augen sind unübersehbar, genauso wie das Zittern ihrer Hände. Ich habe Mitleid mit ihr, obwohl es hier nicht hingehört.

»Würdest du mit mir reden, könnte ich dir helfen.« Langsam stehe ich auf und gehe rüber zu den vielen Becken, inmitten derer sich ihres befindet.

Ihr müder Blick erblasst augenblicklich, sie funkelt mich wütend an, ehe sie nach oben schwimmt und sich mit aller Kraft gegen das Gitter stemmt.

»Nyx, das Schloss bekommst du nicht aufgebrochen.« Seufzend reibe ich mir die Schläfen. Wenigstens bleibt sie hartnäckig, zeigt Kampfgeist. Das ist etwas, worauf sie stolz sein kann. »Power dich ruhig aus, dann schläfst du heute Nacht wenigstens gut«, scherze ich.

Sie schüttelt den Kopf und murmelt etwas vor sich hin, was ich unmöglich von ihren Lippen ablesen kann.

»Wir kommen mit den Untersuchungen gut voran«, erkläre ich. »Natürlich bedeutet das nicht, dass du bald hier rauskommst, aber du solltest dich für uns freuen.«

Sie schnaubt verächtlich, und ich frage mich, wieso ich ihr diesen Bullshit überhaupt erzähle. Also den Bullshit, dass sie sich freuen sollte, nicht den Teil mit unserem Fortschritt.

»Naja, wie auch immer.« Wir liefern uns ein kleines Blickduell, und in ihren Augen spielen sich sämtliche Emotionen ab, wie ein kleines Feuerwerk. »Mir ist bisher gar nicht aufgefallen, dass deine Augen ins Grünliche gehen«, murmle ich mehr zu mir selbst. Sogar ihre Flosse hat im Wasser eine andere Farbe. Auf dem Tisch wirkt sie hellblau, beinahe matt, und im Wasser schillert sie, je nach Lichteinfall, in den verschiedensten Blau- und Türkistönen.

Sie dreht sich von mir weg und schwimmt erneut zum

Gitter, um sich dagegen zu schmeißen. Dieses Mal gebe ich zu ihrer Aktion keinen Kommentar ab. Sie wird es längst verstanden haben.

»Ich habe uns auch mal etwas zu essen mitgebracht.« Grinsend stößt Zaiden die Tür hinter sich zu. »Hast du gesehen, dass es schon zehn Uhr ist? Draußen ist es bereits dunkel.« Er sieht zu Anouk, und schlagartig vergeht ihm das Lachen. »Was wird das?«

Anouk greift mit ihren Händen in das Gitter und sieht zwischen Zaiden und mir hin und her. Es ist eindeutig, was sie uns signalisieren möchte.

»Wir sollten sie rauslassen. Ich meine, nur für eine Stunde oder so. Dann kann sie in Ruhe essen, was trinken. Eben einfach ein Mensch sein.«

»Sie ist kein Mensch, sondern ein Tier. Sie soll froh sein, dass sie überhaupt Pizza abbekommt, anstatt sich mit dem Fischfutter aus der Dose zufriedengeben zu müssen. Das hat alle wichtigen Nährstoffe, die sie braucht.«

»Das denkst du nicht wirklich, also hör auf mit dem Scheiß, Zain.« Es fällt mir schwer, ruhig zu bleiben. Diese Scharade ging mir von Anfang an auf die Nerven.

Er stellt den Pizzakarton auf eine der wenigen freien Stellen am Schreibtisch, daneben die Getränkedosen – drei Stück. »Hat Rick sich vorhin eigentlich um das Ablesen der Werte gekümmert?« Er kommt nach hinten und geht zu einem Becken mit den Gelbschwanzmakrelen.

»Hat er. Er gibt alles fleißig ins System ein und kontrolliert die Aufzeichnungen. Weniger freiwillig, aber immerhin ordentlich.«

Natürlich ist es fies, dass er sich um alles andere kümmern muss. Aber dafür hat man einfach Praktikanten. Er bekommt von den Untersuchungen rund um Anouk genug mit.

»Sehr gut. Wenn wir damit überhaupt weitermachen müssen.« Mit meinem Zeigefinger streiche ich über den Rand des Beckens und treibe die Fische damit in die gegenüberliegende Ecke. »So hat er für sein Studium zumindest alle Forschungen erledigt und kann sein Abschlussprojekt damit verbinden.«

»Wenn er das überhaupt möchte. Du weißt genau, dass er zum Ausdruck gebracht hat, dass er dafür die Ergebnisse der Forschung mit Anouk nutzen will. Gut möglich, dass er somit vor seinem Abschluss rausfliegt.«

»Das wird nicht passieren. Beides nicht. Ich bin mir unsicher, ob er sich an die Verschwiegenheitserklärung halten würde. Wenn die Menschen erfahren, was wir hier machen, bevor wir unsere Ergebnisse ordentlich zusammentragen konnten, sind wir am Arsch. Das werden wir nicht riskieren.«

»Du und dein Vertrauen in die Menschheit ist immer wieder herzallerliebst.«

»Ich bin einfach realistisch, Cameron.« Genau in dem Moment ertönt hinter mir wieder das raue Klirren der Schlösser am Gitter. »Dir auch einen wunderschönen guten Abend, Nixe.« Zaidens Lippen verziehen sich zu einem schmalen Grinsen. »Hast du mich etwa vermisst?«

Während ich mich vom Becken abwende, um mir meinen Energydrink zu holen, den ich dringend nötig habe, höre ich, wie sie sich erneut gegen das Gitter schmeißt.

»Das Einzige, was dir das bringt, ist eine kaputte Schulter, Nixe.« Zaiden seufzt theatralisch. Recht hat er.

»Soll ich sie rausholen, oder machst du das?« Ich trinke einen großen Schluck, ehe ich wieder zu den beiden gehe.

»Du meintest das ernst? Oh Mann.« Zaiden schüttelt seufzend den Kopf, ehe er sich die Leiter aus der Ecke holt und sie ans Becken lehnt. »Na dann holen wir dich da mal für ein

Stündchen raus.« Gemächlich klettert er auf die Holzempore und öffnet die beiden Schlösser. Stück für Stück schiebt er das Gitter zur Seite.

Angespannt beobachte ich seine kleine Show, hoffe inständig, dass er keinen Mist baut. Es würde mich nicht wundern und Nyx anscheinend genauso wenig. Sie drückt sich in die Ecke des Beckens,ihr Blick wandert nervös von Zaiden zu Mir und wieder zurück. Unter den seichten Wellen des Wassers erkenne ich deutlich, wie schnell sich ihre Brust hebt und senkt. Sie ist auf Folter eingestellt, schließlich haben wir sie bisher nur daraus geholt, um Proben zu nehmen. Der Verstand gewöhnt sich schnell daran.

Schade, dass uns für Verhaltensstudien die richtigen Gegebenheiten fehlen. Dafür bräuchten wir die Möglichkeit, sie mit vielen anderen Meerjungfrauen in ihrer natürlichen Umgebung zu beobachten. An Land, im Wasser und vor allem als ganze Population. Eine einzige reicht nicht. Dennoch schnappe ich mir mein Notizbuch um mir ihre Reaktion aufzuschreiben. Jede noch so ungenaue Notiz kann wichtig sein.

»Heute noch, Anouk.« Zain rollt mit den Augen, seine Finger trommeln ungeduldig auf seinem Oberschenkel.

Nyx lässt sich davon wenig beeindrucken und nimmt sich die Zeit, die sie scheinbar braucht, um aus dem Becken zu kommen. Es dauert einen Moment, bis sie auf der Empore sitzt.

»Na los, verwandle dich. Die Pizza wird kalt.« Er sieht sie von der Leiter aus abwartend an.

»Ich kann nicht mehr«, faucht sie aufgebracht. »Okay? Ich kann verflucht nochmal nicht mehr.« Sie zieht sich ein Stück nach vorne, bevor ihre Flosse langsam verschwindet und durch zwei Beine ersetzt wird. Die Kiemen verschwinden, genauso wie die vielen kleinen Schuppen an ihrer Hüfte und dem Oberkörper. Es ist egal, wie oft ich das miterlebe, es bleibt jedes Mal ein besonderes Erlebnis.

»Was kannst du nicht mehr? Du musst nichts tun, außer in deinem Becken herumschwimmen. Ist das etwa anstrengend?«, fragt Zaiden provokant und steigt die Leiter herunter. Anouk ignoriert ihn, obwohl ich genau erkennen kann, dass ihr Millionen Worte durch den Kopf schwirren.

Nur zögernd krabbelt sie zu der Leiter, bleibt davor erst mal sitzen. Irgendetwas stimmt nicht. Irgendetwas stimmt ganz und gar nicht.

»Brauchst du Hilfe?« Ich drücke Zaiden zur Seite, um mich ans untere Ende der Leiter zu stellen. Sie sitzt am Rand, die Beine baumeln herunter, ihre Finger liegen total verkrampft am Rand der Empore.

»Keine Ahnung«, nuschelt sie und sieht mich hilfesuchend an.

»Mach doch schon mal alles fertig, wir kommen sofort«, weise ich Zain an und halte die Leiter fest. »Ich stehe hier unten, okay?«

»Da ist kaum Gefühl in meinen Beinen«, gesteht sie leise und offenbart mir das Problem. Kein Wunder, dass sie sich nicht traut, die Treppe herunterzusteigen.

»Dann komm ich jetzt hoch und helfe dir.«

»Nicht.« Sie schüttelt sofort den Kopf. »Das ist in fünf Minuten bestimmt besser.«

Natürlich misstraut sie mir. Sie hat absolut keinen Grund dazu und trotzdem ist es ein ätzendes Gefühl. Soweit wollte ich es gar nicht kommen lassen. Die Ignoranz der letzten Woche hat aber genau diese Wirkung erzielt und es sollte mich gar nicht wundern.

»Nyx.«

»Sie soll sich nicht anstellen«, kommt es von Zaiden.

»Kümmere dich um die Pizza.« Das können wir gerade nicht gebrauchen.

»Ich stelle mich nicht an«, faucht sie und beißt die Zähne zusammen. Sie atmet tief durch, bevor sie sich umdreht und die Leiter nach unten steigt. Sicherheitshalber strecke ich meine Arme nach ihr aus, um sie im Notfall aufzufangen. Jeder ihrer Schritte ist wackelig sodass es dauert, bis sie unten ankommt. Erst, als sie beide Füße auf dem kalten Laborboden absetzt, atme ich erleichtert auf. Damit ist das geschafft und ich trete gerade einen Schritt zurück, da kuschelt sie sich an mich.

»Du bleibst heute Nacht hier draußen«, beschließe ich kurzerhand und schlinge meine Arme um ihren bebenden Körper. Sie ist eiskalt. Auf diese Weise können wir unmöglich weitermachen.

»Okay«, flüstert sie und ich meine, die Erleichterung in ihrer Stimme herauszuhören. Ihre Augen sind geschlossen und sie krallt sich an mich. Wie kann ein Mensch so gebrochen sein, dass er sich an die Person klammert, vor der er eigentlich Angst hat? Denn das ist eindeutig. Ich bin nicht ihr Freund. Anouk hat in mir keinen Verbündeten und doch scheint es ein Reflex ihres Körpers zu sein, dem sie nachgibt.

»Das wird nicht passieren.« Zaiden beißt von einem Stück Pizza ab. »Wer weiß, was sie hier alles anstellt. Selbst, wenn wir die Tür abschließen und sie nicht entkommt, der Schaden, den sie anrichten kann, ist immens.«

»Dann ketten wir sie fest.«

Zu meinem Erstaunen stimmt Nyx dem ohne zu zögern zu. »Das ist okay. Nur bitte nicht zurück ins Wasser.« Es tut verdammt nochmal weh, wie verloren sie ist.

»Nicht zurück ins Wasser«, bestätige ich. Zumindest für

heute Nacht, hänge ich im Gedanken dran. »Und jetzt isst du erst mal etwas.« Kurzerhand trage ich sie zu den Schreibtischen und setze sie auf einem der Stühle ab, bevor ich zwei Handtücher hole, um sie ihr umzulegen. Um ein Shirt kümmere ich mich gleich noch.

Sie sieht zu mir hoch und zieht sich das Größere eng um ihren Körper. Zögerlich greift sie nach einem Stück Pizza und isst. Ein zufriedenes Stöhnen entweicht ihren Lippen.

»Pizza geht immer.« Mit diesen Worten nehme ich mir ein Stück und beiße ab, ehe ich mir die Fanta schnappe, um sie für Anouk zu öffnen. Sie greift nach der Dose und trinkt einen großen Schluck.

Eine Weile essen wir schweigend, bevor sie es ist, die die Stille durchbricht. Ihre Hand liegt an ihrem silbernen Armband und sie zwirbelt irgendeine Kugel zwischen ihren Fingern. »Ich kann im Wasser nicht schlafen.« Sie atmet tief durch. Mit zitternden Händen fährt sie sich durch die nassen Locken. »Ich bin kein Tier, versteht ihr? Ich brauche mein Bett, eine Decke und vor allem Luft. Im Wasser habe ich das Gefühl zu ertrinken. Meine Lunge und meine Kiemen funktionieren nicht zusammen.«

»Interessant.« Zaiden nimmt sich sein Notizbuch und schreibt es auf. »Ist das bei allen Meerjungfrauen so, oder wird es mit der Zeit besser? Es gibt mit Sicherheit welche, die die meiste Zeit im Wasser verbringen, anstatt an Land, oder?«

»Was?« Entgeistert sieht sie ihn an und spannt ihren Körper an. »Du bist krank.«

»Was soll der Mist schon wieder, Zain?«

»Gut, das war eine doofe Frage.« Er zuckt mit den Schultern. »Einen Versuch war es wert. Ich meine, im Grunde wissen wir gar nichts über eure Lebensweise. Die wenigen Aufnahmen, die bisher gemacht wurden, liefern keinerlei Informationen.«

»Wir werden als Menschen geboren. Anders können wir auch keinen Sex haben. Ich denke, das beantwortet deine Frage ganz gut.« Ihre Stimme ist so klar und offen, dass sie selbst mich überrascht. »Schreib dir das gern auf.«

»Demzufolge keine Fortpflanzung unter Wasser. Das ist … fuck, das ist gut.« Das muss auch ich mir aufschreiben.

»Und ob es Meerjungfrauen gibt, die freiwillig längere Zeit im Meer leben, weiß ich nicht. Ich weiß nur, dass ich es niemals tun würde. Es ist grausam.« Sie schließt die Augen, scheint mit sich zu hadern, ob sie weiterreden soll oder nicht. »Je länger ich im Wasser bin, desto schwächer werden meine Beine. Sie verlieren an Kraft und an Muskelmasse. Nach einer Woche geht es noch. Wie es nach zwei Monaten oder gar einem halben Jahr aussieht, möchte ich gar nicht wissen. Je länger ich im Wasser bleibe, desto schlimmer wird es.«

»Die Informationen sind wirklich hilfreich.« Ich schenke ihr ein Lächeln. »Danke, Nyx.«

»Wenn es bedeutet, dass ihr mich behandelt wie den Menschen, der ich bin, helfe ich euch gern.« Sie atmet einmal tief durch. »Das bedeutet, solltet ihr mich später wieder in dieses Becken stecken, war das die erste und letzte Information, die ihr von mir bekommt.«

»Eine faire Forderung.« Kurz sehe ich zu Zaiden. Er schnauft hörbar, ehe er nickt. »Wie gesagt, ich verspreche dir, dass du diese Nacht hier draußen verbringst. Ich werde dir gleich eine Luftmatratze von zu Hause besorgen und etwas zum Überziehen. Bis dahin …« Rasch ziehe ich mir meinen Hoodie aus. »Nimm den hier.«

Ohne zu zögern greift sie danach und zieht ihn sich über.

Anscheinend wird sie von Minute zu Minute weniger misstrauisch.

»Danke. Eine Matratze klingt gut.« Endlich spiegelt sich auf ihren Lippen dieses kleine, verschmitzte Lächeln wider, das ich vom Strand kenne. Zaiden und ich sollten uns dringend noch mal zusammensetzen: Wir müssen anders an die Sache rangehen. Womöglich sollten wir nicht gegen Anouk arbeiten, sondern mit ihr.

Kapitel 11

Anouk

Eine Woche in dieser Hölle und ich werfe mittlerweile alles über den Haufen, was ich mir mühevoll zurechtgelegt habe. Vor einer Woche hätte ich mich mit Händen und Füßen dagegen gewehrt, gefesselt zu werden. Jetzt lasse ich einfach zu, dass Zaiden mein Fußgelenk an einem Eisenrohr an der Wand festkettet. Alles ist besser als eine weitere Nacht im Wasser.

Zufrieden kuschle ich mich in den Pullover, den Cameron mir dagelassen hat, spiele mit dem Armband meiner Mutter, während ich Zaiden dabei beobachte, wie er sich um die Fische kümmert.

»Was ist eigentlich dein Ziel? Es muss riesig sein, wenn man all das hier aufzieht.« Ich ziehe mein freies Bein an meinen Körper. Es interessiert mich wirklich. Immerhin steht man niemals einfach eines Morgens auf und überlegt sich, dass es einem bestimmt Spaß machen würde, Menschen zu quälen. Oder auch Tiere, wenn man – und diesen Scheiß würde ich selbst niemals unterstützen – nach den Gesetzen ginge.

»Ist das nicht offensichtlich?« Er sieht zu mir, sein Gesichtsausdruck weder wütend noch sonst irgendetwas. Beinahe könnte man es als sanft bezeichnen. »Ich möchte für meine Forschung bekannt werden. So wie Cameron auch. Das schaffen wir nun mal nicht mit ein paar Fischen, die sich auffällig verhalten, wenn sie in Gefangenschaft aufwachsen.«

»Auf die Gefahr hin, dass ich mich wiederhole: Findest du es wirklich okay, dafür Menschen zu entführen? Wobei, warte, die Frage nehme ich zurück. Damit kannst du berühmt werden. Auf eine andere Art zwar, aber grundsätzlich ist das bestimmt egal, oder?«

»Es ist keine Entführung, solange du eine Meerjungfrau bist, schon vergessen? Deswegen solltest du dich freuen, dass ich dich nicht zurück ins Becken schmeiße.«

Mein Augenrollen ist die erste logische Reaktion, ehe ich seufze. »Oh, ich bin dir unfassbar dankbar, großartiger Zaiden, dass ich hier auf diesem kalten Boden sitzen darf, anstatt in dem kalten Wasser. Von ganzem Herzen, danke.«

»Steck dir deinen Sarkasmus sonst wo hin, Nixe, oder ich stecke dich zurück ins Becken. Dabei kann dir dein Cameron nicht helfen.«

»Mein Cameron? Nur weil er kein riesiges Arschloch ist wie du, passt die Bezeichnung noch lange nicht. Dafür muss echt einiges mehr passieren.« Gott sei Dank bekomme ich den Satz fest und klar über die Lippen, denn dieses leichte Kribbeln verrät mir, dass ich mich damit selbst anlüge. Trotz all dem hier mag ich ihn.

»Ach ja? Was denn zum Beispiel?« Er kippt gerade die abendliche Portion Futter ins letzte Becken, bevor er zu mir kommt. Damit habe ich dann wohl seine ungeteilte Aufmerksamkeit. *Wie toll.*

»Es hätte vor allem einfach bei dem One-Night-Stand bleiben sollen. Es war nicht nötig, ihn hier wiederzusehen. Das nimmt dem Wort irgendwie die Bedeutung. Es heißt schließlich nicht One-Night-And-Kidnapping-Stand.«

Er setzt sich neben mich und gegen meinen ersten Instinkt, der mir rät, Abstand zwischen uns aufzubauen, bleibe ich sitzen. Viel Bewegungsspielraum habe ich nicht. »Also ist Cameron nur gut genug für eine Nacht?« Ein amüsiertes Schmunzeln liegt auf seinen Lippen. »Ich glaub, es wird ihm das Herz brechen, das zu hören.«

»So war das nicht gemeint«, schnaube ich verärgert. Ja, vielleicht wäre genau das die richtige Denkweise, nur würde ich weder Cameron noch Zaiden von der Bettkante stoßen. Darüber, was das über mich aussagt, versuche ich gar nicht erst nachzudenken. Stockholm-Syndrom. Eindeutig. Das macht es einfacher, all das zu ertragen.

»Ach nein?«

»Nein.« Mein Herz klopft mir bis zum Hals. Wahrscheinlich bin ich mit meiner Reaktion ein offenes Buch für ihn. Es ist ätzend, und ich hasse mich dafür, dass ich mich viel zu leicht aus der Fassung bringen lasse.

»Dann sag mir, wie es gemeint war. Ich bin ganz Ohr.« Muss er darauf wirklich herumreiten? Das macht er mit voller Absicht. Seine Worte sind eine Mischung aus Spott und etwas anderem, das ich nicht ganz greifen kann.

»Ich meine nur, dass es ... Gott.« Frustriert vergrabe das Gesicht in meinen Händen. Kann er mir keinen Moment lassen, damit ich eine Chance habe, meine Gedanken zu sortieren? Sie sind vollkommen chaotisch und wirr.

Zaiden greift überraschend sanft nach meinen Händen

und zwingt mich, ihn anzusehen, anstatt das Skeletttattoo auf seiner Hand. Seine Berührung ist warm, und ein elektrisierendes Kribbeln durchzieht meinen Körper.

»Keine Sorge, ich weiß, wie du es meinst. Ich wollte dich nur ein wenig aufziehen.« Selbst seine Worte sind erstaunlich einfühlsam, sodass ich überrascht blinzeln muss.

Das ist ein Traum. Ein schlechter Traum. Mit Sicherheit habe ich im Wasser das Bewusstsein verloren, halluziniere gerade lediglich vor mich her. Anders kann ich mir das nicht erklären. Vor allem diese dezente Gänsehaut, die leider nicht nur der Kälte geschuldet ist, kann keine Realität sein. Ein Blick allein löst das unmöglich aus.

»Ach ja?«, drehe ich den Spieß um. »Was meine ich denn?« Seine braunen Augen sind so unsagbar schön und glitzern im Licht der Neonröhren. Unbewusst beiße ich mir auf die Unterlippe. Er muss erst über sie streichen, damit ich es merke. Seine Berührung lässt meine Haut prickeln.

»Oh, das wissen wir beide genau«, raunt er, und für den Bruchteil einer Sekunde verdunkeln sich seine Augen.

Was wird das hier? Wieso stoppe ich ihn denn nicht?

Mein Verstand schreit danach aufzuhören, doch mein Körper weigert sich zu gehorchen.

»Wieso machst du das hier?«, wiederhole ich meine Frage vom Anfang, die jetzt in einem vollkommen anderen Kontext steht.

»Wenn ich darauf eine Antwort hätte, würde ich sie dir geben, glaube mir, Nixe.« Fast schon vorsichtig streift er die dicke Wolldecke von meinen Schultern. Er wartet auf meine Zustimmung, bevor er sie herunterzieht.

»Du sollst mich nicht so nennen.« Wieso ich ausgerechnet das in solch einem Moment sage, bleibt mir schleierhaft. Am liebsten würde ich mir eine reinhauen, vor allem weil mein Spruch Zaiden ein raues Lachen entlockt.

»Was ist dir denn lieber? Ich meine mich zu erinnern, dass das sogar dein Spitzname ist.« Er sieht mich amüsiert an.

»Nyx, nicht Nixe. Das war mein Spitzname weit bevor ich erfahren habe, was ich bin. Das hat nichts miteinander zu tun.«

»Wenn du das sagst.« Er löst sich von mir und betrachtet mich eine Weile. Das erste Mal habe ich das Gefühl, dass er nicht das Versuchsobjekt ansieht, das er in mir sieht, sondern einfach mich. Und verdammt, fühlt sich das gut an.

Wie war mein Plan nochmal? Ich wollte Cameron verführen, damit er mich gehen lässt. Jetzt ist es halt Zaiden. Was macht das für einen Unterschied? Vielleicht sollte ich es mit ihm versuchen. Immerhin-

Innerlich schüttle ich über meine eigenen Gedanken den Kopf. Das hier würde ich gerne machen. Freiwillig. Nicht, um ihn zu verführen. Dafür genieße ich seine Nähe und die Wärme, die er ausstrahlt, viel zu sehr.

»Musst du keine Fische füttern oder Becken reinigen?«

»Alles erledigt. Deins ist das Letzte, Nixe. Darum kümmern wir uns morgen.« Seine Stimme ist fest, sein Atem geht schwer. Er kommt mir so nah, dass mein Herz einen Schlag aussetzt und ich meine Lippen unweigerlich zusammenpresse. Jede Bewegung von ihm lässt es aussehen, als würde sich die Schlange auf seinem Oberarm bewegen.

Ich sollte ihn wegstoßen, ihn von mir drücken und ihm deutlich machen, dass das hier falsch ist. Nichts davon passiert. Sein Kuss kommt plötzlich und überraschend, sodass ich leise japse, bevor ich ihn erwidere. All das ist unpassend und fühlt sich gleichzeitig richtig an. Keuchend richte ich mich auf, drücke mich gegen seine Hand, die er an meine Wange legt.

»Du solltest mich wegschubsen, Anouk«, raunt er in den Kuss und spricht damit das aus, was ich längst weiß.

»Und du solltest weitermachen«, erwidere ich heiser und vertiefe den Kuss einfach.

Bin ich so tief gefallen? Dass es reicht, dass er meinen Namen ausspricht damit ich unter seinen Berührungen zu zerfließen drohe? Das, was ich fühle, ist mit keinem Wort dieser Welt zu erklären. Die Schmetterlinge in meinem Bauch gleichen vielmehr einer sanften Explosion. Um zumindest ein bisschen Halt zu finden, lehne ich mich gegen die Wand. Zaidens Finger streicheln sorgsam über meine Haut, hinterlassen ein angenehmes Kribbeln.

Mein Kopf ist voller Gedanken, von denen kein einziger Sinn ergibt. Ich sollte das einfach auf mich zukommen lassen, es genießen. Denn verflucht, wenn sich allein seine Küsse so gut anfühlen, wie wird es dann erst, wenn er weitermacht?

»Bist du dir sicher?«

Als Antwort ziehe ich ihn näher zu mir. Ich bin eingesperrt zwischen der kalten Wand in meinem Rücken und seinem Körper, trotzdem fühle ich mich frei. Seine Brust berührt meine, sein Duft benebelt meine Sinne. Eine Mischung aus Aftershave und irgendetwas Frischem. Grüner Tee? Minze? Zitrone? Ehe ich mich versehe, zerre ich mit meiner anderen Hand am Bund seines Shirts.

»Bist du«, raunt er dunkel lachend und zieht sich das schwarze Shirt schnell aus.

»Bin ich«, bestätige ich und starre wohl viel zu offensichtlich auf seine Brust. Zu meiner Überraschung ist das Ende der Schlange das einzige Tattoo, das sich dort befindet. Es bedeckt seine Schulter, endet auf seinem Rücken.

»Gut.« Er weicht ein Stück zurück und sieht sich nach

etwas um. War es das? Wollte er genau das einfach hören? War es lediglich die Bestätigung, auf die er aus war?

Irritiert blicke ich ihn an und will gerade etwas sagen, da sehe ich den kleinen silbernen Schlüssel in seiner Hand aufblitzen. Er löst die Schelle um mein Fußgelenk und haucht zwei Küsse auf mein Bein. »Schau nicht so. Das ist deutlich angenehmer, für uns beide.«

Stumm nicke ich und schlinge meine Arme um seinen Nacken. Er hat recht, das ist viel besser. Dieses Mal geht der Kuss von mir aus. Stürmisch, gar ein wenig herrisch. Wieder drücke ich meinen Oberkörper gegen seinen und nun ist da kein nerviger Stoff mehr. Wobei ...

Er zieht mir den Pullover – Camerons Pulli – über den Kopf, um die letzte Barriere zu entfernen.

Jetzt ist er derjenige, der mir einen Moment zu lange auf die Brust starrt. Seine Augen werden mit jeder Sekunde dunkler und meine Wangen gleichzeitig röter. »Fuck, Nixe«, raunt er und ich kichere verlegen. Wieso beeindruckt mich das? Wieso bin ich so simpel gestrickt, dass es mich nervös macht, dass ein Kerl mich attraktiv findet?

Hör auf, alles zu hinterfragen, Anouk. Genieße es einfach!

Seine Zunge wandert federleicht über meinen Hals, hinterlässt eine feuchte Spur aus Hitze und diesem verräterischen Kribbeln, was mich wohlig aufseufzen lässt. Er fährt mit seinen Fingern über meine Hüfte, über die Seite nach oben, umkreist meine Nippel sanft. Mir wird beinahe schwindelig, weil diese Intensität alles toppt, was ich bisher kannte.

»Kein Zurück mehr. Das will ich tun, seitdem ich dich auf diesem Boot habe sitzen sehen. Du sahst heiß aus. Und nun, schau dich an. Fuck.«

Seine Worte treffen mich überraschend. Sie sollten mich

anwidern, die ganze Situation hier sollte es tun, doch mein Körper schreit nach mehr. Es kostet mich alle Kraft, wegen der Härte seiner Stimme nicht zu stöhnen. Ich will es genauso, wie er. Das hier geht von uns beiden aus. Es ist einvernehmlich. Trotz Zaidens Dominanz, nehme ich mir im Grunde nur das, was ich will. Daran ist nichts verkehrt.

»Das ist falsch«, platzt es aus mir heraus und ich beiße mir auf die Unterlippe.

Seine Lippen verziehen sich zu einem dezenten Lächeln. »Wieso? Weil ich nicht Cameron bin?« Er klingt eher belustigt als sauer, irgendwie offen. Dennoch schüttle ich schnell den Kopf.

»Würde ich Cameron wollen, wäre er jetzt hier, nicht du.«

Seine Lippen treffen wieder auf meine, seine Hände sind plötzlich überall. An meinen Oberschenkeln, meinem Nacken, den er behutsam massiert, dann an meinen Brüsten, denen er deutlich weniger behutsame Aufmerksamkeit schenkt. Seine Zunge findet ihren Weg in meinen Mund, umspielt meine schmutzig und wild. Er übernimmt die Kontrolle und ich lasse mich einfach fallen.

»Dann ist das hier genau richtig«, knurrt er rau und zieht mich an den Haaren zurück. Er küsst meinen Hals, leckt über mein Dekolleté, bevor seine Lippen meine Brustwarze umschließen. Stöhnend bäume ich mich auf, drücke mich enger an ihn und fasse an seine Schultern. Obwohl seine Berührungen grob sind, zerschmelze ich beinahe unter ihnen.

»Ich will deinen Mund ficken.« Das ist keine Frage, keine Bitte. Seine derben Worte lassen meine Wangen heiß werden. Hektisch blinzle ich, als er mich ansieht.

Erstaunlicherweise will ich es. Nur bin ich zu keiner anderen Antwort oder irgendeiner Handlung in der Lage. Zum

Glück übernimmt Zaiden das. Während er seine Hose öffnet, legt er eine Hand an meine Wange und bringt mich über seinen Schritt in Position. Meine eigenen Hände liegen auf meinen Oberschenkeln, meine Lippen sind rau. Er befreit seinen Schwanz aus der Hose und ich spüre mein Herz heftig gegen meine Brust hämmern. Seine dunklen Augen glänzen vor Erregung. Das ist keine Machtdemonstration, sondern pure Lust, das spüre ich.

Zaiden greift in meine Haare, verhindert dadurch, dass ich mich vorbeugen kann. Sein Griff ist eisern, deshalb öffne ich einfach den Mund und sehe blinzelnd zu ihm hoch.

»So ist es richtig. Ich will keinen geblasen bekommen, Nixe, sondern deinen Mund ficken. Hatte ich das nicht gesagt?«

Bevor ich antworten kann, drückt er seine Eichel gegen meine Lippen. Ich habe gar nicht bemerkt, dass ich den Mund wieder geschlossen habe, und öffne ihn daher. Entgegen seinen Worten drückt er seinen Schwanz nur langsam in meinen Mund. Sein Blick ruht auf mir. Er beobachtet genau, wie ich reagiere, wie viel ich aushalte. Mit Blowjobs habe ich Erfahrung. Hiermit nicht. Das hier ist mehr. Viel mehr. Er dringt tiefer in meine Kehle vor, entlockt mir dadurch ein erschrockenes Röcheln. Meine Hände greifen an seine Oberschenkel und in meinen Augen sammeln sich Tränen. Das ist auf eine total neue Ebene erregend und aufregend zugleich.

»So ist es gut, Nixe«, raunt Zaiden mit kehliger Stimme und fängt an, sich zu bewegen. Er umgreift mein Gesicht, gibt meine Haare frei. Bewegen kann ich mich trotzdem nicht. Seine Hände sind warm, seine Daumen streicheln zärtlich meine Wange, während ich ihn immer wieder tief in meinem Rachen aufnehme. Er zerrt meinen Kopf ein Stück zurück, nur um ihn direkt darauf wieder auf seine volle Länge zu drücken. Eine Mischung aus Panik und Lust überkommt mich, doch er macht einfach weiter, langsam gewöhne ich mich an das Gefühl. Auf eine absurde Art und Weise finde ich Gefallen daran, die Lust überwiegt die Panik haushoch.

Meine Finger krallen sich fester in seine Beine, und ich bewege meine eigenen kurz. Der Boden ist hart, meine Knie drücken sich unsanft hinein, doch es ist mir vollkommen egal. Nichts hieran stört mich, und das macht mir Angst. Ich lasse mich von einem gestörten Wissenschaftler benutzen, der mich in diesem Labor gefangen hält, und genieße es. Denn egal, wie sehr ich es leugnen würde, ich spüre selbst, wie feucht ich bin. Es wäre zwecklos.

»Gott, wenn du das schon so perfekt machst …« Ich weiß genau, was er sagen will. Hätte ich seinen Schwanz nicht tief in meiner Kehle, hätte ich nur zu gern zugestimmt.

Zaidens Schwanz pulsiert in meinem Mund. Er zieht sich ein Stück zurück, lehnt den Kopf stöhnend in den Nacken. Der salzige Schwall Sperma, den er in mich spritzt, rinnt meinen Rachen herunter. Es fällt mir schwer, alles zu schlucken. Ich röchle erneut, hätte es beinahe ausgespuckt, wäre da nicht diese Sperre in meinem Mund. Als Zaiden sicher ist, dass ich alles geschluckt habe, zieht er sich aus mir heraus und betrachtet mich mit einem Grinsen auf den Lippen.

Diese Situation war intensiv, ich ringe nach Luft. Erst jetzt merke ich, wie wenig ich geatmet habe.

»Bist du schon so erledigt, Nixe?« Er hockt sich vor mich und umgreift mein Kinn, sodass ich gezwungen bin, aufzusehen. Sofort schüttle ich den Kopf. *Himmel nein!* »Gut, jetzt bist du nämlich an der Reihe.«

»Nein, ich meine ja.« Mir entweicht ein leises Kichern, was jedoch direkt in ein Stöhnen übergeht. Ich bin in diesem

Rausch gefangen und will gar nicht, dass das hier aufhört. Zaiden sieht das Gott sei Dank ähnlich, denn ehe ich mich versehen kann, hebt er mich hoch und presst seine Lippen auf meine. Er drängt seine Zunge zwischen meine Lippen, ich schlinge meine Beine um seine Hüfte, lasse mich erneut von ihm führen. Diese Dominanz ist genau das, was ich brauche.

Kapitel 12

Anouk

Die Spannung in diesem Raum ist beinahe greifbar und das, was Zaiden mit seiner Zunge anstellt, ist nicht von dieser Welt.

»Gott.« Stöhnend drücke ich den Rücken durch. Das Scheppern des Glases hinter mir ist deutlich zu hören. Überall um mich herum stehen Gläser, Petrischalen, unter mir liegt ein Haufen Papierkram. Um das wegzuräumen, war keine Zeit. Zaiden hat mich einfach auf diesem Labortisch abgesetzt, ohne ihn freizuräumen.

Während Camerons Berührungen sanft und innig waren, ist das hier schmutzig und intensiv. Er ist überall. Stürmisch und besitzergreifend. Selbst wenn es allein um meinen Orgasmus geht, scheint er es sich nicht nehmen zu lassen, die Oberhand zu behalten. Ich bin nicht böse darum. Mich fallen zu lassen, ist alles, was ich brauche.

Meine Finger krallen sich in die Kante des Tisches, mit meinem Ellbogen stoße ich ein weiteres Reagenzglas herunter. Und noch eins. Zaidens raues Lachen vibriert an meiner Klit.

»Nicht aufhören«, flehe ich verzweifelt, obwohl Zaiden keinerlei Anstalten macht, das zu tun. Zu groß ist die Angst, dass er das hier beginnt, nur um mich dann einfach fallen zu lassen. Das traue ich ihm durchaus zu, meinem Körper jedoch nicht. Von meinem Verstand ganz zu schweigen.

»Das hatte ich nicht vor«, verspricht er mir, während mein Körper vor Lust bebt, sich alles in mir zusammenzieht. Bevor mich der Orgasmus überrollen kann, hört er auf. Er lässt mich einfach auf dem Trockenen, bedeckt stattdessen die empfindliche Haut an meinen Schenkeln mit zärtlichen Küssen. Ein schönes Gefühl, keine Frage, aber nicht das, was ich wollte.

Frustration macht sich in mir breit, ich spüre die Hitze in meine Wangen steigen. »Natürlich nicht«, murmle ich schmollend.

»Geduld, Nixe«, verspricht er zwischen zwei Küssen. »Das Beste kommt noch.« Seine Augen glänzen vor Verlangen, ich weiß genau, was er vorhat. Dabei verkneife ich mir einen Kommentar darüber, wie eingebildet er klingt. Das weiß er bestimmt selbst.

Ohne zu zögern, nicke ich und lecke mir über die Unterlippe.

Sein Blick verdunkelt sich, ein raues Knurren gleitet über seine eigenen Lippen. Ich beobachte ihn dabei, wie er in der obersten Schublade des Schreibtisches herumkramt, streiche mir dabei meine zerzausten Haare zurück.

»Kommt das öfter vor?« Es ist recht unüblich, am Arbeitsplatz Kondome zu haben. »Sex im Labor?« Das hier war nicht geplant. Vor wenigen Minuten noch wollte er, dass ich im Becken bleibe.

»Nicht wirklich. Du bist die Erste.« Er reißt die Kondompackung mit seinen Zähnen auf, um mein Knie nicht loszulassen. Während er sich das Kondom überzieht, erwische ich mich dabei, wie ich viel zu lange auf seinen Schwanz starre. Aber Scham? Fehlanzeige. Soll er ruhig wissen, dass ich seine Größe imposant finde.

Das stand zwar weder heute noch an einem der anderen Tage auf meiner Bingo-Karte, ist aber eindeutig der Jackpot. Falls es beim Bingo einen Jackpot gibt. Eventuell passt auch der schwarze Peter. Nicht gewollt und doch heiß. Das hier ist eine ungeplante Ausnahme. Es ist falsch, diesen Mann zu begehren, es ist falsch, das hier zu genießen. Dennoch bin ich machtlos. Seine Dominanz ist so einnehmend, dass ich keine Chance habe. Es fühlt sich verdammt richtig an. Niemand zwingt mich hierzu, mir ist egal, dass ich morgen wieder in diesem Becken lande. Sollen sie mit ihren Experimenten weitermachen, als wäre nichts hiervon passiert. Ich will das hier. Daran ist nichts Verwerfliches. Es ist okay, mir zu nehmen, was ich will, ohne mich dafür schlecht zu fühlen. Jetzt gerade muss ich ihn spüren. In mir, auf mir, einfach überall.

»Irgendwie ist es unfair, dass du zweimal darfst, findest du nicht?«

Ja, ich bin ein wenig grummelig, dass er es nicht beendet hat. Es hat sich einfach viel zu gut angefühlt. Was dieser Mann mit seiner Zunge anstellt, ist unglaublich.

»Wer sagt denn, dass du nur einmal kommen wirst, Nixe?« Eine rhetorische Frage, auf die ich nicht antworten könnte. Mit einem festen Stoß dringt er tief in mich ein, und ein keuchender Laut ist das einzige, zu dem ich in der Lage bin. Bis gerade habe ich diesen dämlichen Spitznamen gehasst, und jetzt? Dieser dunkle, lustvolle Ton sorgt dafür, dass sich alles in mir zusammenzieht und nach mehr schreit. »Die Nacht ist jung.«

»Ist das ein Versprechen oder eine Drohung?« Ich löse eine

meiner Hände vom Tisch, um sie um seinen Nacken zu legen. Ohne Halt würde ich sofort umkippen. Dafür zittern sie zu stark. Zum Glück bemerkt Zaiden genau das und stützt mich am Rücken ab. Er drückt mich an seinen erhitzten Körper, während ich mein Gesicht in seiner Halsbeuge vergrabe. Sein minzig-herber Duft dringt in meine Nase, wie eine Drogensüchtige sauge ich ihn in mir auf, während er beginnt, sich zu bewegen. Es ist unfair, wie gut dieser Arsch riecht. Wie ist es möglich, dass er und meine Gefühle innerhalb weniger Sekunden eine Hundertachtziggradwende hinlegen?

Kurz zieht er sich komplett aus mir heraus, die entstehende Leere fühlt sich komisch an. Er umgreift seinen Schwanz, streicht mit der Spitze über meine Klit. »Such es dir aus.«

Mit flatternden Lidern sehe ich zu ihm hoch und setze meinen besten bösen Blick auf. »Ich nehme beides. Jetzt mach. Große Töne kann nämlich jeder spucken.« Herausfordernd sehe ich ihn an und drücke ihm meine Hüfte entgegen, was er mit einem rauen Lachen kommentiert.

»Dann fangen wir direkt mit der Drohung an«, raunt er und dringt wieder in mich ein. Er nimmt sich kein Stück zurück. Während er mich eng an sich drückt, werden seine Bewegungen immer schneller und immer härter. Mir entringt ein gleichsam lustvolles und überfordertes Wimmern, das ich durch einen Kuss auf die warme Haut seines Halses unterdrücke. Seine Finger tanzen federleicht über meinen Rücken, stellen damit einen starken Kontrast zum Rest der Situation dar, die sich genau richtig anfühlt.

Ein Schauer durchzieht meinen gesamten Körper, als Zaiden einen tiefen, beinahe animalischen Laut von sich gibt. »Ich will, dass du dich anfasst, Nixe«, befiehlt er hart, und ich zögere nicht eine Sekunde, diesem nachzukommen. Seine Finger wandern in meine Haare, mit einem Ruck zieht er meinen Kopf zurück, sodass ich ihn ansehen muss. Ich lege zwei Finger auf meinen Kitzler, während meine Augen seine fest fokussieren. Der Tisch unter uns wackelt bei seinen festen Stößen, die Gläser klirren, das Metall quietscht.

Zaiden nimmt sich zurück und beobachtet mich. Es wirkt beinahe, als würde er diesen Anblick in sich aufsaugen, ich muss mich anstrengen, die Augen geöffnet zu lassen. Es ist das erste Mal, dass ich mich vor jemand anderem berühre. Generell schaffe ich es selten, unter meinen Fingern zu kommen. Vibrator sei Dank ist das zum Glück nicht notwendig. Das hier ist jedoch etwas vollkommen anderes. Während Zaiden langsamer wird, werden meine eigenen Bewegungen schneller. Meine Beine sind eng um seinen Torso geschlungen. Obwohl ich es mir selbst mache, bin ich dabei nicht allein. Genau das scheint mein Verstand zu brauchen, denn es dauert nicht lange, bis sich alles in mir zusammenzieht. Meine Beine zittern, mein Atem kommt hektisch, der Orgasmus überrollt mich laut und intensiv. Ich kann und will mich gar nicht zurückhalten.

»Was für ein Anblick«, bemerkt Zaiden zufrieden und stößt wieder vor. Er lässt jegliche Zurückhaltung fallen, sodass ich keine Chance habe, zur Ruhe zu kommen. Schwer atmend kralle ich mich an seinem Arm fest. »Habe ich dir gesagt, du darfst aufhören?« Er umgreift meine Hand und drückt meine Finger wieder auf meine pulsierende Klit, sodass ich heftig zusammenzucke.

»N-Nein«, keuche ich. Dieses Mal hat er die Kontrolle über meine Finger. Er verwöhnt mich, denn ich kann es nicht mehr. Dafür bin ich viel zu überfordert, weil der Orgasmus nahtlos in den nächsten übergeht.

Zaiden erstickt meine Schreie in einem schmutzigen Kuss. Er legt den Kopf in den Nacken, ein tiefes, kehliges Knurren entweicht ihm. Nun bin ich diejenige, die ihren Blick nicht von ihm abwenden kann. Es ist alles verschwommen, ich würde meine Augen am liebsten zusammenkneifen, kämpfe jedoch dagegen an. Weil er viel zu schön ist. Er drückt sich tief in mich, stößt sein Sperma in das Kondom, und sein Gesicht verzieht sich lustvoll. Die Wärme löst ein angenehmes Kribbeln in meinem Unterleib aus. Der Schlafmangel der letzten Tage und die Intensität dieses Momentes machen sich stark bemerkbar, trotzdem komme ich ein weiteres Mal zum Höhepunkt.

»Du bist eine verfluchte Granate«, haucht Zaiden schwer atmend und zieht sich langsam zurück. Ich brauche einen Moment, um meine Beine von ihm zu lösen. Er soll nicht von mir weggehen. Ich möchte ihn spüren. Seine Nähe, seine Wärme. Meine Finger versuchen, ihn festzuhalten, rutschen aber ab. Er sammelt sein Shirt vom Boden auf, um es mir überzuziehen. »Hier, der Pulli ist wohl etwas warm.«

Perplex nicke ich und ziehe ihn mir über, während Zaiden sich daran macht, die Scherben hinter dem Tisch aufzusammeln.

»Danke«, nuschle ich und will aufstehen, werde aber von ihm behutsam zurückgedrückt.

»Lass mich erst die Scherben wegräumen, oder möchtest du da rein springen?« Seine Worte sind schroff, sein Lächeln warm. Dieser Kerl ist echt ein Rätsel.

»Nein«, gebe ich seufzend zu. Meine Beine habe ich mittlerweile an meinen Körper gezogen, sodass ich im Schneidersitz auf dem kühlen Metalltisch sitze, auf dem er mich eben noch-

Ich schüttle den Kopf über meine eigenen Gedanken.

»Ist irgendetwas Wichtiges kaputtgegangen?«, frage ich

vorsichtig und beobachte ihn dabei, wie er auf dem Boden herumkriecht um jedes Stück aufzusammeln.

»Nein. Alles ist gut verschlossen. Das sind nur leere Gläser.«

Behutsam hebe ich eine der Petrischalen auf, die nicht unter unserer Aktion gelitten hat. Leer sieht sie nicht aus.

Zaiden bemerkt mein Handeln und kratzt sich verlegen am Nacken. »Oh. Ja, oder unwichtige Proben. Die gehören zu den Guppys. Eigentlich könnten sie entsorgt werden. Nur braucht Rick sie eventuell noch für die Uni.«

»Also haben wir seine Arbeit zerstört?«, frage ich vorsichtig.

»Möglicherweise. Er muss da später selbst mal durchschauen.«

Das schlechte Gewissen bleibt aus. Ich mag Rick nicht, und wenn er den Guppys dadurch mehr Aufmerksamkeit zukommen lässt, stoße ich auch gern noch zwei weitere Gläser um. Hauptsache, er lässt mich in Ruhe.

»Das ist …« Weiter komme ich nicht. Die Tür zum Labor wird aufgestoßen, Cameron tritt ein. Irritiert sieht er zu uns und stellt die Tasche auf einen der Stühle. »Was ist passiert?«

»Nichts. Wir haben auf dich gewartet«, kommt es ausgerechnet von mir. Wenig glaubhaft, wenn man bedenkt, dass ich nicht mehr seinen Pullover trage, sondern Zaidens Shirt.

»Aha.« Misstrauen ist gar kein Ausdruck für den Blick, den er uns beiden zuwirft, ehe er den Kopf schüttelt. »Wie auch immer. Ich habe dir eine Matratze und warme Sachen mitgebracht, wobei das ja anscheinend nicht notwendig ist.« Ist da noch etwas anderes in seinem Blick? Enttäuschung? Das ist unmöglich. Wieso sollte er enttäuscht sein? Dafür gibt es keinerlei Gründe. Oder bilde ich mir das bloß ein, weil ich das sehen möchte? Nein. Das wäre bescheuert. Es gibt keinen Grund für seine oder meine Gefühle.

Frustriert ziehe ich den Stoff über meine Knie, während Zaiden mit einem Gummibesen herumhantiert. »Danke«, murmle ich.

Seine Antwort fällt in einem knappen Nicken aus.

Aus einer der Taschen holt Cameron die Luftmatratze und kümmert sich um mein provisorisches Bett für die Nacht.

Ich schließe einen Moment die Augen. Soll ich darüber mit ihm reden? Würde er mir zuhören? Ergibt das überhaupt Sinn, oder wäre das bescheuert? Es gibt nichts, wofür ich mich rechtfertigen müsste. Allerdings ist Cameron immerhin netter. Oder gesitteter. Auf jeden Fall würde er eine Erklärung eher verdienen. Nett ist keiner von ihnen. Sie sind beides Arschlöcher, kranke Arschlöcher, die mich hier einsperren.

»Cameron?«, frage ich zögerlich.

Er hört auf zu pumpen. »Hm?«

Ich überlege, was ich sagen soll, wie ich meine Worte zurechtlegen kann, doch mein Kopf ist leer. »Ach, nichts.« Gezwungen lächle ich, Cameron schüttelt den Kopf.

Gerade, als er sich wieder um meinen Schlafplatz kümmern möchte, tritt Zaiden zu mir und blickt zu Cameron. »Ich sage doch, sie ist willig. Habe ich dir zu viel versprochen?« Seine Worte treffen mich wie ein Schlag in die Magengrube. Das hat er nicht gesagt. Niemals.

»Chapeau. Ich habe wirklich nicht damit gerechnet.« Damit kommt direkt der zweite Schlag. Camerons Stimme ist kalt und berechnend. Scharf ziehe ich die Luft ein. »Dafür hättest du sie nicht auf den Tisch legen müssen. Fuck, hattest du nicht gesagt, sie macht alles kaputt, wenn sie sich hier frei bewegt?«

»Was- was meint ihr?« Obwohl ich sie laut und deutlich verstanden habe, will die Bedeutung ihrer Worte nicht zu mir durchdringen. Kopfschüttelnd springe vom Tisch herunter.

»Na, nach was klingt es denn, Nixe? Cameron hat nicht geglaubt, dass du mich ranlässt, und ich habe ihm das Gegenteil versprochen und eindeutig gewonnen, hm?« Er verhöhnt mich mit seinem Lachen. »Weißt du was, Cam? Du hattest ebenso recht. Die Kleine ist der absolute Wahnsinn.«

»Hört auf, so über mich zu reden. Das ist …« Ich weiche zurück, unfähig, den Satz zu beenden. Ekelhaft, pervers, abartig, krank. Mir fallen unendlich viele Adjektive ein, die ich nutzen könnte. Keines ist passend. Mein gesamter Körper bebt, ich schwanke langsam zurück. Schritt für Schritt. Dabei ist mein Ziel nicht einmal die Tür. Ich möchte lediglich Abstand zu ihnen aufbauen. »Wie kann man nur so tief fallen?«

»Wir sind nicht die Bösen. Zumindest in dieser Situation.« Cameron kommt mit langsamen Schritten auf mich zu, ich weiche instinktiv zurück. »Ich habe wirklich nicht an Zaidens Drohung geglaubt, dass er dich ins Bett bekommt. Weil du seit einer Woche hier eingesperrt bist und behandelt wirst wie ein Tier. Weil wir das dürfen, Nyx. Trotzdem lässt du dich bei der erstbesten Gelegenheit von ihm vögeln? Sag also nicht, wir sind tief gefallen, wenn du diejenige bist, die sich uns willig an den Hals wirft.« *Autsch.*

»Das kann dir doch egal sein.« Wütend sehe ich ihn an. »Das ist meine Entscheidung, allein meine, verstanden?« Ich kann mich dafür nicht rechtfertigen, keine Chance, denn im Grunde hat er recht. »Das gibt euch kein Recht dazu, darüber zu wetten und mich schlecht zu reden. Selbst wenn ich mit ganz San Francisco ins Bett steigen würde, ist das meine Entscheidung.«

»Ganz San Francisco?« Zaiden lacht amüsiert auf. »Das will ich sehen.«

»Kann ich dir gerne zeigen. Dafür müsst ihr mich nur gehen lassen.« Ich stemme meine Hände in die Hüften, recke das Kinn in die Höhe. Mir ist durchaus bewusst, dass sie das nicht tun werden, genauso wenig, wie ich mit jeder Person in dieser Stadt schlafen würde.

»Mal sehen. Morgen vielleicht, sobald du ausgeruht bist. Du warst mit mir allein schon überfordert.« Diese Wärme in seiner Stimme lässt mich frustriert aufschreien. Wie kann man so wechselhaft und verlogen sein?

»Du bist derjenige, der wollte, dass ich mich selbst anfasse. Ich war nicht überfordert«, kontere ich.

»Du solltest dich anfassen, weil das heiß aussieht, Anouk.«

»Wieso habt ihr gewettet?« Meine Sicht verschwimmt und ich weiß nicht mehr, wo oben und wo unten ist. Nur mit Mühe kann ich meine Tränen unterdrücken. Ich bin so unfassbar wütend. Von Zaiden hätte ich so etwas erwartet. Von Cameron nicht.

»Weil es Spaß macht.«

»Aber ich ... ich wollte mit dir schlafen. Du hast mich nicht verführen müssen. Die Wette gilt also nicht.« Was auch immer Teil ihrer Wette war. Im Grunde will ich es gar nicht wissen.

»Lass das mal unsere Sorge sein, ob die Wette gilt oder nicht.«

»Wichser«, zische ich.

»Falsche Beleidigung, Nixe.« Lässig streicht Zaiden sich durch die schwarzen Haare und zieht sich ein frisches T-Shirt über, das er aus einem der vielen Schränke holt. Und ich muss sein verschwitztes, abgenutztes tragen, was viel zu gut nach ihm riecht. Viel zu widerlich, meine ich. Es stinkt.

Meine Hände ballen sich zu Fäusten. »Nein, genau richtig.«

»Wenn ich Lust auf Sex habe, komme ich einfach wieder zu dir. Lange hat es ja nicht gedauert, um dich auf mich einzulassen.«

Erschrocken keuche ich auf und schüttle heftig den Kopf. »Vergiss es.«

»Wir reden morgen weiter, wenn du fit bist.«

Cameron steht an der Tür, die Arme vor der Brust verschränkt, und erwidert nichts. Sein Kiefer mahlt, sein Blick ist stur auf Zaiden gerichtet, der auf ihn zukommt.

»Wir reden jetzt.« Widerwillig lockere ich meine angespannten Schultern und folge ihm.

»Stimmt. Da war ja etwas.« Cameron legt seinen Schlüssel auf den Tisch neben sich und packt mich.

»Loslassen.« Ich schlage wild um mich, kratze ihn, stemme meine Füße in den Boden. »Du sollst mich loslassen.«

Keine Chance. Stumm zerrt Cameron mich zu der Matratze und legt mir die Schelle um. Schnaubend trete ich ihm auf den Fuß und ziehe damit seine Aufmerksamkeit für den Bruchteil einer Sekunde auf mich, bevor er zurück zur Tür geht.

»Schlaf gut, Anouk.« Mit diesen Worten löscht Zaiden das Licht im Labor und sie lassen mich allein. Allein mit meinen Gedanken und diesem ätzenden Schamgefühl, das sich meinen Nacken hoch kräuselt.

Kapitel 13

Zaiden

Mit einem lauten Knall fällt die Labortür hinter mir zu und ich kontrolliere noch mal, ob sie verschlossen ist. Niemand kann herausgehen, niemand kann hereinkommen. Trotz der Kette werde ich nichts riskieren. Anouk kommt hier nicht weg.

»Hast du gesehen, wie oft sie an diesem Armband herumgefummelt hat?« Mit schnellen Schritten überqueren wir den Parkplatz. Die kühle Nachtluft bringt eine angenehme Brise mit sich. »Ich wette, das ist ein Erbstück, oder sie hat es zur Geburt bekommen oder so was. Auf jeden Fall scheint es eine Bedeutung für sie zu haben.«

Cameron nickt nachdenklich. »Ist mir aufgefallen«, bestätigt er. »Was willst du mir damit sagen?«

»Dass wir es ihr morgen wegnehmen. Die Experimente funktionieren alle ganz wunderbar, aber sie redet kaum, Cam.« Ich krame in meiner Hosentasche nach dem Autoschlüssel und drücke meinen alten Volvo auf. Wahrscheinlich kann ich mir hiernach endlich mal etwas Besseres leisten. Ach was, das kann ich auf jeden Fall.

»Du willst sie also erpressen«, schlussfolgert er und steigt ein. Durch den Seitenspiegel beobachte ich, wie er seine Sonnenbrille aus dem Handschuhfach.

»Erpressen ist so ein böses Wort«, murmle ich beim Einsteigen und starte den Motor. »Wenn du willst, nennen wir es so. Genau das habe ich vor. Auf diese Weise bekommen wir sie hoffentlich dazu, uns endlich ein paar Geheimnisse zu verraten. Uns fehlen Informationen. Analysen sind zwar wichtig, wir brauchen aber Hintergründe. Reine Auswertungen finden selten Anklang. Vielleicht ist das bei einer Meerjungfrau anders, doch wieso sollten wir nicht jede Chance nutzen?«

Aus dem Augenwinkel heraus registriere ich, wie er zögert. Letztendlich weiß er allerdings, dass es da keinen Raum für Diskussionen gibt. Es ist besser, ihr dieses kleine Armband wegzunehmen, anstatt sie durch Folter zum Reden zu bekommen. Denn das wäre meine nächste Idee.

»Es ist nur ein Armband, Cam.« Ich parke das Auto auf unseren Parkplatz vor dem Wohnkomplex.

»Du hast ja recht. Ich find es bloß ätzend, dass du diese Show abziehen musstest.« Er seufzt.

»Hätte ich lügen sollen?«

»Natürlich nicht. Es ist ja genau das Richtige, sie zum Reden zu bekommen. Aber-«

»Aber du bist eifersüchtig, dass sie mich so schnell rangelassen hat«, falle ich ihm ins Wort, bevor er irgendeine Umschreibung für diese Tatsache finden kann.

»Was?« Er schüttelt den Kopf. »Bullshit. Soll sie doch machen. Ich hätte es von ihr einfach nicht erwartet.«

Schulterzuckend steige ich aus. Das sollten wir nicht im stehenden Auto besprechen, wenn meine Dusche auf mich wartet. »Es ist, wie es ist. Und ganz ehrlich? Es war keine Lüge. Sie ist eine Granate und das habe ich ihr auch gesagt.«

»Da wird sie sich sicherlich freuen und noch mehr, wenn ich sie morgen mal einlulle. Mal schauen, wo uns das hinführt.«

Am nächsten Morgen durchquere ich mit den ersten Sonnenstrahlen die Türen zum Labor und werde von dem sanften Blubbern der Pumpen empfangen. Anouk ist bereits hellwach, doch wie üblich kümmere ich mich erst um alles andere. Da Rick erst am Abend kommt, beginne ich damit, die Daten der Aquarien abzulesen und sie ins System zu übertragen. Eine mühselige Aufgabe, die trotz allem aber notwendig ist. Diese Tiere sollen ihr Leben nicht umsonst in einem Labor verbracht haben. Außerdem braucht Rick sie noch für seine Uniarbeiten.

»Findest du nicht, es ist unhöflich, mir keinen guten Morgen zu wünschen?« Anouks Stimme ist so dünn und leise, dass es einen Moment dauert, um zu realisieren, dass sie mich meint. Dünn und leise, und dennoch bissig. Wer hätte es anders erwartet?

Schmunzelnd drehe ich mich zu ihr herum. »Einen wunderschönen guten Morgen, Anouk. Ich hoffe, du hast gut geschlafen?« Meine Worte triefen vor sarkastischer Freundlichkeit.

»Ganz wunderbar. Vielen Dank der Nachfrage.« Ihr Lächeln ist aufgesetzt und innerlich ziehe ich meinen nicht vorhandenen Hut.

»Sehr gut.« Ich widme mich wieder der Arbeit, während ich mit ihr rede. »Dann bist du bestimmt einverstanden damit, dass wir dich gleich wieder ins Becken schmeißen, hm?«

»Im Gegenteil. Ich freue mich schon darauf.« Das leise Rascheln der Matratze zieht meine Aufmerksamkeit zurück zu Anouk. Sie hat sich die dunkelgrüne Kuscheldecke enger um ihren Körper gezogen, lehnt mit dem Kopf an der Wand hinter ihr. Man sieht sofort, wie ungemütlich das wegen des gefesselten Fußes ist. Ungemütlich und effizient. Bis auf die beiden kaputten Reagenzgläser vom Abend konnte sie keinerlei Schaden anrichten.

Mir entgeht nicht, dass sie immer wieder die Schildkröten beobachtet und sich beinahe in dem kleinen Becken verliert. Wir haben es Cameron zu verdanken, dass es hier steht. Er hat sein Herz an diese kleinen Wesen verloren. Wären sie nicht hier, wären sie längst tot. Wilderern auf den Kanalinseln sei Dank.

»Guten Morgen. Ich habe etwas zu essen dabei.« Wenn man vom Teufel spricht. Dass die Begrüßung nicht mir gilt, merkt selbst Anouk.

»Sicher, dass ich das einfach essen darf? Oder muss ich Angst haben, wieder Teil einer dämlichen Wette zu sein?«

»Eine Wette über Brötchen vom Bäcker? Wohl kaum. Wir haben Besseres zu tun«, entgegne ich kühl und trinke einen Schluck Kaffee aus dem Becher, auf den ein Z gekritzelt wurde.

»Keine Ahnung«, entgegnet sie. »Verrat du es mir. Bis gestern dachte ich auch, dass dämliche Sexwetten nur Teil von 2000er-Teenie-Komödien sind. Welche davon war eure Inspiration?«

»2000er-Teenie-Komödien?« Cameron schmeißt ihr eine der drei Tüten zu.

»Ach komm. Sag mir nicht, dass du *American Pie* nicht kennst. Oder *Die nackte Wahrheit*.«

»Wir haben keine Zeit für solch einen Scheiß«, übernehme ich das Antworten. »Genauso wenig wie für dieses Gespräch. Iss, damit wir weitermachen können.«

»Wieso? Ich genieße meinen Urlaub. Ausschlafen, Frühstück im Bett. Was gibt es Schöneres?« Es wirkt, als sei sie seit gestern noch sarkastischer. Chapeau. Ein weiblicher Cameron hätte an ihrer Stelle bestimmt geheult.

»Genieße deinen Urlaub ruhig. Ausschlafen, frühstücken, eine Runde schwimmen«, gehe ich auf ihre kleine Nummer ein. »Wir haben heute noch einiges vor, dafür musst du zurück ins Becken.« Mit verschränkten Armen lehne ich mich an den Tisch in meinem Rücken.

»Ach, haben wir das?« Mit hochgezogener Augenbraue schält sie sich aus der Decke und greift nach der Tüte, aus der sie ein Croissant holt. Sie isst es so herausfordernd langsam, während sie mich mit ihren Augen fixiert. Das Blau in ihnen funkelt provokant, und ich atme hörbar aus.

Cameron hingegen lacht auf. Er greift nach seinem Kaffeebecher. »Wir haben alle Zeit der Welt.«

Wir wissen beide, dass die Realität anders aussieht. Nicht wegen der fehlenden Zeit für die Experimente, sondern weil ein Mensch hier nichts verloren hat. Mittlerweile sind die Nachrichten voll, die Leute suchen nach ihr, die Polizei ist involviert. Die Vermutung, dass sie ertrunken ist, liegt nah. Ihre Sachen wurden am Strand gefunden, Suchtrupps suchen alles rund um den Abschnitt ab. Sie werden keine Leiche finden, und wenn ihre Freundin nicht blöd ist, wird sie nicht aufgeben. Oder ihre Familie. Irgendjemand wird ausplaudern, dass sie eine Meerjungfrau ist, dann wird dieses riesige Forschungsinstitut einer der ersten Orte sein, die man abklappert. Falls das nicht längst passiert ist und unter Verschluss gehalten wird. Möglich ist es.

»Das trifft sich gut. Ich bin nämlich eine langsame Esserin.« Um diese Aussage zu untermalen, isst sie dieses gottverdammte Gebäck besonders gemächlich und genüsslich. Provozieren gehört eindeutig zu ihren Hobbys, anders kann ich mir das nicht erklären. Mein Blick wandert ihren Körper entlang, über diese langen, perfekten Beine bis hin zu den kleinen Brüsten. Obwohl Cameron ihr andere Anziehsachen gegeben hat, trägt sie mein Shirt. Sie hat sich nicht umgezogen, weil sie den Sex trotz der harten Realitätsshow am Ende genossen hat. Genau wie ich. Das kann ich nicht leugnen, damit würde ich mich bloß selbst belügen. Zugegeben, hätte ich nichts gegen eine weitere Runde einzuwenden, bevor wir sie wieder in ihr Becken schmeißen.

»Konntest du denn gut schlafen? Den Umständen entsprechend?« Die Wärme in Cams Stimme überrascht selbst mich. Er spielt dieses Spiel wirklich perfekt. Wenn er sich verplappert, wird Anouk gar nicht merken, wie zwiegespalten er ist.

»Prima«, erwidert sie augenrollend. »Danke der Nachfrage.«

Seufzend streicht Cam sich durch die hellbraunen Haare. »Hör zu, ich habe das gestern nicht so gemeint, okay? Keine Ahnung, wie ich mich erklären soll, ohne vollkommen bescheuert zu klingen. Die Wette war nach unserer gemeinsamen Nacht und auch rein aus dem Affekt heraus. Ich habe die Zeit mit dir genossen.«

»Das habe ich auch. Sowie die Nacht mit Zaiden. Ja, und? Ich bin keinem von euch etwas schuldig. Vielleicht habe ich selbst eine Wette mit Zoe am Laufen.«

»Eine Wette mit Zoe?«, fragt er überrascht, versteht dann aber selbst, dass sie es rein aus Trotz sagt. »Damit wollte ich mich eigentlich nur entschuldigen. Das war keine Wette oder dergleichen. Ich hatte ihm lediglich vorhergesagt, dass er sich keine falschen Hoffnungen machen soll.«

Guter Cop, böser Cop. Das Spiel beherrscht er wie kein anderer. Immerhin war es sehr wohl eine Wette. Ich halte mich einfach zurück, genieße die Show. Anouk wirkt verunsichert. Sie würde ihm gern glauben, das sehe ich.

»Okay«, murmelt sie schließlich, wenig überzeugt. Die Unsicherheit ignoriert Cam einfach und entgegnet ihr mit solch einer Offenheit, die selbst mich überzeugt. »Sehr schön.«

Jetzt muss ich mich doch einmischen. »Daran, zwei Kerle zu wollen, ist nichts Verkehrtes, Nixe.«

»Ich weiß«, erwidert sie trocken. »Bilde dir darauf nichts ein. Du bist heiß, mehr nicht.«

Cam verschluckt sich fast an seinem Lachen, ich hingegen lächle bloß. Mein Ego verkraftet sowas ganz gut. »Das kann ich nur zurückgeben.«

»Ich weiß.« Grinsend isst sie den letzten Bissen, bevor sie ihren Kaffee trinkt.

Wir haben einiges an Arbeit vor uns. Mir gefällt es zwar, wie offen und beinahe frech sie reagiert, allerdings könnte uns das dennoch in die Karten spielen.

»Genug mit dem Kaffeeklatsch. Ab ins Wasser mit dir.« Ich ziehe den kleinen Schlüssel für die Kette aus meiner Hosentasche und gehe damit auf sie zu. Ihr musternder Blick spricht Bände. »Und vorher ...« In einer einzigen fließenden Bewegung reiße ich ihr das feine silberne Kettchen vom Handgelenk. Dafür muss ich nicht einmal den Verschluss öffnen, es flutscht einfach ab.

»Nein.« Panisch springt sie auf, und ich lasse das Armband und den Schlüssel in meiner Hosentasche verschwinden. Grob packe ich sie am Arm um sie hochzuziehen.

»Gib mir das sofort zurück. Was soll das? Loslassen.« Sie

windet sich in meinem Griff, schlägt mit ihren Armen um sich, stampft ihre Füße in den Boden bei dem Versuch, sich loszureißen. All das kostet mich kein bisschen Mühe. Sie hat keine Chance. Wahrscheinlich ist es den Strapazen der letzten Tage geschuldet, oder sie ist generell schwach. Beides ist möglich, wobei die Erfolgsaussichten generell nie hoch sein dürften.

»Du bekommst es zurück, wenn du dich benimmst, Nixe. Also, keine Sorge, wenn du schön mitspielst, musst du dir keine Sorgen machen.« Ich hatte recht. Dieses kleine unscheinbare Armband ist für sie von Bedeutung.

»Ich zeige dir gleich, wie ich mich benehmen kann«, faucht sie.

»Entspann dich, Nyx.« Cam kommt zu uns, und zu meinem eigenen Erstaunen hält sie direkt still. Womöglich sollte ich das hier einfach ihn machen lassen, dann würde es bestimmt reibungsloser ablaufen. Andererseits, wo bliebe da der Spaß.

»Ich bin entspannt.« Ihre Augen sind verengt, die Muskeln ihres Kiefers angespannt. Ihre Körpersprache ist eindeutig. Wütend ist gar kein Ausdruck.

»Wenn Zain dich jetzt loslässt, läufst du also ganz allein zum Becken und steigst brav rein?«

»Ich bin entspannt, nicht blöd.«

Frustriert seufze ich auf und schüttle den Kopf. »Wir drehen uns im Kreis, Anouk. Du kommst dort so oder so wieder rein. Wieso machst du es unnötig kompliziert?«

Sie stemmt die Hände in ihre Seite, sodass sich das dunkle Shirt an ihren Hüften leicht nach oben zieht. »Weil ich keiner eurer Fische bin, die zu dumm sind, um zu merken, was ihr mit ihnen anstellt. Ich bin ein Mensch, schon vergessen? Und Menschen lassen sich nun mal ungern einsperren. Liegt irgendwie in unserer Natur«, erwidert sie schulterzuckend.

Es kostet mich Überwindung, nicht nach unten zu sehen.

Sie ist nervig, keine Frage, und wir haben heute einiges vor, aber ich würde das von gestern Nacht sofort wiederholen. Ihr Mund um meinen Schwanz, diese kleinen, handlichen Brüste zwischen meinen Fingern, ihr liebliches Stöhnen in meinem Ohr. Okay, jetzt schaue ich hin, obwohl alles gut verdeckt ist – Knie machen mich nun wirklich nicht scharf – muss ich mir ein Stöhnen verkneifen. Allein der Gedanke, sie wieder über den Tisch zu legen und meinen Schwanz, der gefährlich gegen meine Hose drückt, in sie zu rammen, ist gerade zu viel.

»Das Thema hatten wir bereits, Anouk. Ich bin diese Diskussion echt leid.« Cameron übernimmt für mich und zerrt sie zum Becken. »Hochklettern und reinspringen. Heute noch.« Seine Stimme ist kühl, jeder Ton ist präzise und berechnend. Selbst mich überrascht es, und im Gegenteil zu Anouk bin ich nicht böse drum. Sie hingegen japst erschrocken auf, die Augen aufgerissen, der Blick beinahe flehend.

»Gebt mir wenigstens mein Armband zurück, dann gehe ich da rein. Versprochen.«

»Nein.« Eine Aussage, die für keinerlei Widerworte ausgelegt ist. Anouk versucht es trotzdem. Sie sieht zu Cameron hoch, und obwohl er fast einen ganzen Kopf größer ist, wirkt sie in diesem Moment stark, beinahe mächtig. Der Schein trügt. Sie presst ihre Lippen zusammen, die Unterlippe eingeklemmt zwischen ihren Zähnen – ein stummer Ausdruck von Unsicherheit und Verzweiflung. Sie liefern sich ein kleines Blickduell, das sie jedoch haushoch verliert. Selbst ich habe selten eine Chance gegen ihn.

»Bitte«, fleht sie daher mit gebrochener Stimme. Es folgen weitere Minuten des Blickduells, ehe Cameron sie packt und die Leiter nach oben zieht. Er voran, Anouk unfreiwillig hinterher. Es sieht für beide nicht gerade ungefährlich aus. Es grenzt an ein Wunder, dass sie gemeinsam oben auf der Plattform landen.

»Cam, bitte. Zaiden«, fiepst sie verzweifelt, und ich meine sogar, Tränen in ihren Augenwinkeln aufblitzen zu sehen.

»Keine Chance.« Ich bleibe stur. Was meint sie denn? Dass mich ein bisschen Geflenne beeindruckt? Dafür sollte sie mich mittlerweile besser kennen.

Bevor sie einen weiteren Ton von sich gibt, wird sie von meinem vermeintlich netten Kollegen ins Wasser gestoßen.

»Gott, geht mir das auf die Nerven«, zischt er, während er die Schlösser des Gitters versperrt.

»Wenigstens kann sie da jetzt nicht mehr mit uns reden. Hat alles seine Vorteile.«

»Das stimmt.« Cam vergewissert sich, dass auch wirklich alles fest ist, bevor er herunterklettert. »Wir hätten ihr vorher etwas anziehen sollen. Zumindest hat sie gleich wieder diese dämliche Flosse.«

»Wohl wahr.« Anouk paddelt panisch im Wasser, wirft sich gegen das Gitter und versucht, es hochzustemmen. Dass sie dabei nackt ist, stört sie nicht, mich aber umso mehr. Man sieht wirklich alles, es ist beinahe unmöglich, meine Beule zu verstecken. »Wir holen sie da erstmal nicht mehr raus, verstanden?«

Da sind sie, diese nervigen Stimmungsschwankungen. Mit denen hat er schon immer zu kämpfen. Es ist nicht schlimm genug, um ihn einzuweisen. Zumindest meines Erachtens nach. Nur wer weiß, wie viel meine Meinung wert sein kann. Vor allem, weil ich Anouks Show gerade sehr genieße.

»Verstanden«, grummelt er und wendet sich von ihr ab. Gute Idee.

»Die neuen Ergebnisse der Hormonuntersuchung sind übrigens da.« Ich gehe zu meinem Laptop und entsperre das Programm, in das wir alles feinsäuberlich eintragen. »Zum

Vergleich habe ich die Ergebnisse von dreißig weiteren Frauen hier. Obwohl es im ersten Moment etwas unharmonisch wirkt, liegt alles im normalen Bereich. Keine signifikanten Abweichungen, keine Anomalien. Ich habe direkt nochmal in die Unterlagen von vorherigen Studien der Uni geschaut. Wir haben die Proben gemäß den etablierten Protokollen entnommen und unter kontrollierten Bedingungen analysiert. Sie ist eine komplett normale Frau.«

»Ärgerlich, aber nicht weiter verwunderlich. Oder siehst du irgendetwas, was ich übersehen habe?« Cameron wirft einen Blick auf meinen Laptop. »Bisher ist nichts anders. Weder auf zellulärer noch auf hormoneller Ebene. Es liegt alles im normalen Bereich. Mit und ohne Flosse. Trotzdem können wir das präsentieren. Ergebnisse sind Ergebnisse. Sie liefern uns gute Erkenntnisse für die Wissenschaft und bestimmt auch für die Medizin. Das müssten sich die Experten anschauen.«

»Genau. Keine voreiligen Schlussfolgerungen.« Im Hintergrund ist ein leises Klopfen gegen die Scheibe zu hören. »Ich kümmere mich gleich nochmal um die Vergleichsstudien von Mensch- zu Fischgestalt. Bisher haben wir sie ja eher getrennt betrachtet.«

Wir müssen uns alle Möglichkeiten offenhalten, die Ergebnisse fünf- oder sechsmal überprüfen. Aufwendig, eventuell gar ein wenig nervig, aber leider notwendig.

Wieder ein Klopfen gegen die Scheibe, wieder das Klirren des Gitters, und wieder ignoriere ich beides. Sie sollte gemerkt haben, dass sie mit der Mitleidsnummer nicht weit kommt.

»Fuck, Zaiden.«

Cameron ist der Erste von uns, der sieht, wie Anouk bewusstlos auf den Boden des Beckens sinkt, und doch bin ich es, der die Leiter hochhastet, das Gitter öffnet und ins Wasser springt, noch bevor ich begreife, was hier passiert. In voller

Montur tauche ich unter, um sie hochzuziehen. Ich hieve sie auf den Vorsprung, bevor ich selbst herausklettere.

»Wieso verwandelst du dich nicht einfach?« Gerade, als ich mit der behelfsmäßigen Beatmung des Erste-Hilfe-Kurses von vor viel zu vielen Jahren anfangen will, zieht sie stark die Luft ein und fängt heftig an zu husten. Ich helfe ihr hoch, wohlwissend, dass sie sich nur an mich krallt, weil sonst niemand hier ist. Trotzdem bin ich erleichtert, dass sie es tut. Sie sucht den Schutz bei mir, anstatt es mit sich selbst auszumachen. Mein Ego freut sich.

»I-ich ...« Erneut hustet sie.

»Shhh ... Versuche erstmal ruhig zu atmen. Tief ein ... und tief aus.« Ich mache es ihr vor, halte sie dabei in meinen Armen. Nur am Rande bekomme ich mit, wie Cameron die Treppe hochkommt, um selbst nach ihr zu sehen.

Sie kommt langsam wieder zu Atem, zieht ein paar Mal scharf die Luft ein, bevor sie ihren Kopf auf meine Schulter legt.

Und im nächsten Moment realisiere ich, was hier los ist. Das Armband. Deswegen ist sie so panisch. Kein Mensch würde freiwillig ertrinken. Der Überlebenswille überwiegt den Stolz. Immer. Der einzige Grund, wieso sie sich nicht verwandelt, wäre, weil sie es schlichtweg nicht kann. Und die einzige logische Erklärung dafür ist das Armband. Es ist demnach kein Familienerbstück, sondern viel mehr. Es ist einer der vielen kleinen Schlüssel zum Erfolg.

Kapitel 14

Anouk

Das grelle Licht der Neonröhren brennt in meinen Augen. Obwohl ich seit mittlerweile drei Wochen im Hellen sitze, stört es mich. Zudem ist der vordere Teil des Labors immer stockdunkel und gruselig. Wer weiß, ob neben den drei Horrorgestalten, die hier ihre Forschung betreiben, nicht noch Chucky in irgendeiner Ecke lungert.

Drei Wochen, in denen ich Tag ein, Tag aus in diesem Becken verbringe, außer sie entscheiden sich mal wieder, an mir herumzudoktern. Und selbst in diesen Momenten nehmen sie mir jedes bisschen Menschlichkeit. Mittlerweile haben sie sogar aufgehört, mit mir zu reden. Sie reden viel über mich, über die Ergebnisse, über all den Scheiß, den sie hier abziehen, aber eben nie direkt mit mir. Selbst wenn ich Fragen stelle oder einfach versuche, ein Gespräch anzufangen, werde ich ignoriert. Ich lebe in vollkommener Einsamkeit, ohne allein zu sein, und es macht mich wahnsinnig. Würde ich nicht auf die

Fütterungszeiten der Fische achten, hätte ich keine Ahnung, wie viele Tage vergangen sind.

Es sind ungefähr zwanzig, vielleicht ein Tag mehr oder weniger. Ich habe eine grobe Idee, das reicht mir. Zwanzig Tage, die Zoe bereits nach mir sucht. Sie hat die Polizei informiert, die mich finden wird. Gesetzeslage hin oder her, ich weiß genau, dass Zoe und Gale dagegen vorgehen würden. Sie würden das hier niemals zulassen.

Ein frustriertes Stöhnen entfleucht mir bei dem Gedanken. Das ist Wunschdenken, eine Hoffnung, die ich wohl langsam aufgeben sollte. Egal, wie sehr sie es versuchen, sie werden es nicht schaffen. Mein Lebensende wird in diesem Labor stattfinden, und ich werde elendig ertrinken. Zumindest wäre das eine grandiose Schlagzeile. »Fisch ertrunken.« Nein. »Meerjungfrau ertrunken.« Ich bin kein Tier.

Vermutlich übertreibe ich damit etwas. Meine Gedanken driften in alle möglichen Richtungen ab, unter anderem in die düstersten Ecken. Lange dauert es auf jeden Fall nicht mehr, bis ich ertrinke. Meine Lungen schreien nach Luft, da haben die Kiemen kein Mitspracherecht. Mein Körper ist einfach nicht dafür gemacht, durchgehend im Wasser zu sein. Wenn ich hier herauskomme, sehe ich bestimmt aus wie eine alte Frau. Oder wie eine schrumpelige Rosine. Je länger ich in diesem Becken hocke, desto schlimmer wird es.

Eine weitere Sache, die sie nicht machen, ist es, ihre Versprechen einzuhalten. Es ist bei der einen Nacht auf der Luftmatratze geblieben. Es ist ihnen komplett egal, wie es mir geht. Cameron ist es komplett egal, dabei hatte ich Hoffnung.

Hoffnung, dass ich sie überzeugen kann.

Hoffnung, dass sie mich gehen lassen.

Hoffnung auf ein wenig Humanität.

Hoffnung, die von Tag zu Tag immer mehr verpufft.

»Einen wunderschönen guten Abend, Arielle.« Ein Schauer durchzieht meinen Körper bei dieser Stimme. Ich muss nicht hinsehen, um zu wissen, dass es Rick ist. Er ist mit Abstand am schlimmsten. Dabei ist er kein aktiver Teil der Experimente. Er ist einfach ein grausamer Mensch. Würde er mir nachts begegnen, würde ich sofort die Straßenseite wechseln. Allein dank seines Auftretens und seiner Worte, mit denen er mich immer bewirft, wenn er sich hier um die anderen Tiere kümmert.

Warte. Nein, nicht um die anderen Tiere, sondern um die Tiere. Ich gehöre nicht dazu. Er kümmert sich um die Tiere, die mit mir in diesem Labor sind. Mit einem Menschen, der hier gefangen gehalten wird. Ich bin kein Tier.

»Wie geht es meiner liebsten Meerjungfrau heute?« Wahrscheinlich sollte ich mich freuen, dass wenigstens einer mit mir redet. Vielleicht ist das der letzte Fetzen, der den Faden vor dem Zerreißen schützt, der mir hilft, nicht irre zu werden.

Wie immer fängt er an meinem Becken an, und ich drehe ihm sofort den Rücken zu. Sein Blick brennt auf meiner Haut. Dieses dämliche Grinsen, diese vor Gier glänzenden Augen. Ich hasse es.

»Zier dich nicht so. Wenn es nach mir ginge, wärst du längst nicht mehr nur hier drin. Eine Schande, wirklich.« Er seufzt.

Nur zu gerne würde ich etwas erwidern, würde kontern, ihn genauso doof anmachen, wie er mich. Das könnte ich nur, wenn er mich aus diesem Becken holen würde. Bevor das passiert, schweige ich lieber. Das brauche ich am allerwenigsten. Danke, aber nein danke.

Er beobachtet mich einen viel zu langen Moment, bevor sich die dumpfen Schritte vom Becken wegbewegen. Das Klacken der verschiedenen Deckel der Futterdosen verrät mir, dass er sich um die Fische kümmert. Es ist niedlich, den Fischen dabei zuzusehen, und ich wage es, mich tonlos umzudrehen. Obwohl er mir nie auf die Weise wehgetan hat wie Cameron oder Zaiden, traue ich ihm nicht. Zudem habe ich das Gefühl, dass die beiden ihm nicht trauen sollten. Es ist einfach ein Gefühl, das ich mir selbst nicht erklären kann.

Vorsichtig schwimme ich näher zum Glas, bedacht darauf, keine Geräusche zu machen. Nun bin ich diejenige, die ihn beobachtet. Er redet an jedem Becken mit den Fischen, mit den Guppys, den Barschen und sogar mit den Schildkröten, allerdings zu leise, um ihn zu verstehen. Gern wüsste ich, wie diese Forschung funktioniert, was genau sie untersuchen und was für Informationen die Werte bringen, die er dort mehrmals täglich abliest. Nicht umsonst habe ich Cameron am Anfang, bevor ich wusste, dass er Arschlochforschung betreibt, gesagt, dass ich mit dem Gedanken gespielt habe, Meeresbiologie zu studieren.

Ich bin so in meine Gedanken vertieft, dass ich gar nicht merke, dass er fertig ist. Er klappt seinen Laptop lautstark zu und räuspert sich.

»Jetzt kommen wir zu dir, Nixe.« Eine unangenehme Gänsehaut überzieht meinen Körper bei diesem Spitznamen. Meine Reaktion ist ein leises Schnaufen, was er nicht hören kann, aber mit Sicherheit sieht. Es brauchte nicht lang, bis ich verstanden habe, dass ich mich mit Blicken perfekt verständigen kann.

Er soll bitte einfach verschwinden. Von ihm nehme ich sowieso kein Essen an, egal, wie groß mein Hunger ist. Vor allem, weil er mir kein Brötchen oder dergleichen mitbringt, wie Cameron und Zaiden es tun, sondern meint, ich würde mit Fischfutter glücklich werden. Dass er damit einzig bewirkt, dass ich die Nacht in einem stinkenden Becken verbringe, bis der Filter seine Arbeit getan hat, ist ihm egal. Im Gegenteil. Ich glaube sogar, dass ihm das Freude bereitet. Der Typ ist in seiner gesamten Art durch und durch widerlich.

»Was ist denn los? Nur redenden Menschen kann geholfen werden.« Provokant klopft er gegen die Scheibe. Immer und immer wieder in einem beinahe monotonen Rhythmus. Das hat er schon mal gemacht, um irgendwelche Ergebnisse zu sammeln. Was das für ihre Forschung bringen soll, ist mir schleierhaft. Sie haben sich alles notiert, sogar, dass ich meine Flosse gegen die Scheibe geschlagen habe. Irgendwann war es das mit meinem Durchhaltevermögen nämlich. Mein Geduldsfaden ist generell extrem kurz, das war er vorher bereits, und unter dieser Folter schrumpfte er weiter. Das wäre nicht anders, würde ich hier mit zwei Beinen sitzen. Verhaltensstudien sind demnach sinnlos. All das hier ist sinnlos, nur werde ich nicht nach meiner Meinung gefragt. Sollen sie ruhig machen, wenn sie damit glücklich werden. Ein bisschen Klopfen ist immerhin deutlich angenehmer als herausgerupfte Schuppen oder diese ekelhaften Nervenproben, die sie schon viel zu oft genommen haben. Allein bei dem Gedanken zieht die wunde Stelle am Rücken unschön.

»Sprichst du nicht mit mir?« *Klopf. Klopf.* Es fällt mir schwer, mich von Rick nicht provozieren zu lassen. Seine Worte, dieses simultane Klopfen, sein ekelhafter Blick. Es lässt mich kalt. Zumindest rede ich mir das ein. Anstatt aufbrausend zu reagieren, lächle ich ihn einfach an. Vielleicht fasst er das als Zeichen des Wahnsinns auf und notiert sich das gleich. Damit würde er die Ergebnisse verfälschen.

Zwei weitere Male klopft er gegen die Scheibe, bevor es still wird. Erleichtert atme ich aus. Man muss nur geduldig sein.

Anstatt das Labor wie üblich zu verlassen, kommt er zur Leiter und ... Will er-?

Sprosse für Sprosse klettert er nach oben, kommt mir dadurch immer näher, obwohl ich mich eng in die Ecke des Beckens drücke. Ich wünsche, es wäre anders, aber ich habe verflucht Angst vor diesem Kerl. Denn im Gegensatz zu mir ist er bereits wahnsinnig, psychotisch wahnsinnig. Allein die kühlen grauen Augen, die sich in meine bohren, die mich unangenehm fesseln, und dazu dieses jokerartige Lächeln.

Wieso macht er das? Die Schlüssel haben Cameron und Zaiden. Er kann das Gitter nicht aufsperren, das hat er mir oft genug mitgeteilt. Das war bisher der einzige kleine Anker, an den ich mich gekrallt habe. Er kommt nicht an mich ran. Er sollte nicht an mich rankommen.

Etwas Silbernes blitzt in seiner Hand, ich weite die Augen. Hastig greife ich nach der Kette, die Zaiden an meiner Flosse festgemacht hat, um mich aus dem Becken ziehen zu können. Ich versuche panisch, das Metall von meinem Körper zu lösen, wohlwissend, dass ich keine Chance habe. Er hat sie dort schließlich nicht grundlos befestigt. Die ersten beiden Male hatten sie wirklich Mühe, mich hieraus zu bekommen. Freiwillig lasse ich das nicht mit mir machen. Diese Kette war daher die logische Konsequenz für mich, doch hasse ich alles daran. Besonders in diesem Augenblick.

»Was wird das? Hast du etwa keine Lust, mal ein paar Stunden an Land zu verbringen? Ich bin enttäuscht.« Der Klang seiner Stimme trieft vor Sarkasmus. Nach und nach öffnet er die beiden Schlösser, das Klirren des Metalls klingt wie eine freundliche Melodie voller Hohn. In diesem Becken ist nichts, woran ich mich festhalten kann. Rick greift nach dem Ende der Kette, die am Gitter festgemacht ist, und zieht daran. Ich will schreien, schlage um mich, versuche mit aller Kraft, dagegen anzuschwimmen. Für eine Weile funktioniert das auch, bis ein stechender Schmerz durch meinen ganzen Körper zuckt.

»Lass mich das nicht wiederholen müssen, Anouk.« Eine Drohung, die ich nicht ernst nehme. Genau drei Sekunden hat er die volle Kontrolle, dann wehre ich mich direkt wieder. Mein Körper ächzt. Das Adrenalin betäubt meine Sinne, überdeckt jeden Schmerz. Der Drang, mich zu wehren, ist immens. Was auch immer er vorhat, es kann nichts Gutes sein.

Dieses Mal blicke ich zu ihm hoch und erkenne, wie er irgendetwas Metallisches ins Wasser hält. Meine Muskeln ziehen sich krampfartig zusammen, als das scharfe Brennen meinen Körper durchzieht. Jeder einzelne Nerv spannt sich unter dem grausamen Gefühl des Stromschlages an.

Ich versuche zu schreien, zu rufen. Kein Laut entfleucht meinen Lippen. Mein Herz rast, meine Lungen brennen, als stünden sie in Flammen.

Keuchend kneife ich die Augen zusammen, steuere dagegen. Der Stromschlag lähmt meine Gliedmaßen, raubt mir jegliche Kontrolle. Der Schmerz konzentriert sich auf meine Flosse. Entweder, weil Rick wieder anfängt, an ihr zu ziehen, oder weil sich der Strom dort gesammelt hat. Dafür kenne ich mich damit zu wenig aus und bereue es gerade, in Physik nicht besser aufgepasst zu haben. Jeder Ruck an der Kette schickt erneute Stöße durch meinen Körper, lässt meine Glieder zucken und meinen Kopf wahnsinnig werden vor Panik. Zu solchen Mitteln haben sie nie gegriffen. Nicht einmal Zaiden. Wieder merke ich, dass meine Angst vor Rick gerechtfertigt ist. Der Kerl ist krank, ich weiß nicht, wie ich diese Nacht überleben soll, wie ich das aushalten soll, wenn die beiden erst morgen früh wiederkommen.

»Es hätte so einfach sein können.« Seufzend zieht Rick mich das letzte Stück an den Achseln aus dem Becken und legt mich auf das nasse Holz. Mein Körper zittert unkontrolliert, ich kneife die Augen zusammen, unfähig, auf diese Worte zu reagieren, obwohl ich jetzt in der Lage dazu wäre. Die Kette schneidet tief in mein Fleisch, trotz meiner verschwommenen Sicht registriere ich die roten Tropfen auf der Empore. Ich kugle mich ein, schließe einfach die Augen. Alles in mir zieht sich schmerzvoll zusammen, ich will hier einfach nur liegen bleiben. Schlafen oder bewusstlos werden, was auch immer zuerst passieren würde.

»Na los, verwandle dich zurück, damit du runterklettern kannst«, sagt er ungeduldig.

Liebend gern würde ich ihm sagen, dass das nicht geht ohne den Mondstein. Zumindest nicht in diesem geschwächten Zustand. Ohne mein Armband schaffe ich es nicht, und das ist gut weggesperrt. Vielleicht hat Zaiden es sogar mitgenommen. Keine Ahnung.

»Heute noch.« Plötzlich durchzuckt ein neuer Schmerz meinen Körper. Dieses Mal weiß ich, ohne aufsehen zu müssen, was ihn auslöst. Ich beiße die Zähne zusammen, um nicht zu schreien. Mein Körper will sich winden, sich dagegen aufbäumen, doch ich bleibe reglos liegen. Er tritt mir gegen die Flosse, und ich bin machtlos dagegen.

Schwach drehe ich meinen Kopf zur Seite, blicke Rick in die Augen. Seine Mundwinkel sind leicht nach oben gezogen. Fehlen nur noch die Narbe und der rote Lippenstift dann wäre er wirklich der Joker.

Er tritt erneut zu, der Schmerz durchzieht meinen Körper. Mein Atem geht stoßweise. Tränen der Verzweiflung sammeln sich in meinen Augen, aber ich weigere mich, sie loszulassen.

»Fahr zur Hölle«, nuschle ich benommen. Noch nie habe ich mir so sehr gewünscht, dass die Jungs wieder eine Nachtschicht einlegen. Das haben sie bisher nicht oft gemacht, ich fand es eher nervig. Jetzt bete ich zu der Urnixe Arctilia, dass sie kommen. Ich bereite mich auf einen weiteren Tritt vor oder gar darauf, dass er mir diesen Elektroschocker direkt an den Körper hält. Stattdessen stöhnt er zornig auf und hockt sich neben mich. Mit einem weiteren Schlüssel löst er die Kette an meiner Flosse, und am liebsten würde ich erleichtert aufstöhnen, weil der Schmerz nachlässt. Dafür spüre ich ihn an anderen Stellen meines Körpers umso mehr.

Die kleine Plattform bebt unter seinem Lachen. Wobei, vermutlich bilde ich es mir nur ein, weil ich zittere.

»Da komme ich längst hin, oder meinst du nicht? Als Ersatz für den Aufenthalt im Gefängnis, den ich deiner Meinung nach verdient hätte.« Zumindest gesteht er sich ein, dass das, was er hier macht, falsch ist.

»Beides. In die Hölle und ins Gefängnis. Mir egal, dass das hier nur als Tierquälerei eingestuft wird«, presse ich durch meine gebleckten Zähne hervor. Es ist sicherlich nicht erlaubt, mich mit Strom zu quälen, weil ich nicht spure.

»Oh Baby.« Wieder lacht er. Was sollen bitte diese vielen verschiedenen Spitznamen? Mir fehlt die Kraft, um wegzurobben. »Es gibt genug Zirkusse, in denen die Löwen und Elefanten dressiert werden. Alles ganz legal. Wieso sollte das hier also etwas anderes sein?«

Traurigerweise hat er damit recht. Es ist nicht gern gesehen, aber soweit ich weiß, ist das legal. Oder nicht? Wo wird die Grenze gezogen zwischen vermeintlich normaler Dressur und Tierquälerei? Ich habe mich mit diesem Thema nie befasst. Es ist grausam. Gibt es in den Staaten Tierzirkusse? In England sind zumindest Wildtiere verboten. Ob das streng überwacht wird?

»Tierquälerei ist nie legal.« Mit aller Kraft versuche ich, mich hochzudrücken, damit ich wenigstens sitze, scheitere jedoch haushoch. Wimmernd stemme ich meine Hände gegen das nasse Holz und würde am liebsten frustriert aufschreien.

Amüsiert beobachtet er mich dabei. »Also siehst du mittlerweile ein, dass du ein Tier bist?«

»Verdreh mir meine Worte nicht im Mund«, entgegne ich bissig. Das habe ich nie gesagt, das weiß er genau.

»Oh, Anouk.« Er umgreift mein Kinn und zwingt mich, ihn anzusehen. »Ich weiß ja nicht, wieso die beiden dich mit solchen Samthandschuhen anfassen. Glaube mir, ich kenne viele Möglichkeiten, dich zu brechen. Damit du das perfekte Haustier wirst. Den Käufer habe ich nämlich schon gefunden.«

»W-Was?« Ich versuche, mich ihm zu entziehen, drücke meine Hände gegen seine Brust, doch er verfestigt seinen Griff. »Das darfst du gar nicht bestimmen. Ich darf gehen. Bald schon.« Das hat Cameron mir versichert, an diese Hoffnung klammere ich mich. Er hat mir gesagt, dass sie genug Geld mit der Forschung verdienen, und darauf habe ich mich verlassen. Das mag der ein oder andere vermutlich naiv nennen, für mich ist es optimistisch. Etwas anderes bleibt mir in meiner Lage nicht übrig.

»Ach, ist das so?« Er lässt mein Kinn los, und ich beiße mir auf die Innenseite meiner Wange, um nicht wie ein jämmerliches Kleinkind zu nicken oder gar zu weinen. Es ist eine rhetorische Frage, auf die er garantiert keine Antwort erwartet. »Ich würde mich nicht darauf verlassen, wenn ich du wäre.«

»Du bist nicht ich.« Endlich schaffe ich es, mich aufzurichten, mich mit aller Kraft in eine Position zu drücken, die man halbwegs als sitzend bezeichnen könnte.

»Weißt du …« Seine Stimme wird schlagartig reserviert. »Wir könnten testen, wie dein Körper auf extreme Kälte reagiert. Oder wir testen deine Schmerzgrenze mit ein paar präzisen Schnitten?« Mein Atem stockt bei dem Anblick des

Klappmessers, das er aus seiner Hosentasche zieht. Spielerisch schneidet er damit die Luft. »Du glaubst nicht, wie lange ich mir das hier schon ausmale, wie viel Zurückhaltung es mich kostet, dich jeden verfluchten Tag einfach zu ignorieren, weil ich angeblich nicht weit genug bin, mich um ein heikles Versuchsobjekt wie dich zu kümmern. Und möglicherweise haben sie damit recht. Bestimmt sind ihre Experimente deutlich professioneller. Weißt du, was das Entscheidende dabei ist? Das ist mir egal. Denn egal, was ich hier mache, auf den Papieren wird am Ende Cameron Dallas und Zaiden Mansour stehen. Wenn ich Glück habe, wird in irgendeiner Dankesrede von dem Praktikanten die Rede sein. Mehr nicht. Dann sollte ich wenigstens dafür sorgen, dass du meinen Namen niemals vergisst. Was meinst du, Baby?«

Okay, ich wusste, dass mein Gefühl mich bei ihm nicht getäuscht hat. Dass er wahnsinnig ist, ist nichts Neues. Dieses Ausmaß schon.

Rick wartet auf eine Antwort, doch die bekommt er nicht. Ich wüsste nicht einmal, wie ich darauf reagieren sollte, geschweige denn, welche Worte sinnvoll wären, damit er nicht austickt.

Er kniet sich wieder neben mich und setzt die Klinge an meinen Arm, um sie sanft über meine Haut zu ziehen, ohne wirklich zu schneiden. Die dünne Linie, die er hinterlässt, fängt nicht einmal an zu bluten, dennoch wimmere ich auf.

»Hm ... Vielleicht sollten wir auch sehen, wie lange du ohne Wasser auskommen kannst«, schlägt er vor und lehnt sich näher zu mir. Sein heißer, miefiger Atem streift den meinen, mir wird beinahe schlecht. »Dein Körper ist sicherlich darauf angewiesen. Egal, ob als Mensch oder als Nixe.« Seine Nähe und die drohenden Worte lassen die Panik in mir aufsteigen. Jeder Versuch, mich zu bewegen, endet in schmerzendem Zucken. Mein Herz rast, die Angst schnürt mir die Kehle zu.

Er tritt zurück und lässt das Messer in seiner Hosentasche verschwinden. Ich wage es, tief Luft zu holen.

»Wann anders. Für heute reicht es.« Er will mir die Kette gerade wieder um die Flosse legen, da öffnet sich die Tür mit einem lauten Knarzen.

Kapitel 15

Cameron

Gelangweilt wippe ich zum Takt der Musik und frage mich, wie ich auf die Idee gekommen bin, genau ins Gimex zu gehen. Schlechter Alkohol gemischt mit billigen Frauen ist eigentlich nicht mein Stil, dennoch stehe ich hier. Naja, besser als im Zephyr an eine gewisse Nixe denken zu müssen.

Zwei Wochen ist es her, dass wir hinter das Geheimnis ihrer Verwandlung gekommen sind. Seitdem ist viel passiert. Dadurch ist es deutlich leichter, sie zu wiegen, und bedarf keinerlei Schlafmittel mehr. Obwohl es anstrengend ist, sie aus diesem Becken zu holen. Mit Flosse wiegt sie das Doppelte und kann nicht selbstständig zur Liege laufen. Ohne dieses Armband kann sie sich nicht verwandeln, und das für unsere Vorteile zu nutzen, ist wirklich Gold wert. Sie liegt endlich wach auf diesem Tisch, nicht mehr bewusstlos, was mein Gewissen ungemein beruhigt. Das spart uns einiges an Nerven. Fehlen nur noch die Schuldgefühle, die nachlassen müssen. Es wäre deutlich einfacher, wäre sie wirklich ein Tier, anstatt nur vor dem Gesetz. Dann würden ihre Blicke und Worte mich kalt lassen.

Hallo, schlechtes Gewissen.

Frustriert knurrend kippe ich mir den letzten Schluck des überteuerten Whiskys herunter.

Das war eine bescheuerte Idee, ich frage mich, wie ich darauf kam, den kleinen Hippie hier vergessen zu können. Scheißegal, dass ich nicht in dem Club bin, in dem wir uns stundenlang unterhalten haben.

Ich will mich gerade umdrehen, um zum Ausgang zu gehen, da spüre ich zierliche Finger über mein Schulterblatt gleiten.

»Worüber denkst du nach, Süßer?« Allein durch den Klang ihrer Stimme formt sich ein Bild von ihr in meinem Kopf. Um das zu bestätigen, muss ich mich nur umdrehen. Eine billige Frau in einem billigen Club. Äußerst passend. Ihr Aussehen sagt alles, und ich mache mir nicht einmal die Mühe, ihr in die Augen zu schauen. Meine Aufmerksamkeit gilt ihren Brüsten, die beinahe aus dem Oberteil quillen. Viel zu willig, wenn es nach meinem Geschmack geht, aber ich bin eben nur ein Mann. Ein Mann, der genau diese Art der Ablenkung braucht, um keinen Gedanken an kleinere dafür deutlich hübschere Brüste zu verschwenden.

»Darüber, was wir beide heute Abend Schönes anstellen können.« Ein mehr oder weniger echtes Grinsen schleicht sich auf meine Lippen. Ich bin gewillt, mir mit dieser Frau den Abend zu vertreiben, mich nach drei Wochen intensiver Arbeit endlich mal auf mich zu konzentrieren, anstatt auf die Versuche. Nachts nicht mehr den Tag Revue passieren zu lassen, sondern allein an den geilen Sex mit irgendeiner billigen Frau aus dem Club zu denken. Dafür ist diese hier mit den schlecht gefärbten blonden Haaren und den langen künstlichen Wimpern perfekt.

»Darf ich dir einen Drink ausgeben?« Für einen viel zu langen Moment blicke ich ihr in den Ausschnitt, was ihr scheinbar sogar gefällt. Kein Wunder, so offensiv, wie sie mich angemacht hat. Man geht in den seltensten Fällen in solch einen Club, um die Frau fürs Leben kennenzulernen. Ganz zu schweigen davon, dass ich absolut keine Zeit für so was habe. Also, was beschwere ich mich?

»Oh, sehr gerne.« Ihr schrilles Kichern lässt mich innehalten und ich wäge ab, ob es das wirklich wert ist. Die Frau entspricht nicht meinem Geschmack. Wie war das noch? Je schriller, desto williger? Daher schenke ich ihr mein charmantestes Lächeln und führe sie zu der ziemlich überfüllten Bar.

»Darf man fragen, was du beruflich machst? Fitnesstrainer oder so?« Sie legt ihre Hand auf meine Schulter und tänzelt mit den Fingern über den hellen Stoff meines Shirts.

»Fitnesstrainer?« Ich drehe mich schmunzelnd zu ihr. Es klingt wie ein scherzhaft gemeintes Kompliment. Anouk würde frech grinsen, wahrscheinlich noch eine Schippe drauflegen. Sie hingegen meint es anscheinend ernst.

»Nicht ganz. Ich arbeite als Meeresbiologe.« Ich lehne mich nach vorne, um beim Barkeeper zwei Getränke zu bestellen, bevor ich fortfahre. »Im Wesentlichen erforsche ich, wie verschiedene Meerestierarten auf die Bedingungen reagieren, die in Aquarien und Meeresparks herrschen. Dazu gehört-«

»Schon gut, schon gut.« Sie nimmt ihre Hand von meiner Schulter, um sie auf meinen Mund zu legen. »Genug geredet.« Natürlich interessiert sie sich nicht dafür. Hätte ich gesagt, ich bin ein Model, Schauspieler oder dergleichen, hätte ich mir wahrscheinlich den Mund fusselig reden dürfen. Biologen hingegen sind langweilig. Hätte ich Ozeanographie gesagt, wüsste sie nicht einmal, was ich meine. Das war bei Nyx das genaue Gegenteil. Das Gespräch war interessant, hatte Mehrwert. Der Besuch im Club sollte mich ablenken, nicht dafür sorgen, dass ich sie mir hierher wünsche. Ein Gespräch mit Nyx wäre so viel angenehmer. Es würde Spaß machen, wir könnten reden und lachen. Innerlich schüttle ich den Kopf über diese dummen Gedankengänge. Es ist nicht das Ziel des Abends, mich wieder stundenlang über meine Arbeit zu unterhalten. Es geht darum, Spaß zu haben. Dafür ist die Blondine vor mir genau die Richtige.

»Langweile ich dich?« Ich reiche ihr das Glas mit dem süßlichen Cocktail. In einem Farbverlauf von Rot nach Gelb erstreckt sich der Alkohol in dem länglichen Glas und wird von einem Schirmchen und zwei Strohhalmen – aus Plastik natürlich – abgerundet.

»Total«, bestätigt sie, wieder nervig kichernd.

»Na dann bist du wohl jetzt dran mit Erzählen.« Mein Arm wandert um ihre Hüfte und ich führe sie aus dem Gedränge heraus in eine ruhigere Ecke.

»Gott, willst du das wirklich wissen? Ich bin Studentin.« Ihre Finger bewegen sich von meiner Schulter über meinen Nacken herunter über meinen Rücken.

»Kein Smalltalk also«, stelle ich fest und lasse meine Hand in die Arschtasche ihrer knappen Shorts wandern.

»Nein, auf keinen Fall.« Sie lässt ihre dunklen Wimpern einmal klimpern, bevor sie einen Schluck trinkt. Sie nimmt mir mein Glas weg, um beide Gläser wegzustellen. Obwohl ich es bereue, diese teuren Dinger überhaupt gekauft zu haben, lasse ich es ohne jegliche Gegenwehr zu. Ihr Atem streift meinen Hals und wieder zögere ich, vergleiche alles, was sie tut, mit Nyx. Die Küsse, die Berührungen, einfach alles. Wieso fällt es mir verflucht noch mal so schwer, sie aus meinen

Gedanken zu verdrängen? Dafür trinke ich extra Alkohol. Nur anscheinend bewirkt der genau das Gegenteil. Alles erinnert mich an Anouk.

Dennoch bin ich derjenige, der sich nach vorne beugt, die namenlose Frau bestimmend gegen die Wand hinter ihr drückt und sie küsst. Dabei gehe ich weder sanft noch vorsichtig vor. Was will man schon von einer schnellen Nummer im Club erwarten? Das hier ist kein Hotelzimmer, kein Bett, kein Strand. Hier sieht uns jeder, doch es interessiert niemanden, was wir machen.

Das Gimex ist einer der schäbigsten Clubs der Gegend, wenn nicht sogar der gesamten Westküste. Es würde mich wenig überraschen, wenn es das ein oder andere Paar direkt auf der Tanzfläche treibt, schön im Rausch des gedealten Zeugs. Niemand interessiert sich für die Drogen. Die Polizei nicht und auch Silvio nicht. Und das, obwohl der meistgefürchtete Mann San Franciscos seine Clubs sonst ziemlich gut unter Kontrolle hat. Bestimmt ist das wie mit Pfannkuchen. Der erste ist immer ein wenig missraten.

Stöhnend windet sie sich unter meinem Kuss. Ihre Zunge drängt sich gegen meine, ihre Hände wandern in meine Haare und sie zieht vorsichtig an den Spitzen. Sie will, dass das hier von mir ausgeht. Sie will, dass ich den ersten Schritt mache, trotz der Tatsache, dass der längst von ihr kam. Manche Frauen sind extrem berechenbar. Aber ich gehe darauf ein. Denn ich brauche das hier gerade mindestens genauso wie sie. Während es bei mir die Ablenkung ist, ist es bei ihr allen Anschein nach Bestätigung.

Ein beinahe zaghaftes Lächeln tritt auf ihre Lippen. Sie greift an den Bund ihres Rockes, um diesen nach oben zu ziehen, ich presse meinen Körper fest gegen ihren, damit sie in dieser Bewegung sofort innehalten muss.

»Wir machen das hier auf meine Weise, verstanden?«, knurre ich verbissen und drücke meine Lippen wieder auf ihre. Diese gefälschte Schüchternheit ist überflüssig. »Ich weiß genau, dass ich nicht der Erste und nicht der Letzte bin, mit dem du es in diesem Club treibst, und es ist mir egal. Also spiel keine Spielchen.« Aus einem fordernden Kuss wird ein Biss in ihre Unterlippe. Ich lecke die weiche Haut ihres Halses hinab, verteile sanfte Küsse, knabbere ein wenig, sodass sie sich keuchend in meinem Kuss windet. Keine Frau will einfach gefickt werden, ohne ein bisschen Hingabe, nicht einmal irgendeine Schlampe im Club. Sie soll froh sein, dass ich diese Meinung teile.

Mein Schwanz bräuchte kein Vorspiel, so heftig, wie er gegen den Reißverschluss meiner Jeans reibt. Mein Kopf allerdings ist kein Fan von schnellen Nummern ohne weitere Zuwendung. Ohne etwas Zuneigung ramme ich meinen Schwanz nicht einfach in sie. Das ist nicht mein Stil.

Ihre Antwort drückt sich in einem kehligen Stöhnen aus. Genussvoll legt sie den Kopf in den Nacken, gibt mir somit volle Kontrolle. Geht doch.

Ich dränge sie seitlich in den Gang zum Hinterausgang, damit wir zumindest ein bisschen abgeschirmter sind. Meine Hände wandern unter ihr kurzes Top, umgreifen ihre Brüste, die viel zu groß für meine Hände sind.

Warte, was?

Sie sind nicht zu groß. Klar sind sie groß. Schön groß. Anouks Brüste sind einfach zu klein. Dass sie perfekt in meine Hände passen, sollte nicht sein. Das hier, die Brüste dieser Schlampe aus dem Club, das ist perfekt. Grob knete ich sie, zwicke in ihre Nippel, die bereits steinhart sind. Wie es zwischen ihren Beinen aussieht, lässt sich dadurch nur erahnen.

Sie steht vor mir, schmeißt sich mir an den Hals, ist willig und würde bestimmt alles mit sich machen lassen, doch ich trete kopfschüttelnd zurück. Meine Gedanken wollen sich einfach nicht von dieser verfluchten Meerjungfrau lösen, die gerade einsam in ihrem Becken schwimmt, gefangen in unserem Labor.

»Willst du lieber etwas mehr Ruhe? Dann lass uns auf die Toiletten verschwinden.« Mit ihren braunen Rehaugen sieht sie mich an, in jeder anderen Situation hätte ich ihr sofort zugestimmt. Mein Schwanz hasst mich dafür und mein Kopf würde mir wohl am liebsten eine knallen. Es geht einfach nicht.

»Nein.« Kopfschüttelnd trete ich einen weiteren Schritt zurück. Erst jetzt betrachte ich ihren Körper richtig. Sie ist verflucht heiß und gleichzeitig unattraktiv. »Sorry, du findest hier bestimmt jemanden. Ich bin raus.« Ohne auf eine Reaktion zu warten, drehe ich mich um und verschwinde wieder in der Menge. Hoffentlich folgt sie mir nicht. Die Lust, mich zu rechtfertigen, hält sich in Grenzen.

Mein einziges Ziel ist das Labor. Ich muss dringend zu Nyx, sonst bekomme ich die Nacht wohl keine Minute Schlaf.

Kapitel 16

Zaiden

»Was zum?«

Wutentbrannt sehe ich von Anouk zu Rick. Was auch immer er hier fabriziert, es kann nichts Gutes sein. Er hat keine Befugnis dazu, sie aus diesem Becken zu holen. Das haben wir ihm deutlich gemacht. Fische füttern und Werte ablesen. Das ist das Einzige, was er darf. Anouk aus dem Becken holen nicht.

»Was wird das, Rick?« Mit genügend Abstand bleibe ich vor dem Becken stehen. Meine Arme sind verschränkt und ich versuche, ihn zu fokussieren, anstatt mich von Anouk ablenken zu lassen. Immer wieder huschen meine Augen zu ihr, dieses unaufhörliche Zittern ihres Körpers bricht mir das Herz.

»Zaiden. Ich dachte nur, ich könnte ...« Rick tritt zurück.

»Was dachtest du?«, unterbreche ich ihn scharf. »Du könntest unser Vertrauen missbrauchen und sämtliche Versuchsergebnisse verfälschen?«

Anouk sitzt auf dem harten Holzboden vor ihm, hat merklich Mühe, sich in dieser aufrechten Position zu halten. Die Erschöpfung ist ihr ins Gesicht geschrieben, dennoch ist ihr Kampfgeist nicht verschwunden. Trotz allem, was wir ihr in den letzten Wochen angetan haben.

»Ich bin hier nicht euer Mädchen für alles. Ich bin Teil des Teams, Zaiden, und ich gehöre mit Respekt behandelt.« Er ist zurecht wütend, aber das ist mir vollkommen egal. Soll er ruhig die Hände zu Fäusten ballen und herumbocken wie ein kleines Kind. Tatsache ist, dass er wusste, wo seine Aufgaben und Restriktionen liegen. Zu keinem Zeitpunkt hätte er denken können, er habe ein Anrecht auf die Forschungen an Anouk.

»Dann benimm dich, und wir lassen dich an den Experimenten teilhaben. Meinst du, mit solchen Aktionen kommst du weit? Ich bin immer noch dein Boss, nicht dein Kumpel oder gleichgestellter Arbeitskollege, verstanden? Also komm da jetzt runter und verschwinde.«

»Zeig mir, dass ich Teil des Teams bin«, fordert er.

»Nach dieser Aktion? Wohl kaum.« Lässig vergrabe ich meine Hände in den Hosentaschen, um von der Tatsache abzulenken, dass ich mir nervös an den Nägeln knibble. Ich hasse es, keine Kontrolle zu haben.

»Würdet ihr mich so behandeln, hätte es nicht dazu kommen müssen.« Er schnaubt wütend und geht einen Schritt auf Anouk zu. Wimmernd zieht sie ihre Schwanzflosse an. Er muss dringend darunter kommen.

»Wir reden nächste Woche. Erst mal muss ich mir das Ausmaß deines Schadens ansehen. Ich melde mich. Vorher brauchst du nicht herkommen.«

»Was? Das ist nicht dein Ernst.« Rick starrt mich an, als würde er einen Geist sehen.

»Mein voller Ernst«, sage ich kühl. »Du hast meine Anweisungen missachtet und damit das Projekt gefährdet. Ich denke, dass du dir dessen erst mal klar werden musst.« Mir ist bewusst, dass die Wahl meiner Worte überspitzt ist. Anders lernt er nicht.

Schnaubend kommt Rick die Leiter heruntergeklettert. Er scheint etwas sagen zu wollen, seine Lippen öffnen einen Spalt, sagt jedoch nichts.

»Na dann gehe ich mal nachdenken«, zischt er und verlässt das Labor. Bevor die Tür jedoch ins Schloss fällt, schlängelt Cam sich an ihm vorbei und sieht verwirrt zu mir.

»Was bitte ist hier passiert?« Er streicht sich durch die verwuschelten Haare. »Und wieso bist du hier? Ist hier heute Tag der offenen Tür?«

»Genau das könnte ich dich fragen.« Für heute war keine Nachtschicht eingeplant. Von keinem von uns. »Jetzt hilf mir.« Mit schnellen Bewegungen steige ich die Leiter nach oben, um Anouk herunterzuholen. »Hey, Nixe, ich-« Oben angekommen sehe ich erst das volle Ausmaß von Ricks spaßiger Aktion.

»Z-Zaiden.« Zu sagen, sie zittert, wäre eine Untertreibung vorm Herrn. Ihr gesamter Körper bebt, sie ist unendlich blass, ihre blauen Augen sind beinahe gänzlich in der Dunkelheit ihrer Pupillen verschwunden. Sie sieht grausam aus, und mein Herz zerspringt in tausend Einzelteile. Den Gedanken, dass ich kein Mitleid haben dürfte, habe ich längst über Bord geschmissen. Es tut weh, sie in diesem Zustand zu sehen.

»Es tut mir leid«, sage ich behutsam und hocke mich zu ihr. »Es tut mir so verflucht leid.« Diese Worte sind nicht einmal ansatzweise genug, doch es fällt mir schwer, andere zu finden. Mein Mund ist trocken, der Kloß in meinem Hals wird immer größer, je länger ich sie ansehe. Obwohl es ihr scheinbar schwerfällt, hält sie meinem Blick stand. »Ich trage dich jetzt runter, dann ruhst du dich aus, ist das okay?«

Sie nickt nur leicht und schließt die Augen. Behutsam hebe ich sie hoch, rutsche auf Knien zum Rand der Plattform, wo Cam steht. Ich möchte sie ungern über meine Schulter schmeißen. Das scheint er zum Glück ähnlich zu sehen, er klettert nämlich direkt die ersten beiden Sprossen nach oben, um sie anzunehmen.

»Gib sie mir langsam«, sagt er ruhig und streckt die Arme aus. »Wir machen das zusammen.«

»Danke.« Vorsichtig übergebe ich Anouk in seine wartenden Arme, bedacht, sie nicht fallen zu lassen. Sie zuckt merklich zusammen, Camerons Griff wird fester.

»Alles wird gut, Nyx«, versichert er ihr beruhigend. »Du bist in Sicherheit.« Wahrscheinlich hat er damit recht. Im Gegensatz zu dem, was Rick vorhatte, ist sie wirklich sicher.

»Okay.« Ihre Stimme ist brüchig, jede Silbe trieft vor Schmerz. Würde mein Herz nicht bereits aus tausend Teilen bestehen, wäre es spätestens jetzt der Fall. Sie sieht zu mir hoch, und ich schenke ihr ein aufmunterndes Lächeln. Zögernd streiche ich durch ihre nassen, verknoteten Haare, und sie schmiegt sich in die Berührung, die ich womöglich nötiger habe als sie.

»Ruh dich aus«, weise ich sie ruhig an, während Cam ihr eine Decke um den Körper legt und sie zu der Matratze trägt, die wir nach der einen Nacht einfach liegen gelassen haben. Sie hat deutlich an Luft verloren. Darum kümmere ich mich gleich, sobald sie sich entspannen konnte.

Aus einem kleinen Tresor bei meinem Schreibtisch hole ich das Armband, um es ihr umzubinden. »Wir werden dir nichts tun«, verspreche ich. Cam legt sie behutsam auf die weiche Matratze, während ich mich neben sie knie. »Und wir lassen dich nicht allein. Rick kommt hier heute Nacht nicht mehr rein, versprochen.« Was auch immer diese Frau mit mir anstellt, es wirkt. Am liebsten würde ich ihr jeden Schmerz abnehmen, jede Sorge, jeden Kummer. Ich würde alles auf mich nehmen, nur damit es ihr besser geht. Was hat Rick da oben nur angestellt?

Obwohl sie keinen Grund hat, uns zu glauben oder uns zu vertrauen, tut es weh, diese Unsicherheit in ihren Augen zu sehen, diese Angst.

»Und sobald es mir gleich besser geht, darf ich wieder zurück ins Becken?« Ihr Blick huscht dorthin, und sie zuckt unweigerlich zusammen.

»Natürlich nicht.« Cam zögert mit dieser Antwort keine Sekunde, und ich hätte es genauso wenig getan. Das ist gar keine Option. »Frühestens morgen, okay?«

»Wieso sollte ich euch trauen?«, flüstert sie heiser.

Seufzend setzt Cam sich neben sie auf die Matratze. Er legt eine Hand auf ihre Schulter, vorsichtig, als könnte sie jeden Moment zerbrechen.

»Du brauchst Ruhe«, wiederhole ich.

»Ich brauche Alkohol«, kontert sie und verschränkt zur Untermalung des Ernstes der Lage die Arme vor der Brust.

Cam und ich tauschen einen Blick. Wahrscheinlich hat sie diesen Wunsch eher vor sich hingeredet, ihn nicht ernst gemeint. Trotzdem habe ich kein Problem damit, ihn ihr zu erfüllen. Das tut ihr womöglich ganz gut und macht sie etwas lockerer. Das wäre für uns nur von Vorteil. Beide Seiten hätten etwas davon.

»Gib mir zehn Minuten. Ich gehe zu dem kleinen Kiosk hier um die Ecke. Und du«, ich deute kurz auf ihre Flosse, »verwandelst dich besser.«

»Mhm …« Sie schließt die Augen. »Mache ich gleich.

Bekomme ich dein Hemd?« Bedauerlicherweise richtet sie die Worte nicht an mich, sondern an Cameron.

»Selbstverständlich. Sonst noch Wünsche, Prinzessin?«

»Nein, das- warte, was?« Sie sieht Cameron erschrocken an. »Wie kommst du auf Prinzessin? Ich finde, es ist ein legitimer Wunsch, hier nicht nackt sitzen zu wollen.« Sie verschränkt die Arme vor der Brust, ich lasse mir nicht anmerken, wie froh ich bin, dass sie aufrecht sitzen kann, ohne sich stützen zu müssen.

»Ich lasse euch dann mal allein. Fangt nichts ohne mich an, was ihr bereuen würdet.« Ich schnappe mir meine Jacke und öffne die Tür. Vermutlich ist es die dümmste Idee, die ich seit Langem hatte, die beiden allein zu lassen. Sie sucht Camerons Nähe, das weiß ich genau. Somit freut sie sich, dass ich sie allein lasse. Wahrscheinlich gehe ich genau deswegen. Weil ich dieses dämliche Ziehen in meiner Brust ignorieren muss und stattdessen auf die kleine Nixe und ihre Bedürfnisse zu achten habe.

»Also, bekomme ich jetzt dein Shirt?«, höre ich Anouk im Herausgehen fragen, ohne die Antwort darauf mitzubekommen. Kurz bereue ich es, dass ich nicht Cameron losgeschickt habe, schüttle aber den Kopf. Sie fühlt sich bei ihm wohler. Deswegen besorge ich den Alkohol, den sie gerne hätte, damit sie auch bei mir lockerer ist.

Vermutlich sollte ich ihnen diese Zweisamkeit lassen und den Moment gönnen. Dennoch beeile ich mich, gehe in zügigen Schritten zu diesem Kiosk. Trödeln und lange Überlegen ist unnötig. Drei Flaschen Bier, irgendetwas Fruchtiges und eine Flasche Pfefferminzschnaps sollten wohl reichen. Damit gebe ich ein halbes Vermögen aus. Arbeitsmittel. Die kann ich sicherlich sogar steuerlich geltend machen.

Vor dem Regal mit den Süßigkeiten bleibe ich stehen. Wie lange ist es her, dass ich eine gemischte Tüte gekauft habe? Die

Gummibärchen waren stets steinhart und mit Unmengen an Keimen belastet. Oder diese Lollis, die man aufklappen konnte. Lollis und … Leckmuscheln.

Das Gespräch mit dem Verkäufer beschränke ich auf das Minimum. Ich bin nicht in Stimmung für einen längeren Smalltalk und schneide ihm das Wort ab. Mit Anstand hat mein Verhalten nichts zu tun, aber darauf kann ich gerade keine Rücksicht nehmen. Die einzige Person, bei der ich Mitgefühl zeigen sollte, ist Anouk, denn meine Gedanken driften andauernd zu ihr und Rick, und ich muss meine Wut auf diesen Kerl zügeln. Es hat gereicht, sie so verängstigt zu sehen. Dafür muss ich nicht einmal wissen, was er gemacht hat, um zu wissen, dass es nichts Gutes gewesen sein kann.

Genau dreiundzwanzig Minuten brauche ich, um den Alkohol zu besorgen und wieder zurück zum Labor zu gehen. Das ist ein neuer Rekord. Jedes Mal, wenn ich uns dort einen Energydrink oder dergleichen besorge, lasse ich mir gern Zeit, um den Weg zum Nachdenken zu nutzen.

»Zimmerservice.« Ich schließe die Tür hinter mir und hebe die braune Papiertüte hoch. Sicherheitshalber schiebe ich den kleinen Riegel von innen vor die Tür, sodass Rick den Raum trotz seines Schlüssels nicht betreten kann. Zwar bin ich mir ziemlich sicher, dass er es nicht versuchen würde, aber man weiß ja nie.

»Du bist der Be- danke.« Obwohl die beiden im Schatten der grellen Neonbeleuchtung sitzen, vernehme ich deutlich, wie ihre Wangen sich rot färben. Anouk hat sich mittlerweile verwandelt und sich eine trockene Decke umgelegt. Ihr Kopf ist auf Camerons Schulter gelegt, und zu meinem Erstaunen gefällt mir dieses Bild sogar. Es hat den Anschein, als fühle sie sich hier wohl, gar sicher. Trotz all dem, was wir ihr angetan haben.

»Nicht dafür.« Ich reiche ihr die Tüte. »Such dir etwas aus.«

Möglichst unauffällig werfe ich Cameron einen fragenden Blick zu, während Anouk neben uns mit den Glasflaschen klirrt. Sein Kopfschütteln kann im Grunde zweierlei Dinge bedeuten, doch ich bin mir sicher, dass er meine Frage verstanden hat. Sie hat nicht erzählt, was passiert ist.

Ich lasse mich zu ihnen auf die kleine Matratze sinken und bin froh, dass ich sie nicht weiter aufgefüllt habe. Dann wäre sie mit uns dreien sicherlich geplatzt, so alt wie sie ist.

»Das Bier ist verlockend. Kannst du es mir öffnen?« Sie hält mir die Flasche hin und streicht sich mit der freien Hand einmal durch die welligen blonden Haare. Sie zittert noch immer.

»Klar.« Neben ihrer Flasche nehme ich mir eine zweite aus der Tüte um sie damit zu öffnen. »Dass man dir so was auf dem College nicht beigebracht hat, erstaunt mich.« Schmunzelnd reiche ich ihr die geöffnete Flasche, allerdings nicht, ohne vorher einen Schluck davon getrunken zu haben.

Anouk zuckt mit den Schultern. »Ich darf erst seit ein paar Monaten trinken.«

»Und daran hast du dich gehalten?« Das glaube ich ihr nicht. Nie im Leben. Mit hochgezogener Augenbraue sehe ich sie an und öffne meine eigene Flasche. »Vor allem nicht in England. Da durftest du längst trinken. Verarsch mich nicht, Nixe.«

»Wie war das mit deinen geliebten Strandpartys?«, mischt Cameron sich ein und schlägt sich damit auf meine Seite. »Da trinkst du nur Apfelsaft?« Auf seinen Lippen liegt ein dezentes Schmunzeln, genauso wie auf meinen. Wir scherzen mit ihr. Doch für einen Augenblick scheint sie das nicht zu merken. Verwundert zieht sie die Augenbraue hoch und beißt sich scheinbar auf die Innenseite ihrer Wange.

»Vielleicht?«

»Du brauchst dich nicht rechtfertigen. Für keine deiner Entscheidungen. Vor allem nicht, wann und wie viel Alkohol du trinkst. Das war lediglich ein Scherz, weil ich keine Frau kenne, die ein Bier nicht mit einer anderen Flasche öffnen kann.«

»Ein Scherz? Zaiden, wie soll ich das denn erkennen? Dafür bin ich zu müde.« Sie schiebt ihre Unterlippe nach vorne. Schmollt sie? Nein, oder? Sie legt tatsächlich das beste Schmollgesicht auf, das ich jemals zu Gesicht bekommen habe. »Und außerdem bin ich eine Lady, die ihre Drinks in Gläsern serviert bekommt.«

»Und was für eine Lady du bist, kleiner Hippie.« Cam kann sich das Lachen nicht verkneifen, und ich bereite mich schon darauf vor, dass sie das wieder falsch versteht, doch ihr Gesicht erhellt sich. Wenn ich mich nicht täusche, erkenne ich sogar sowas wie Verwunderung darin, was bestimmt an dem unpassenden Spitznamen liegt.

»Ich bin kein Hippie«, entgegnet sie amüsiert und stößt ihre Flasche gegen Camerons.

»Das lässt sich leicht sagen, wenn du mein Shirt trägst.«

»Jaja«, nuschelt sie und legt ihren Kopf auf Camerons Schulter. »Was ich übrigens mag, sind diese roten Becher, die es auf Studentenpartys gibt. Die kannte ich immer nur aus Filmen. Da fühlt man sich direkt fancy.« Sie kichert leise. »Vor allem, wenn ein heißer Footballspieler ihn für einen mit irgendeiner süßen Mischung füllt. Apropos. Ihr habt sicherlich irgendeinen Sport gemacht, oder wart ihr in der Schule richtige Nerds? Für ein Basketballstipendium hat es anscheinend nicht gereicht.«

»Gegenfrage.« Herausfordernd richtet Cameron sich auf.

»Warst du ein Nerd, nur weil du überlegt hast, Meeresbiologie zu studieren?«

»Du hast was?« Überrascht sehe ich Anouk an, die mich mit einem schiefen Grinsen ansieht.

»Was? Darf eine Meerjungfrau sich nicht für das Meer interessieren? Ist das etwa zu klischeehaft?«

»Nein. Natürlich nicht«, erwidere ich ehrlich. »Ich hätte es nur nicht erwartet.«

»Das ist sexistisch, Zaiden.« Anouk schüttelt den Kopf und trinkt den letzten Schluck ihres Biers. Das ging schnell.

Beschwichtigend hebe ich die Hände. »So war das nicht gemeint. Leider liegt einem Nerd wie mir dieser ganze zwischenmenschliche Kram einfach nicht.«

Ich frage mich, wie sie diesen Kommentar auf solch eine humorvolle Weise sexistisch nennen kann, angesichts der Abdrücke der Kette an ihrem Fußgelenk. Eine Kette, die ich ihr umgelegt habe.

»Hatte ich schon im Gefühl. Du stellst dich nicht gut an, weißt du das? Ihr beide nicht, wobei Cameron vielleicht ein bisschen besser.«

»Ein ungewöhnliches Kompliment. Das nehme ich gerne an«, sagt er, als seien ihre Worte das Normalste auf der Welt.

»Kein Kompliment«, widerspricht sie.

Leider Gottes hat sie damit wohl recht. Bevor die Stimmung weiter kippt, greife ich zu meiner Geheimwaffe. Zum Glück habe ich sie gekauft.

»Übrigens habe ich noch etwas. Vielleicht ist das auch sexistisch, aber ich fand es sehr passend.« Aus meiner Jackentasche hole ich die drei eingeschweißten Leckmuscheln. Cameron und ich werden sie mit Sicherheit nicht essen, aber ich wollte nicht nur eine kaufen.

»Was ist das?« Verwirrt öffnet sie die Tüte und holt eine heraus.

»Rot«, jubelt Cameron, bevor ich ihre Frage beantworten kann. »Du Glückspilz.«

»Wieso presst man einen Lolli in diese Form? Das ist total umständlich«, murmelt sie und leckt daran. »Umständlich und lecker.«

»Abwechslung. Immer die gleiche Form wäre langweilig. Meinst du nicht?«

»Darüber habe ich mir, um ehrlich zu sein, nie Gedanken gemacht.« Schulterzuckend lehnt sie sich zurück und trinkt einen Schluck, ehe sie sich wieder ihrer Muschel widmet. »Hast du euch keine mitgebracht?«

»Doch.« Ich hole meine heraus und lege sie vor Anouk auf den Boden. Cameron hält seine ebenfalls hoch.

»Und wieso esst ihr sie nicht?« Die pure Unschuld liegt in ihren Augen. Unglaublich.

»Weil ich lieber andere Dinge lecke, Nixe.«

Cameron hustet erschrocken. »Alter.« Seine Augen wandern zu Anouk, verdunkeln sich schlagartig. Er sieht es also genauso.

»Lollis mit Stil? Oder Eis? Das mag ich eigentlich auch. Nur nicht bei der Klimaanlage hier. Viel zu kalt.« Ein Bier und sie plappert wie ein Wasserfall.

Schmunzelnd schüttle ich den Kopf. »Nein.«

»Rate weiter«, weist Cam sie amüsiert an.

»Was dann? Paradiesäpfel? Zuckerwatte? Warte, die isst man. Bonbons?« Ob sie wirklich nicht versteht, was ich meine?

»Dich«, beantworte ich ihre Frage, bevor sie alles Erdenkliche aufzählen kann.

Ihre Augenbrauen kräuseln sich. »Mich? Wie willst du-

Oh.« Auf einen Schlag färben sich ihre Wangen hochrot. »Dafür habe ich nicht genug getrunken.« *Süß.*

»Keine Sorge. Irgendwann gehen wir zum Strand und-«, fängt Cameron an, und Anouk unterbricht ihn direkt.

»Zum Strand«, stimmt sie zu und greift nach dem Fruchtlikör. Sie setzt die Flasche an, trinkt mehrere kleine Schlucke. Mir entgeht nicht, dass sie ihre Beine zusammendrückt.

Wie gern ich sie schmecken würde. Sie lecken würde, bis sie sich stöhnend unter mir windet. Anouk weiß es nicht, aber ich hätte auch ohne diese dämliche Wette mit ihr geschlafen. Das würde ich jederzeit wieder tun. Wäre ich mir sicher, dass auch sie das will, würde ich sie auf diese Matratze drücken, ihr den Slip von den Beinen ziehen und meine Zunge in sie drücken. Ich würde sie mehrmals zum Schreien bringen, ihr liebliches Stöhnen in mich aufsaugen, wie ich es bereits mit dem Lachen tue. Es klingt in meinen Ohren wieder, als sie und Cameron längst das Thema gewechselt haben. Ich würde so viel mit ihr anstellen, doch der Stich in meinem Herzen hindert mich daran.

Allein wir sind schuld an Ricks Aktion. Wir sperren sie in diesem Becken ein, nicht Rick. Egal, was er mit ihr anstellen wollte, oder es eventuell längst getan hat, nur wegen uns hatte er überhaupt die Möglichkeit dazu. Wir behandeln sie wie ein Tier und dennoch tritt sie uns in diesem Augenblick mit solch einer Wärme gegenüber, die dafür sorgt, dass dieses unangenehme Gefühl der Reue meinen Nacken hochkriecht. Aber unsere Forschung, die Erkenntnisse, die wir mit ihrer Hilfe sammeln, rechtfertigt alles. Oder?

Kapitel 17

Anouk

Schwer zu sagen, ob es wirklich notwendig war, meine Gefühle mit Alkohol zu betäuben. Selbst nach zwei Flaschen Bier – ich habe mir Zaidens Flasche geklaut – und den unzähligen Schlucken Schnaps weiß ich, wo ich mich hier befinde. Alkohol schenkt einem keine Freiheit, nimmt einem den Schmerz nicht. Er benebelt einem die Gedanken, vielleicht ist das genug. Gefühlt schwebe ich auf einer Wolke, nicht auf einer alten Luftmatratze neben zwei, zugegeben, verdammt gutaussehenden Kerlen.

Meine Muschel ist leer, doch der süße Geschmack liegt mir weiterhin auf der Zunge. Zwischenzeitlich habe ich überlegt, Camerons zu klauen, aber Alkohol ist besser. Womöglich sollte ich mich doch von Zaiden lecken lassen. Ob das Angebot noch steht?

Ich erwische mich dabei, wie ich zu beiden sehe. Erst zu Zaiden, dann zu Cameron, ehe ich die Flasche mit dem Pfefferminzschnaps ansetze und einen großen Schluck trinke. Für ein paar Sekunden gurgle ich die scharfe Flüssigkeit in meinem Mund, ehe ich sie herunterschlucke. Immerhin achten sie auf Hygiene. Zähneputzen, waschen, sowas eben. Es ist nicht viel. Manch einer würde sich wohl darüber lustig machen, dass ich mich damit zufriedengebe. Ich hingegen nehme, was ich kriegen kann. Zudem macht es meine nächste Handlung deutlich weniger unangenehm.

Kichernd lehne ich mich zu Zaiden und reiche ihm die Flasche. Er soll nichts daraus trinken, sondern sie lediglich halten. Meiner Koordination darf man gerade kein Vertrauen schenken. Sie würde versagen, und ich möchte mich allein auf den Kuss konzentrieren können. Ein Kuss, der nur leider nicht seine Lippen trifft, sondern seinen Mundwinkel, der sich zu einem Schmunzeln verzieht.

»Was wird das, wenn es fertig ist, Anouk?« Belustigt umgreift er mein Kinn, sodass ich ihn ansehen muss. Bevor ich ihm antworte, drückt er seine Lippen auf meine, um meine Zunge zu einem stürmischen, eher unkontrollierten Kampf herauszufordern.

»Genau das«, murmele ich in den Kuss hinein und lehne mich dabei weiter nach vorne, um mich ganz der Wärme seines Körpers hinzugeben. »Ich will euch.«

Wenn ein Psychologe Wind davon bekommt, dass ich mit einem meiner Entführer schlafen möchte, würde er mich einweisen lassen. Wie soll ich also erklären, dass ich beide möchte?

»Hast du das gehört, Cam?« Zaiden knurrt und zieht meine Lippen kurz mit seinen Zähnen zu sich. »Unser Mädchen will uns beide.« Hitze schießt bei diesen Worten in meine Wangen, ein angenehmes Kribbeln macht sich bei seiner Bezeichnung für mich breit. Ich bin nicht ihr Mädchen und doch gefällt mir die Wortwahl.

»Dafür brauchst du dich nicht schämen.« Cameron rückt näher zu mir und legt seine Hand an meine Wange. Mit einer bestimmenden Bewegung zieht er mich zu sich, und ich lande kurzerhand auf seinem Schoß. Mein Nach-Luft-Schnappen unterbindet er mit einem Kuss. Einen verflucht heißen Kuss, den ich sofort erwidere. Seine Lippen fühlen sich anders an als Zaidens. Sie sind viel weicher und gleichzeitig fordernder. Der Geschmack des süßlichen Alkohols liegt auf seiner Zunge, vermischt sich mit dem Pfefferminzgeschmack auf meiner eigenen. Erinnerungen an unsere Nacht am Strand kommen hoch, mein Herz macht einen kleinen Satz. Mein Körper will sich nicht der Unsicherheit hingeben, will ihn von mir stoßen, nur hat mein Bauchgefühl da kein Wörtchen mitzureden. Bevor ich weiter darüber nachdenken kann, drücke ich mich enger an ihn. Ich lasse meine Hände über den Stoff seines Shirts wandern, hoch zu seinen braunen Locken, in denen ich mich festkralle. Stöhnend reibe ich mich auf seinem Schoß und spüre, dass er das hier genauso genießt wie ich. Er ist hart, allein von einem einzigen Kuss.

»Und ob ich das gehört habe«, beantwortet Cameron Zaidens rhetorische Frage.

Sollte mir das unangenehm sein? Mit Sicherheit. Immerhin sind zwei Männer zu viel für eine Frau. Wobei, eigentlich habe ich mir das verdient. Ja, zwei Männer sind okay. Und diese beiden sogar mehr als okay.

»Dann bekommst du genau das, Nixe.« Zaidens Stimme ist so dunkel, so nah, dass mir ein angenehmer Schauer über den Rücken läuft. Er ist von der Matratze aufgestanden, kniet nun hinter mir, sperrt mich damit zwischen ihm und Cameron ein. Er nimmt mir jegliche Bewegungsfreiheit, und es stört mich nicht im Geringsten. Im Gegenteil, ich genieße es richtig.

Während Camerons Hand auf meiner Hüfte liegt, wandern

Zaidens unter mein Shirt, streichen sanft über meinen Bauch, bevor er eine von ihnen um meine Brust legt und die andere tiefer gleitet. Schamlos legt sie sich auf meine Mitte, während die andere meine Brust zu massieren beginnt. Ein kehliges Stöhnen entfleucht mir. Weiter geht er jedoch nicht. Er reibt weder über meinen Kitzler, noch wandern seine Finger irgendwohin. Er lässt seine Hand einfach dort liegen, ohne sie zu bewegen.

»Zaiden«, wimmere ich gegen Cams Lippen und drücke meinen Rücken enger an ihn.

»Rede mit mir, Nixe. Was möchtest du?« Meint er das gerade ernst? Das habe ich bereits gesagt. Ich will sie beide. Dass ich damit nicht nur Küsse meine, sollte er merken. Allein daran, wie feucht ich bin.

»Hör auf, sie zu quälen«, schnaubt Cameron zu meiner Unterstützung und knabbert an meiner Unterlippe. Keuchend beuge ich mich näher zu ihm, gebe mich diesem bittersüßen Schmerz hin.

»Ich möchte nur sichergehen, dass das nicht am Alkohol liegt und sie uns morgen dafür hasst.«

»Wenn ich den Alkohol die Oberhand gewinnen lassen würde, würde ich euch jetzt gerade anschreien anstatt euch anzuflehen, mich endlich zu ficken.« Den nörgelnden Unterton kann ich mir nicht verkneifen. Wenn er weiter darauf herumreitet, wie falsch das ist, ist es gut möglich, dass ich meine Meinung noch ändere. Immerhin hat er mir soeben bestätigt, dass ich hiermit nicht unbedingt die klügste Entscheidung treffe, und ich möchte um jeden Preis vermeiden, darüber nachzudenken. Das hier ist richtig, das hier ist gut. Mein Körper will verdammt nochmal mit beiden schlafen, sich Cameron und Zaiden hingeben, ohne dass ich mich entscheiden muss. Gut also, dass das hier niemals eine Beziehung werden würde, denn das könnte nicht funktionieren. Reiner, gefühlloser Sex allerdings ist genau richtig.

»Und wenn ich genau das hören möchte, Nixe? Dass du bettelst?« Man hört das verschmitzte Grinsen in jeder Silbe dieses Satzes.

»Dann kannst du ...« Kontern lag mir noch nie. Natürlich fällt mir kein passendes Wort ein. Dafür die passende Handlung. Ein Griff nach hinten zwischen seine Beine verrät mir, dass ich gar nicht betteln muss, und das zufriedene Stöhnen aus seinem Mund bestätigt es.

»Du willst mich«, stelle ich fest und lege meinen Kopf auf seine Schulter, um zu ihm hochzusehen. »Ihr beide.«

»Oh, wenn du wüsstest.« Camerons Hände gleiten mit unter mein Shirt – sein Shirt – und er umgreift meine freie Brust. Anstatt sie sanft zu massieren, wie Zaiden es tut, zwickt er in meinen Nippel, zwirbelt diesen zwischen Daumen und Zeigefinger. Stöhnend wölbe ich mich ihnen entgegen und schließe die Augen. Ihre Hände sind überall, vor allem, als Zaiden beginnt, meinen Kitzler zu massieren, ist mein Körper ihnen verfallen.

»Sie passt perfekt zwischen uns, findest du nicht?« Camerons Stimme ist rau, angetan vor Lust. In seinen grünen Augen lodert das Feuer, ich lege meine Lippen wieder auf seine. Eine Hand wandert in seinen Nacken, um ihn näher zu mir zu ziehen, damit ich mich nicht von Zaiden wegbewegen muss. Seine Nähe möchte ich genauso spüren wie Camerons.

»Oh ja«, kommt es keuchend von Zaiden, ein angenehmes Kribbeln breitet sich in meinem Bauch aus. Und dann legt er seine Lippen tatsächlich auf meinen Hals, haucht zärtliche Küsse auf meine empfindliche Haut. Keuchend zerre ich an seinem Reißverschluss in dem Versuch, seine Hose herunterzuziehen, da er selbst keine Hand mehr frei hat. Cameron hingegen kümmert sich selbst darum und stellt sich dabei um einiges geschickter an. Ich schlucke schwer.

Cameron nimmt seine Hand von meiner Brust, ich will schon enttäuscht aufwimmern, da verstärkt Zaiden seine Berührungen an meinem Kitzler und dringt kurzerhand mit einem Finger in mich ein. Er krümmt ihn in mir, bewegt sich schnell, und alles in mir zieht sich zusammen. Ein zweiter Finger folgt.

»Komm her, Baby.« Camerons Worte lassen die Schmetterlinge in meinem Bauch flattern. Auch der Spitzname ist neu und er gefällt mir.

Mit rasendem Herzen sehe ich zu ihm hoch, winde mich dabei keuchend. Er nutzt gerade einmal zwei Finger, es fühlt sich an wie der Himmel auf Erden.

»Gib mir zwei Minuten.« Seine Stimme ist heiser, die Worte klingen wie ein Versprechen und eine Drohung zugleich.

Vor allem aber entsprechen sie der Wahrheit.

Schnaufend lege ich meinen Kopf in den Nacken, drücke mich enger an ihn. Der Orgasmus überrollt meinen Körper hart und intensiv, allein sein fester Griff um meinen Oberkörper sorgt dafür, dass ich nicht nach vorne kippe.

Es ist nicht meine schlauste Idee, sich direkt auf zwei Kerle einzulassen. Meine Beine machen schon jetzt schlapp, dabei haben sie gerade erst begonnen. Ein Zurück gibt es nicht. Wie zum Beweis meiner unausgesprochenen Gedanken zieht Cameron mich genau in dem Moment zu sich, in dem Zaiden seinen Finger aus mir herausgezogen hat. Winselnd protestiere ich wegen der plötzlichen Leere, Cameron erstickt diese Laute jedoch mit seinem Mund und holt ein Kondom hervor.

»Bereit, Nixe?« Obwohl es Cams Geschmack ist, der mir auf der Zunge liegt, sein Duft mir in die Nase steigt, spüre ich, wie Zaiden meine Brust in seinen Händen hält. Er umkreist meine

Nippel mit federleichten Berührungen. Wie werde ich mich bei so viel Zuwendung nur je wieder mit einem einzigen Typen zufriedengeben können?

Meine Antwort ist ein ersticktes Gemurmel. Zu mehr bin ich nicht in der Lage. Ohne den Kuss zu lösen, greift Cameron meine Hüfte um mich behutsam hochzuheben. Entschlossen umgreife ich seinen Schwanz und lasse mich mit seiner Unterstützung langsam auf ihn gleiten. Das Grün in seinen Augen schimmert heute besonders hell, und für einen Moment verliere ich mich in ihnen. Ich wiege meine Hüfte vor und zurück, genieße diesen ruhigen Moment zwischen uns. Trotz Zaidens Händen auf meinem Körper gibt es allein ihn und mich. Für einen Augenblick vergesse ich sogar, wo wir uns befinden, bilde mir ein, den Sand zwischen meinen Zehen zu spüren. Genüsslich lege ich den Kopf zurück, spüre sogleich seine Lippen an meinem Hals. Cameron übernimmt die Führung, ich lege meine Arme um seinen Nacken, lasse mich nur zu gern von ihm führen.

»Du bist wunderschön«, knurrt Zaiden, seine linke Hand wandert von meinen Brüsten über meinen Bauch bis hin zu meinem Hintern. »Hast du dort schon mal?«, fragt er mich verheißungsvoll, und obwohl er die Frage nicht komplett ausspricht, verstehe ich, was er meint. Er drückt seinen nassen Finger an meinen Anus, und erschrocken keuche ich auf.

»Nein«, erwidere ich und beiße mir auf die Unterlippe. Auf die Idee ist bisher niemand gekommen, allein der Gedanke daran lässt einen angenehmen Schauer durch meinen Körper wandern. Ich will sie beide spüren, und das muss anscheinend nicht nacheinander passieren. Zaiden macht deutlich, dass es gleichzeitig geht. Nur kann ich mir nicht vorstellen, dass es so einfach ist, wie er es sich vorstellt. Niemals.

»Willst du denn?« Sein Daumen umkreist meinen Eingang,

während Camerons Stöße langsamer werden, damit ich mich auf Zaiden konzentrieren kann. Er knabbert an meinem Hals, malt kleine Kreise auf die nackte Haut an meiner Hüfte.

»Ja«, sage ich, ohne zu zögern, sodass beide Männer rau lachen. Egal, was morgen passieren wird, ich möchte diesen Abend genießen und alles andere vergessen.

»Gut. Dann hilf mir mal.« Zaiden hält mir zwei tätowierte Finger vor die Lippen, und ich verstehe sofort, was er von mir will. Willig nehme ich sie in den Mund, entlocke ihm dadurch ein Knurren. »Braves Mädchen.«

Ich spüre die Hitze in meinen Wangen. Niemals habe ich gedacht, dass ich an so etwas Spaß habe, dass ich Gefallen daran finde, wenn nicht nur ein Mann, sondern gleich zwei Männer mich benutzen. Aber ich lasse mich gerne fallen, lasse sie einfach machen, weil ich weiß, dass es ihnen hierbei um meine Lust geht.

Der Ironie hinter meinen Gedanken bin ich mir bewusst, weswegen ich sie in die hinterste Ecke meines Kopfes verdränge. Darüber zerbreche ich mir den Kopf, wenn ich wieder nüchtern bin. Nicht heute.

Mein Blick fixiert Zaiden, während ich an seinen Fingern sauge und sie befeuchte.

»Gott, Nixe.« Er zieht seine Finger wieder heraus. Seine Augen glänzen vor Lust, seine Mundwinkel zucken nach oben. Er muss es nicht aussprechen. Der sanfte Druck auf meinem Rücken reicht, damit ich mich langsam nach vorne zu Cameron beuge. Er bewegt sich noch immer in mir, knabbert an meinem Hals und gibt mir einfach den Halt, den ich brauche. Ich würde mich gern mehr bewegen, ihm zeigen, dass er mich nicht mit solchen Samthandschuhen anfassen muss, habe aber Angst, dass ich Zaiden damit in die Karten spiele. Deshalb lasse ich mich von beiden Männern führen.

»Oh Gott.« Erschrocken stöhne ich auf, als Zaiden seinen Finger in mich drückt und ihn, ohne mir überhaupt Zeit zu geben, mich an dieses ungewohnte Gefühl zu gewöhnen, bewegt. Der anfängliche Schmerz verschwindet schnell, wird von purer Lust abgelöst.

»Was für ein Anblick«, murmelt er und nimmt einen zweiten Finger hinzu, um mich zu dehnen. »Wie fühlst du dich?«

Bis ich überhaupt reagieren kann, dauert es einen Moment. Es tut nicht weh. Ich bin lediglich überfordert.

»Rede mit uns, kleiner Hippie«, befiehlt Cameron und lässt seine Hände an meinen unteren Rücken gleiten.

»G-Gut«, presse ich unter Stöhnen hervor.

Cameron drückt einen Kuss auf meine Stirn. »Sehr schön.«

»Das machst du gut, Nixe«, bestärkt Zaiden mich, und ich zerschmelze beinahe unter seinen Worten.

Gerade als ich mich an die Finger gewöhnt habe, zieht er sie heraus, drückt stattdessen seine Eichel an meinen Eingang. Das passt zu ihm. Er macht keine halben Sachen. »Letzte Chance.«

»Mach endlich«, bettle ich. »Hatte ich nicht gesagt, dass ich nicht flehen möchte?«

»Du hast sie gehört, Zain. Lass sie nicht flehen.« Seine Stimme ist tief, angetan und lustvoll. Das habe ich zuvor nie von ihm gehört. Es hört sich viel zu gut an.

Lange darüber nachdenken kann ich nicht, denn ohne selbst ein Wort zu sagen, dringt Zaiden in mich ein. Langsam, beinahe vorsichtig schiebt er sich in mich, füllt mich komplett aus. Stöhnend falle ich gegen Camerons Brust, der sich auf der Matratze zurücklehnt und mich dabei festhält. »Das ist etwas angenehmer, Baby«, flüstert er in mein Ohr.

Die Lust überwiegt alles. Das brennende Ziehen, der

Schmerz, der sich nicht gut anfühlt, und mein stockender Atem. Beide Männer in mir zu haben, ist viel. Vielleicht sogar zu viel. Ändern würde ich es dennoch nicht, und sie hören auch nicht auf. Schnell finden sie einen Rhythmus, der sich himmlisch anfühlt. Mit jedem Stoß wird der Schmerz weniger.

»Fuck«, fluche ich heiser und vergrabe meinen Kopf in Camerons Halsbeuge. Um irgendwie Druck abzubauen, beiße ich in seinen Hals, er lässt es zum Glück zu. Die einzige Reaktion, die ich von ihm bekomme, ist ein angetanes Stöhnen.

Hiermit habe ich offiziell das letzte Bisschen meiner Unschuld verloren. Doch was will ich mit meiner Unschuld, wenn ich dafür das hier haben kann?

Kapitel 18

Cameron

Niemals würde ich die Orgasmen meiner Sexualpartnerin zählen, um mich daran zu brüsten, aber ... fünf, und das trotz des Analsexes. Natürlich gehört der Verdienst nicht allein mir.

»Das machst du gut«, knurre ich kehlig. Wir sind noch lange nicht fertig, ich muss mich zurückhalten, bei ihrem lustvollen Wimmern nicht zu kommen. Alles an dieser Frau ist der helle Wahnsinn, ich frage mich, wie ich darauf über drei Wochen verzichten konnte.

Zu einer Antwort ist sie nicht in der Lage. Dafür ist mein Schwanz zu tief in ihrem Rachen. Das Schmatzen, gemischt mit dem erstickten Stöhnen, weil Zaiden immer härter, immer schneller in sie stößt, ist wie Musik in meinen Ohren. Sie nimmt sich kein bisschen zurück, obwohl ihr Körper vor Anstrengung zittert, macht sie nicht ein Anzeichen, dass es ihr zu viel sein könnte. Diese Frau ist absolut perfekt – hierfür. Sie ist absolut perfekt für das, was wir gerade mit ihr anstellen.

Ihr Speichel rinnt an ihren geöffneten Lippen herunter,

und so versaut diese Aktion ist, der Blick, den sie mir zuwirft, ist durchzogen von purer Unschuld. Ich verstärke meinen Griff in ihre Haare, dirigiere ihren Kopf tiefer, bis sie würgen muss. Die erste Träne blinzelt sie einfach weg, die zweite rollt ihre Wange herunter. Ihre Finger krallen sich fester in meine mittlerweile nackten Oberschenkel und hinterlassen einen süßlichen Schmerz.

»Keine Sorge, sie hält das aus.« Zaiden beobachtet genau, was Nyx anstellt.

»Natürlich tut sie das. Nicht wahr, Hippie?«

Sie kneift die Augen zusammen und gluckst leise auf. Die perfekte Antwort, aber ich möchte sie hören. Daher ziehe ich sie an den Haaren zurück.

Hastig keucht sie. »J-ja.«

»Luft holen«, weise ich sie an und gebe ihr einen Augenblick. Sie atmet gierig ein, bevor ich sie wieder herunterdrücke.

Anscheinend hat sie genau das gebraucht, denn sie übernimmt ziemlich schnell die Oberhand. Nun ist sie es, die meinen Schwanz lutscht und ihn tief in sich aufnimmt. Ein Bild der Götter spielt sich vor mir ab, und ich versuche gar nicht, das Stöhnen zu unterdrücken. Allein dieser Anblick lässt meine Muskeln erregt zucken. Von unschuldig ist sie weit entfernt. Mein Schwanz zuckt heftig, und ich lege den Kopf in den Nacken. Anouk scheint genau das anzuspornen, denn sie drückt ihren Hintern weiter nach hinten. Ich muss mich zusammenreißen, nicht auf der Stelle zu kommen wie ein kleiner pubertierender Junge, der das erste Mal einen geblasen bekommt.

»Das fühlt sich unglaublich an.«

»Es sieht unglaublich aus«, grollt Zaiden.

Wer hätte gedacht, dass ich so eine Aussage mal höre, geschweige denn sie gut finde? Anouk zu teilen, ihre Lust und

Überforderung zu sehen, das Wimmern zu hören, während sie mir einen bläst und gleichzeitig gefickt wird – das ist viel zu perfekt.

Scheinbar hat es genau diesen Zuspruch gebraucht. Zaiden verpasst ihr einen Klaps auf den Hintern, und genau in dem Moment kommt Nyx mit einer solchen Gewalt. Während sie sich zurückzieht, um sich ihrem Orgasmus hinzugeben, ist es bei mir längst zu spät. Ohne dass ich es versuche zu verhindern, entlade ich mein Sperma auf ihrem Gesicht. Sie sieht aus wie das schönste Gemälde auf dieser Welt.

»Cam.« Vollkommen außer Atem stöhnt sie meinen Namen, obwohl es Zaiden ist, der sie zum Orgasmus bringt. Natürlich ist der Grund dafür offensichtlich. Dennoch schmunzle ich vor Genugtuung.

»Wie war das, Nixe?« Knurrend legt Zaiden eine Hand um ihren Bauch und zieht sie nach oben. Er drückt sich tief in sie, während er ihren Körper fest an seinen drückt. Seine zweite Hand landet auf ihrem Kitzler, und Anouk wimmert lustvoll auf. Sie muss total überreizt sein, aber Zaiden hatte in dieser Hinsicht nie Mitleid.

»Z-Zaiden«, winselt sie und greift mit beiden Händen nach seinem tätowierten Arm. Sie krallt sich verzweifelt fest, findet offensichtlich keinen Halt in dieser ungewohnten Position.

»Etwas zu spät, meinst du nicht?« Mit langsamen Bewegungen nimmt er sie, zieht sich immer wieder beinahe komplett aus ihr zurück, um direkt darauf bis zum Anschlag in sie einzudringen. Ihre Pussy gibt wunderschöne schmatzende Geräusche von sich, der Anblick ist göttlich. Zufrieden lehne ich mich zurück und betrachte ihren verschwitzten Körper.

Sie schüttelt schwach den Kopf und legt diesen an seine Schulter. »Bitte«, winselt sie erneut, und ich erahne, dass sie selbst nicht weiß, worum genau sie bittet.

»Oh doch.«

Wie gern wäre ich gerade eine Frau. Mehrere Orgasmen innerhalb von zwei Stunden klingen unglaublich. Vor allem, wenn der Grund dafür Nyx ist.

Sie öffnet ihren Mund, um etwas zu sagen, bekommt aber kein Wort über die Lippen. Ich hingegen lehne mich wieder nach vorne und streiche ihr mit dem Daumen über die spermabenetzte Unterlippe. Kurzerhand schiebe ich meinen Finger in sie, damit sie zumindest auf diese Weise auf den Geschmack kommen kann. Überrascht blinzelt sie, ehe sie anfängt, an ihm zu saugen. So überfordert sie gerade sein mag, sie will das genauso wie Zain.

»Ich will dich hören, Nixe. Ich will, dass du meinen Namen stöhnst, ich will, dass du ihn laut und deutlich aussprichst.« Seine Bewegungen werden nochmal langsamer, dafür umso härter, und genau damit scheint es um Anouk geschehen zu sein.

Mit meinem von ihrem Speichel benässten Daumen streiche ich ihr über die Wange. »Wenn du dich sehen könntest.«

»M-Mit Spiegeln k-könnte ich das.« Sie ringt nach Worten, kontert trotzdem. Ich wiederhole gern nochmal, dass diese Frau absolut perfekt ist.

Ich lache rau. »Besorge ich dir.« Wahrscheinlich haben wir beide das bis morgen wieder vergessen. Ach was, Anouk hat es schon jetzt vergessen, denn zu einer Antwort ist sie nicht mehr in der Lage. Der siebte Orgasmus dieses Abends überrollt ihren zierlichen Körper, es kostet sie merklich Mühe, Zaidens Namen dabei nicht nur zu stöhnen, sondern gleich zu schreien. Alles, um ihn glücklich zu machen.

Zain lehnt seinen Kopf in den Nacken und fängt an, stoßweise zu atmen. »Genau so«, brummt er zufrieden. Er lässt ihren Oberkörper los, und wie zu erwarten, fällt Anouk ohne diesen Halt nach vorn. Sofort fange ich sie auf und schließe meine Arme um sie.

»Weißt du eigentlich, wie schön du aussiehst, mit unserem Sperma auf deinem Körper?« Wie aufs Stichwort befreit Zaiden seinen Schwanz vom Kondom und pumpt seine Lust auf ihren Rücken.

»Mhm …« Sie dreht sich auf meinem Schoß um. Nur zu gern bin ich die Stütze, die sie gerade braucht. Ich male zarte Kreise auf ihren erhitzten Rücken, atme tief durch.

Das war nicht das, was ich mir nach einem Abend im Club vorgestellt habe, und ich bin gar nicht böse drum. Das hier war besser als alles, was ich mir hätte erhoffen können. Vor allem kommen keine zehn dieser billigen Blondinen gegen Anouk an. Was auch immer sie macht, es ist magisch. Wahrscheinlich ist sie nicht nur eine Nixe, sondern eine Sirene, wie man sie aus den ganzen Ammenmärchen kennt.

Kopfschüttelnd werfe ich den Gedanken beiseite und hauche einen Kuss auf ihre Schulter. Ihr süßlicher Duft umhüllt mich, ich würde sie am liebsten gar nicht mehr loslassen.

Zaiden lässt sich neben uns auf die Luftmatratze fallen, die daraufhin gefährlich quietscht. Ein Wunder, dass sie das überhaupt ausgehalten hat und nicht längst leer ist.

»Haben wir noch etwas von dem pinken Zeug?« Nyx sieht sich im Raum um. »Ich habe Durst«, kommt es beinahe quengelig von ihr, was mich auflachen lässt.

»Meinst du nicht, Wasser oder eine Cola wären gerade besser?«

Grummelnd schlägt sie mit der flachen Hand gegen meine Schulter. »Bemuttere mich nicht.«

»Ey.« Es tut nicht weh, trotzdem reibe ich mir gespielt die

Schulter. Für die Show. Immerhin weiß ich nur zu gut, wieso ihr die Kraft für einen festen Schlag fehlt.

»Hier, Nixe.« Zaiden hält ihn ihr hin.

»Vielen Dank.« Sie setzt die Flasche an und trinkt einen ziemlich großen Schluck, ohne das Gesicht dabei zu verziehen. »Außerdem habt ihr keine Cola mitgebracht. Wasser mag ich nicht.«

»Du magst kein Wasser?« Amüsiert ziehe ich die Augenbraue hoch und verstärke meinen Griff um ihre Hüfte.

»Nein.« Sie trinkt einen weiteren Schluck. »Das ist einfach so fad. Ich meine, ich trinke es, keine Frage. Es ist ja gesund. Nur würde ich immer Cola oder kalten Tee bevorzugen.«

»Ist notiert. Kein Wasser für dich, Hippie.«

Unwillkürlich schweift mein Blick zu ihrem Becken. Wie ironisch unsere beiden Kommentare sind, ist mir durchaus bewusst. In diesem Becken hat sie nichts anderes bekommen. Sie hatte keine Wahl.

Hätte sie darin zusätzlich etwas zu trinken gebraucht? Wir haben uns darüber nie Gedanken gemacht, sie wie einen Fisch behandelt. Dabei war es in diesem Zusammenhang nicht einmal gewollt. Davon sind wir einfach ausgegangen. Doch ich meine diese Worte ernst. Wenn es nach mir ginge, würde sie nicht mehr zurück in das Becken müssen. Zaiden sieht das hoffentlich ähnlich.

In den letzten drei Wochen konnten wir ausreichend Proben sammeln. Vor uns hat das niemand geschafft. Außerdem haben wir genug Informationen gewinnen können, dass ein Buch allein über die Ergebnisse niemals ausreicht. Wir werden zwar noch die ein oder andere Probe nehmen müssen, für die muss sie jedoch nicht zwingend im Wasser sein. Ich wünsche mir nur, dass sie nicht hofft, wir lassen sie gehen. Das ist ausgeschlossen. Vor allem wäre es schwachsinnig zu meinen, dass ich meine Einstellung zu all dem hier wegen einer Runde Sex ändern würde. Aber ist es wirklich nur dieser Abend, der mich an meiner Moral zweifeln lässt, oder hat sich das schon länger aufgebaut? Schwer zu sagen.

Nyx reißt mich aus meinen Gedanken, indem sie ihre Hand an meine Schläfe legt. »Denkst du darüber nach, wie dumm es ist, dass eine Meerjungfrau kein Wasser mag?« Sanft zwirbelt sie eine Locke meines Haares zwischen ihren Fingern.

»So in der Art«, antworte ich lachend und drücke sie an mich. Wie kann man bitte nach all dem Scheiß seinen Kampfgeist und vor allem seinen Humor nicht verloren haben? Noch nie habe ich solch eine starke Frau wie Anouk kennengelernt.

Sie legt ihren Kopf auf meine Schulter, kuschelt sich einfach an mich. »Du, Cam?«, fragt sie irgendwann zögerlich. »Ich möchte nicht zurück in dieses Becken.« Sie zögert merklich, ihre Augen suchen meine. In ihren liegt pure Unsicherheit, als ob sie hofft, in meinen die Bestätigung zu finden, die ich nicht laut ausspreche. Wenn sie wüsste, dass sie meine Gedanken liest.

»Meinst du wirklich, dass sich etwas ändert, nur weil du mit uns geschlafen hast, Nixe?«, übernimmt Zaiden die Antwort für mich. Er setzt sich wieder auf und blickt an ihrem Körper hinab, ehe er ihr in die Augen sieht. »Es ist ziemlich billig, solch eine Forderung genau jetzt zu stellen.«

»Was?« Sie japst erschrocken auf und schüttelt den Kopf. Augenblicklich richtet sie sich auf. »Das hat damit nichts zu tun.«

»Ach nein?« Er zieht eine Augenbraue hoch. »Womit dann?«

Nyx sieht zu mir, als würde sie sich erhoffen, dass ich mich auf ihre Seite stelle, doch ich möchte selbst eine Erklärung hören. Auch wenn wir die eigentlich schon kennen. Im Grunde muss sie das nicht einmal logisch begründen, denn niemand möchte sich freiwillig einsperren lassen. Als sie scheinbar merkt, dass von mir nichts kommt, dreht sie sich wieder um und strafft ihre Schultern.

»Ich kann nichts dafür, dass ihr euren Praktikanten nicht unter Kontrolle habt. Ich gehe unter keinen Umständen zurück in dieses Becken, Zain, keine Chance.«

»Wir haben ihm den Schlüssel abgenommen und werden ihn ab sofort mit nach Hause nehmen. Also kommt Rick nicht an dich heran, wenn er sich um die Fische kümmert.«

»Für das, was er mir angetan hat, muss er das Gitter nicht entfernen.« Ihre Stimme bricht, und ein kaum merkliches Zittern durchzieht ihre Worte.

»Warte, was?« Dieser plötzliche Wandel irritiert mich so sehr, dass ich ihre Arme greife um sie zu mir umzudrehen. »Anouk, was hat Rick da oben getan?«

Sie versucht, meinem Blick auszuweichen, doch bevor ihr das gelingt, lege ich meine Hände an ihre Wangen, zwinge sie dazu, mich anzusehen. »Nichts.« Ihre ganze Erscheinung wirkt auf einmal verletzlich, als wäre irgendetwas in ihr gebrochen.

Das merkt auch Zaiden. Er kommt näher zu uns gerutscht und legt seine Hand auf ihre Schulter. »Rede mit uns«, flüstert er beruhigend in ihr Ohr.

Anouk braucht eine Weile, um überhaupt zu Wort zu kommen, aber die soll sie sich nehmen. Sie hat alle Zeit der Welt, da sind Zain und ich uns wohl einig. Tränen sammeln sich in ihren Augenwinkeln, die ersten versucht sie wegzublinzeln, dann gibt sie jedoch auf. Eine nach der anderen rinnt über ihre Wangen, und ein Schluchzer entweicht ihrer Kehle.

»E-er …«, fängt sie an, bricht jedoch wieder ab. Sie holt tief Luft, um sich zu sammeln, bevor sie einen erneuten Versuch startet. »Es war schrecklich. Ich habe keine Ahnung, was er ins

Wasser gehalten hat. Mein ganzer Körper war wie gelähmt. Es brannte, und ich konnte mich nicht bewegen, mich nicht wehren. Er hat das Wasser mit Strom versetzt.« Ihre Stimme bricht erneut ab.

»Anouk.« Entgeistert sehe ich sie an und merke, wie die Wut in mir aufsteigt. Mir fehlen die Worte. Ein Kloß bildet sich in meinem Hals, ich schließe die Augen, bevor ich sie erneut öffne und zu Zaiden blicke. Er muss sich merklich zusammenreißen, nicht auf der Stelle aufzuspringen und Rick einen Besuch abzustatten.

Ich atme tief durch, bemüht, meine Emotionen unter Kontrolle zu halten. »Es tut mir leid. Fuck, es tut mir verflucht leid.« Indem ich meine Arme enger um ihren bebenden Körper schlinge, versuche ich, ihr Halt zu geben, ihr zu zeigen, dass ich da bin.

Zain rutscht ein Stück näher zu uns, obwohl das kaum möglich ist. Sofort schmiegt Nyx ihren Körper an seinen, ohne sich aus meiner Umarmung zu lösen. »Natürlich musst du nicht zurück ins Becken, okay, Nixe? Wir passen auf dich auf.«

Unsicher sieht sie uns an, es tut weh, dass sie uns misstraut. Es ist unsere eigene Schuld, das ist mir klar, aber niemals würden wir so etwas zu unserer puren Belustigung tun. Das, was Rick getan hat, hat nichts mit Forschung zu tun, nichts mit Wissenschaft. Das ist einfach nur seine kranke Art, Macht auf sie auszuüben. Leider ist ihm das gelungen.

»Klingt gut«, sagt sie schließlich. Wirklich überzeugt hört sie sich nicht an. Dafür braucht es wohl mehr als Worte. Deshalb nehme ich mir wirklich vor, sie nicht mehr in dieses Becken zu schmeißen. Sie ist kein Tier, egal, was die Gesetze sagen. Dementsprechend sollten wir sie behandeln. Besser spät als nie.

»Wir sind bei dir«, flüstere ich ihr ins Ohr. Sie kommt nur

langsam zur Ruhe. Wohlig seufzend schmiegt sie sich an mich. Ihr Herz schlägt deutlich zu schnell.

Damit muss ich mich selbst korrigieren. Diese Frau ist perfekt, nicht nur für Sex. Gern würde ich ihr diesen Schmerz abnehmen, doch das Einzige, was ich tun kann, ist, für sie da zu sein, sie zu halten. Sanft hauche ich einen Kuss auf ihren Ansatz.

Kapitel 19

Anouk

Es ist schwer zu sagen, ob mein Herz viel zu schnell schlägt oder es sich danach anfühlt, weil mein Kopf im gleichen Rhythmus pocht. Dabei habe ich nicht einmal viel getrunken. Meine Erinnerungen an die vergangene Nacht sind klar und deutlich. Wieso spielt mein Körper also diese dämlichen Spielchen mit mir?

Grummelnd drehe ich mich zur Seite, viel Platz habe ich nicht. Links von mir liegt Zaiden, rechts Cameron. Oder andersherum? Ich kuschle mich an den warmen Oberkörper links von mir, und zwei starke Arme schlingen sich um mich. Ein wohliges Seufzen entfleucht mir. Ja, eindeutig Zaiden, die sanfte Grünteenote erkenne ich sofort.

»Fünf Minuten, Nixe«, brummt er, und anstatt etwas zu erwidern, kuschle ich mich einfach enger an ihn. Wir liegen zu dritt auf dieser winzigen Matratze, die uns dadurch lediglich als Kissen dient und ihren eigentlichen Zweck komplett verfehlt. Man sollte meinen, dass es unfassbar ungemütlich ist, doch ich habe trotz des harten Bodens das erste Mal, seitdem ich hier bin, gut geschlafen. Die Nacht war perfekt, das versauen mir nicht einmal diese nervigen Kopfschmerzen.

»Ich gebe dir sogar zehn.« Mein Verlangen, schnell aufzustehen, ist verschwindend gering. Im Gegenteil, der Moment darf gern ewig anhalten.

»Zehn klingen noch besser.«

»Dann teilen wir aber.« Ein dritter Arm schlingt sich um meinen nackten Oberkörper und zieht mich zu sich. Daran könnte ich mich gewöhnen. Da vergesse ich sogar, wieso ich überhaupt hier bin. In meiner Situation würde sich jeder an jegliche Zuneigung klammern, die er bekommen kann. Ihre Umarmung fühlt sich wie ein Schutzschild an, wie ein Mantel, der meinen kalten Körper wärmt.

Ich weiß nicht, wie lange wir hier liegen. Zwischen zwei Stunden und zwei Minuten ist alles möglich. Schwer einzuschätzen, wenn man immer mal wieder einnickt. Müsste ich nicht dringend auf Toilette, würde ich liegen bleiben. Nur habe ich das schon viel zu lange herausgezögert. Daher bin ich die Erste, die sich vorsichtig aufsetzt und sich aus den drei Armen befreit, die um meinen Körper geschlungen sind.

»Hippie.« Cameron murrt leise. Er versucht, mich wieder zu sich zu ziehen, gibt sich dabei aber wenig Mühe. Würde er sich anstrengen, hätte ich wohl keine Chance gegen ihn. So allerdings ist es einfach, von ihm loszukommen.

»Nichts da, Hippie.« An den Spitznamen könnte ich mich wirklich gewöhnen. Er klingt wie ein Versprechen. »Ich muss dringend mal wohin und brauche eine Kopfschmerztablette«, erkläre ich ihm und streiche dabei eine seiner Locken aus der Stirn.

Sie wirken beide so friedlich, wie sie hier liegen. Man könnte meinen, dass es normale Männer sind, die ihre Frau auf

Händen tragen, würde ich sie nicht besser kennen. Keiner von ihnen ist ein Gentleman. Für diesen Titel haben sie viel zu wenig Anstand. Doch seien wir mal ehrlich, wer braucht schon einen Gentleman?

»Okay.« Cameron streckt sich ausgiebig, während Zaiden sich einfach auf die andere Seite rollt und weiterschläft. »Dann begleite ich dich. Allerdings nicht nackt.«

»Nackt?« Kaum ist dieses Wort ausgesprochen, öffnen sich Zaidens Augen. Er mustert mich von oben bis unten und versucht, nach meinem Bein zu greifen, doch ich weiche vorher zur Seite.

Ich ignoriere Zaiden. »Dann musst du mir nur etwas zum Anziehen geben. Dein mit Sperma beschmiertes Shirt kann ich schlecht anziehen.« Um meine Worte zu untermalen, zeige ich auf das zerknüllte Hemd in der Ecke.

»Fuck. Hör auf damit, sonst muss das Bad noch warten.« Cam schließt kurz die Augen und drückt eine Hand auf seine Hose. Im Gegensatz zu mir hat er sich gestern Abend anscheinend seine Boxershorts übergezogen. Dafür war ich viel zu müde. Mir fällt es ja sogar schwer zu sagen, ob wir nach dem Gespräch über Rick weitergeredet oder andere Dinge getan haben. Wobei ich mir ziemlich sicher bin, dass ich weinend in ihren Armen eingeschlafen bin, denn alles danach ist ein Blackout.

»Wieso das?« Obwohl ich genau weiß, was er meint, möchte ich es von ihm hören. Unschuldig klimpere ich mit den Wimpern, wohlwissend, dass ich meine Brüste gerade mit meinen Armen hochdrücke und sie ihm förmlich präsentiere. Dass er allerdings, oder besser gesagt, dass sein Schwanz so anfällig ist, hätte ich nicht erwartet. Denn das ist keine Morgenlatte.

»Zwing mich nicht dazu, Nyx.« Er lässt es wie eine

Drohung klingen, und ich zucke unweigerlich zusammen. Erst, als ich das Grinsen auf seinen Lippen erkenne, entspanne ich wieder.

Warum erschrecke ich immer so schnell? Ich habe alles mit mir machen lassen, habe jegliche Experimente ertragen, keine Schwäche gezeigt, zumindest nicht, dass ich wüsste. Es kann doch nicht sein, dass Rick mit solch einer dämlichen Aktion dafür gesorgt hat, dass sich das geändert hat. Frustriert seufze ich auf, drehe meine Haare zu einem hohen Dutt zusammen, den ich anschließend allerdings über meine Schultern fallen lasse.

»Ich würde liebend gern erst das Bad aufsuchen.« Den Aspekt, dass ich überall ihr angetrocknetes Sperma kleben habe, könnte ich gut ignorieren, aber den Rest nicht. Also stehe ich auf und ziehe mir Zaidens Shirt über. »Kann ich so gehen?«

Cameron mustert mich einen viel zu langen Moment, sodass ich selbst an mir heruntersehe, dann nickt er jedoch. »Kannst du.« Er selbst wirft sich eine Sweatshirtjacke über, in deren Tasche ich den Schlüssel klimpern höre.

Meine Hände verkrampfen sich schlagartig, mein Herz setzt einen Schlag aus. Das hier wäre meine Chance gewesen, abzuhauen. Ich hätte heute Nacht einfach verschwinden können, hätte zur Polizei gehen können. Der Schlüssel war griffbereit, die Jungs haben geschlafen. Es wäre meine Chance gewesen, aber ich bin nicht einmal auf die Idee gekommen.

»Worüber denkst du nach?« Cameron wirft den Schlüsselbund einmal hoch und fängt ihn wieder auf, bevor er den Schieber von der Tür entfernt und diese aufschließt.

»Hm?« Schnell schüttle ich den Kopf. »Nichts Wichtiges«, beschwichtige ich ihn und trete mit ihm zusammen aus dem Labor.

Obwohl der Flur lang ist, scheint die Sonne hinein. Die Eingangstür ist komplett verglast. Drei Wochen war ich nicht mehr draußen, konnte keine frische Luft atmen. Wie von allein tragen meine Beine mich dementsprechend zum Eingang. Ich habe keine Kontrolle über sie.

»Was wird das?« Cameron tritt zu mir und umgreift meinen Arm. Durch den plötzlichen Ruck stolpere ich direkt in seine Arme, kann mich aber fangen, indem ich mit meiner freien Hand nach seinem Arm greife.

»Die Sonne scheint«, erkläre ich, als wäre es die einzig logische Antwort auf seine Frage. »Ich möchte nur kurz raus, ja?« Unsicher blicke ich zu ihm hoch, setze meinen besten Welpenblick ein. Ich habe nicht vor, abzuhauen. Dafür bin ich sowieso zu schwach. Wahrscheinlich würde ich keine zwei Meter kommen, bevor Cameron mich einholt. Bei meinem Glück ist hier zudem mit Sicherheit keine Menschenseele unterwegs, die mir helfen könnte.

Unsicherheit blitzt in seinen Augen auf. Sein innerer Zwiespalt ist unverkennbar, und wenn ich mich in seine Gedanken versetze, dann verstehe ich das auch. Ich würde mir selbst nicht vertrauen.

Dennoch nickt er schließlich widerwillig. »Erst ins Bad«, entscheidet er und dirigiert mich dorthin.

»Woran arbeiten eigentlich die anderen hier?« Beim Vorbeigehen lese ich mir vereinzelt die Schilder an den Türen durch. Darauf stehen lediglich die Raumnummern und Namen.

Cameron bleibt vor einem der Räume stehen. »Das ist ganz unterschiedlich. Dr. Miller beschäftigt sich viel mit den Einflüssen des Klimawandels. Er analysiert, wie sich die steigenden Temperaturen auf die Meeresströmungen und die Tierwelt auswirken. Dr. King beschäftigt sich bereits ihr Leben lang mit diversen Modellen von Ozeanströmungen und deren Einfluss auf das Klima. Sie hat eigentlich fast jedes Modell zur Strömungsdynamik durchprobiert und arbeitet mittlerweile viel mit Miller zusammen. Ihre Frau, Dr. Patel-King, sitzt mit ihr im Labor. Sie ist im Bereich der Geochemie tätig. Den Gang links runter sitzen die Ingenieure, die alles Mögliche machen. Zugegeben, habe ich davon wenig Ahnung.«

»Also arbeiten die meisten für sich«, stelle ich fest.

»Genau. Man hilft sich viel mit Gerätschaften aus und unterstützt sich auch gern, falls jemand mal nicht weiterkommt, aber im Grunde betreibt hier jeder seine eigene Forschung.«

»Aus Serien kenne ich es, dass man zusammen in einer Einrichtung tätig ist und die Ergebnisse teilt. Stimmt das?«

»Ja und nein.« Cameron geht weiter. »Wir haben die Labore hier angemietet, das heißt, wir sind keiner Firma unterstellt. Beides ist möglich und beides hat seine Vor- und Nachteile.«

»Das bedeutet, wenn ihr T-Shirts mit dem Spruch »Dumm wie eine Bande Geologen« entwerft, gehören euch die Rechte daran?« Wie ich genau in dieser Situation auf eine Szene aus *The Big Bang Theory* komme, kann ich selbst nicht sagen. Wahrscheinlich, weil mich das ganze Gebäude an die Serie erinnert. Gott sei Dank sind meine Wissenschaftler keine Nerds.

»Was?« Schnaubend schüttelt Cameron den Kopf, lacht dann aber leise. »Ja, und die Tassen würden auch uns gehören.«

Es sollte mich nicht überraschen, dass er die Serie kennt, trotzdem quieke ich erfreut auf. »Das ist die beste Serie.«

»Sie ist gut, stimmt. Aber ob ich sie als die Beste bezeichnen würde?«

»Ach komm. Wenn ich nicht weiß, was ich schauen soll,

lande ich immer wieder dort. Vor allem in der Klausurenphase, wenn mir der Schädel brummt.« Bei dem Gedanken an die Uni zieht meine Brust sich schmerzhaft zusammen. Wer hätte gedacht, dass ich mich mal darüber freuen würde, Klausuren schreiben zu dürfen? Denn Klausuren würden Freiheit bedeuten.

»Da schaue ich eher *Friends* oder *Game of Thrones*. Irgendetwas ohne Wissenschaft.«

»Gut.« Ich atme tief durch, versuche, den Gedanken an die Uni zu verdrängen. Leichter gesagt als getan. »Das ist bei dir bestimmt anders. Ich würde beispielsweise keine Bücher in die Hand nehmen, obwohl ich eigentlich gern lese.«

Cameron schnaubt belustigt. »Das würde ich weder nach der Arbeit noch im Urlaub tun.« Vor einer schwarzen Metalltür mit einem kleinen Sticker, der das Venus-Symbol zeigt, bleiben wir stehen. »Ich warte hier.« Die Tür mit dem Mars-Symbol ist auf der gegenüberliegenden Seite, doch ich bezweifle, dass Cam sich waschen würde, während ich hier draußen bin. Dafür bringt er mich mit Sicherheit zuerst zurück zu Zaiden. Soll mir recht sein. Wenigstens will er mich nicht auf die Toilette begleiten.

Dass es in diesem Bad kein natürliches Licht gibt, wusste ich bereits, trotzdem stöhne ich genervt auf. Lediglich eine schwach leuchtende Leiste über dem langen Waschbecken und jeweils eine kleine Glühbirne in den einzelnen Kabinen erleuchten den Raum. So richtig fertig machen kann man sich hier drinnen dementsprechend nicht. Zum Waschen muss es reichen.

Mithilfe von ein paar Papierhandtüchern ist das Gröbste aus meinem Gesicht, von den Beinen und meinen Brüsten ziemlich schnell entfernt. Ihr Sperma ist überall gelandet, und obwohl es mir gefallen hat, steigt mir die Hitze in die Wangen.

Ich habe mich von ihnen benutzen lassen. Zaiden hat mir meine Jungfräulichkeit genommen, auf eine Art und Weise, wie ich es nie wollte. Bei meinen beiden Exfreunden habe ich es immer vehement abgelehnt, dabei hatte ich in die mehr Vertrauen als in Zaiden.

Auf die Gefahr hin, dass ich mich wiederhole: Was läuft falsch mit mir?

Während der gesamten Viertelstunde, die ich damit verbringe, mich halbwegs frisch zu machen und das zu erledigen, was ich primär erledigen wollte, werfe ich keinen einzigen Blick in den Spiegel. Das traue ich mich einfach nicht. Meine Haut ist schrumpelig, meine Haare zerzaust, und mein allgemeines Wohlbefinden war selten schlechter. Würden Zaiden und Cameron nicht beide mit mir schlafen wollen, hätte ich vor meinem inneren Auge das Bild einer Hexe. Einer blonden Meereshexe. Gut, dass sie mir dabei helfen, mich zumindest ein Mini-Bisschen schön zu fühlen.

Mit Schwung öffne ich die Tür und trete heraus. Cameron stößt sich von der gegenüberliegenden Wand ab. »Fertig?«

»So halbwegs. So fertig, wie man eben sein kann, wenn man nicht einmal einen vernünftigen Waschlappen hat.« Ich schenke ihm ein zurückhaltendes Grinsen, um den Worten die Härte zu nehmen, obwohl sie lediglich der Wahrheit entsprechen. Was würde ich für eine vernünftige Dusche geben. Nur weil man durchgehend im Wasser ist, fühlt man sich noch lange nicht frisch.

»Gut, dann lass uns rausgehen.« Wieder greift er nach meinem Arm. Dieses Mal nicht, um mich festzuhalten, sondern damit ich mich bei ihm einhake.

Das lasse ich mir nicht zweimal sagen und laufe sofort los Richtung Sonnenlicht. »Mache ich wirklich den Eindruck, als könnte ich nicht mehr allein laufen?«

»Nimm es mir nicht übel, aber ja. Deine Beine zittern, und ich will nicht dafür verantwortlich sein, wenn du mir hier zusammenbrichst. So kann ich dich wenigstens auffangen.«

Ich nicke seufzend. Er meint es ja nur nett, wirkt gar schuldbewusst. Zumindest weiß er vom letzten Mal, dass mir nach einer Weile einfach das Gefühl in den Beinen fehlt. Und dass es nicht besser wird, je länger ich in diesem Becken bin, kann jeder, der ein wenig Verstand besitzt, sich wohl denken.

»Danke«, entgegne ich schließlich und stoße die Tür auf. Zu meiner Überraschung ist sie nicht verschlossen.

»Fuck.« Grinsend schließe ich die Augen. Die Sonnenstrahlen kitzeln mein Gesicht. Dass es sich gut anfühlen wird, wusste ich, doch das ist besser als Weihnachten und mein Geburtstag zusammen.

Sommer ist meine Jahreszeit. Bei Temperaturen über zwanzig Grad bin ich am glücklichsten. In England natürlich eine gefährliche Vorliebe. Genau deswegen bin ich nach San Francisco gekommen. Einfach, weil ich wusste, dass ich mich hier wohlfühlen würde, was das Wetter angeht.

»Wusstest du, dass ich irgendwann Sommersprossen bekomme, sobald ich längere Zeit in der Sonne liege? Nicht nur im Gesicht, sondern am gesamten Körper.«

»Ach ja? Das würde ich zu gerne sehen.« Camerons Mundwinkel ziehen sich nach oben, er scannt mit seinen Augen mein Gesicht ab. »Wir können nur nicht lange hier bleiben. Es tut mir leid, Nyx. Bald kannst du gehen, okay? Und ich würde mich wirklich freuen …« Er bricht ab.

»Wenn wir uns wiedersehen, sobald ich das mit einer guten Therapeutin aufgearbeitet habe?«, beende ich seinen Satz für ihn.

Er schweigt eine Weile und meidet meinen Blick dabei. »Genau«, seufzt er schuldbewusst.

»Du weißt, dass du es hier und jetzt beenden könntest, oder?«, frage ich vorsichtig. »Du musst das nicht weitermachen. Ihr habt genug Material. Ich meine, das sollte ausreichen. Oder nicht?«

»Nein.« Er zögert mit seiner Antwort nicht einmal für den Bruchteil einer Sekunde. »Uns fehlt eine entscheidende Untersuchung, die müssen wir noch durchziehen. Komme, was wolle.« Er wartet nicht darauf, dass ich reagiere. Bevor ich überhaupt die Möglichkeit hatte, Luft zu schnappen, zieht er mich wieder in dieses unendlich triste, erdrückende Gebäude, hinein in das Labor, welches mein Gefängnis bildet. 05.52.

»Dann erkläre mir wenigstens, was diese entscheidende Untersuchung ist. Du weißt, dass man mit mir reden kann. Ich bin keiner eurer Fische, der nicht versteht, was hier vor sich geht.« Den gesamten Weg über sehe ich ihn an, die Augenbrauen stur zusammengezogen. Zumindest versuche ich es.

»Nyx.« Cameron stößt einen tiefen, frustrierten Seufzer aus. Ich kann mir vorstellen, dass ihn das nervt. Seine Schultern sacken herab, und ich bleibe sofort stehen. Eventuell ist es taktisch unklug, das hier im Flur zu klären. Allerdings bin ich stur.

»Cameron.« Mir ist bewusst, dass er mich einfach mitziehen könnte, sollte er das wollen. Trotz des Widerstands, den ich leiste, habe ich keine Chance gegen ihn, dessen bin ich mir bewusst. Trotzdem bleibt er mit mir stehen und dreht sich zu mir.

»Du bist wirklich der Knaller, Hippie.« Er seufzt erneut, dieses Mal zum Glück deutlich weniger frustriert. »Wir wollen ein paar Vergleichsstudien durchführen. Mensch – mitten in der Verwandlung – Meerjungfrau. Manches ganz entspannt, anderes deutlich aufwendiger«, erklärt er. Obwohl es nur eine Kurzfassung ist, gebe ich mich damit zufrieden.

Mittlerweile schätze ich meine Aussichten auf Erfolg, dem allen zu entkommen, gering. Ich bin kein Fan davon, das alles über mich ergehen zu lassen, keine Frage, doch ich gebe auf. Würde man nach mir suchen und hätte Zoe eine Ahnung, was mir passiert ist, hätte man längst die Labore untersucht. Immerhin ist es eines der größten Wissenschaftskomplexe San Franciscos. Daher bin ich zufrieden damit, dass er mir überhaupt eine Antwort gegeben hat. So tief bin ich gesunken.

»Schön«, erwidere ich schließlich geknickt und folge ihm zurück. Dort bekomme ich hoffentlich endlich eine Kopfschmerztablette.

Die Tür knarzt wie immer nervig. Die plötzliche Dunkelheit schließt sich wie eine schwere Eisenkette um mein Herz und meine Lunge, sodass ich nach Luft schnappen muss. Ich hätte heute Nacht abhauen sollen. Vielleicht wiederholen wir ja genau das Gleiche nachher nochmal. Eventuell besteht eine Chance, dass sie wieder unvorsichtig sind. Sie ist zwar gering, aber sie ist vorhanden, und ich würde mich gerade an jedes kleinste bisschen Hoffnung klammern.

»Wo wart ihr?« Zaiden kommt zu uns, während Cameron sich eine Wasserflasche schnappt.

»Entspann dich. Auch Nixen müssen mal«, erklärt er locker und reicht mir eine Flasche. »Wir haben leider nur das oder die Reste vom Pfefferminzschnaps. Und die werde ich dir nicht geben.«

»Wir sollten eh mindestens bis morgen, wenn nicht sogar bis übermorgen warten, bis wir weitermachen.« Zaiden sieht einen viel zu langen Augenblick zu mir. »Du hast einiges getrunken, Nixe.«

»Okay, und?« Mit hochgezogener Augenbraue nehme ich die Flasche und trinke etwas von dem Wasser. »Außerdem, bloß weil ich kein Wasser mag, heißt es nicht, dass ich es nicht trinke.«

»Weil es, ähnlich wie Schmerzmittel, die Ergebnisse verfälscht«, erklärt Cameron. Dass ich meine Frage nicht wirklich mit der Intention auf eine vernünftige Antwort gestellt habe, hat er anscheinend nicht gemerkt.

»Reicht es nicht langsam? Ich habe keine Lust mehr.«

»Keine Lust?« Zaiden verschluckt sich an seiner eigenen Spucke. »Das interessiert uns herzlich wenig.«

Erschrocken sehe ich ihn an, stemme die Hände in die Hüften. Tränen bahnen sich ihren Weg nach oben, und es kostet mich große Mühe, sie zu unterbinden. »Ich habe geglaubt, dass ihr langsam ein bisschen Menschlichkeit entwickelt habt.«

»Anouk, glaubst du wirklich, nur weil wir dich gefickt haben und wir mit dir im Labor eingeschlafen sind, ist es vorbei mit den Experimenten? Wir haben gerade erst angefangen.«

Empört schüttle ich den Kopf. »Ihr habt mich nur gefickt, weil ich es wollte, also bilde dir darauf ja nichts ein.« Ich gehe auf ihn zu und tippe mit dem Finger gegen seine Brust. »Schließlich bin ich durchgehend in diesem Becken. Irgendeine Art von Sport muss ich ja machen, damit meine Muskeln nicht schlapp machen. Das hat rein gar nichts mit euch zu tun.«

Sowohl Zaiden als auch Cameron fangen an zu lachen. Wäre diese Situation nicht so absurd, würde ich glatt einsteigen, anstatt rot anzulaufen wie eine Tomate. Zumindest habe ich das Gefühl, dass das der Fall ist. Meine Wangen sind glühend heiß.

»Das war kein Scherz«, versuche ich es zu retten. Wenigstens habe ich mich von dem Sperma befreien können. Wäre ich noch voll davon, hätte es meine Worte nicht gerade positiv untermalt.

»Weiß ich, Nixe.« Zaiden umgreift mein Handgelenk, um es zu sich hochzuziehen. Er haucht einen erstaunlich zärtlichen Kuss auf meinen Handrücken, verwirrt mich damit komplett. Das passt überhaupt nicht in die Situation, und ich sollte mich eigentlich nicht geschmeichelt fühlen.

»Gut«, nuschle ich und atme tief durch. »Ich hasse euch.« Das tue ich wirklich. Meistens zumindest. Oder manchmal.

»Das solltest du auch.« Cameron lehnt sich an einen der Schreibtische.

»Das sollte sie«, stimmt Zaiden zu. »Nur tut sie es nicht.«

Erwischt. »Doch.«

»Ist dir bewusst, was für eine schlechte Lügnerin du bist, Nixe?«

»Bin ich nicht.« Schnaubend schüttle ich den Kopf. »Das liegt allein daran, dass meine Mutter mir beigebracht hat, niemanden zu hassen.«

»Damit meinte sie Menschen, die dich nerven. Wüsste sie, was hier vor sich geht, wäre sie die Erste, die dir die Erlaubnis gibt, uns zu hassen.«

»Vielleicht.« Wahrscheinlich hat er damit sogar recht und tief in meinem Inneren weiß ich das auch. Aber ich hasse sie nicht. Obwohl ich das gern tun würde, kann ich es nicht.

»Also, Nixe, wie wäre es, wenn ich uns etwas zu essen besorge?« Zaidens Augen leuchten warm. Er hat das Thema gewechselt wie ein Paar Socken. Da soll mal einer hinterherkommen. Doch ich gehe darauf ein. Es ist zu anstrengend, weiter mit ihnen zu diskutieren. Manchmal macht es Spaß, jetzt gerade beschweren sich bloß leider meine Kopfschmerzen.

»Und eine Kopfschmerztablette«, füge ich daher schnell hinzu und nehme auf einem ihrer Schreibtischstühle Platz.

»Die habe ich hier.« Cameron öffnet die Schublade seines Schreibtisches und holt einen Blister hervor. Er will gerade eine herausdrücken, da nimmt Zaiden es ihm ab. »Was soll das?«

»Meinst du nicht, wir sollten sie den Kater einfach durchkauen lassen? Sonst müssen wir noch länger warten. Ich habe keinen Bock darauf, dass sich irgendetwas in ihrem Organismus befindet, wenn wir anfangen.«

»Das ist nur eine Ibu, Zain. Meinst du nicht, du übertreibst es?« Cameron zieht eine Augenbraue hoch, und ich nicke direkt.

»Das ist übertrieben«, stimme ich zu. »Ihr habt doch bestimmt irgendwelche Parameter, anhand derer ihr das herausfiltern könnt.« Mit dem ganzen Kram kenne ich mich null aus. Man sollte meinen, nachdem man drei Wochen lang an mir herumexperimentiert hat, wäre das anders, aber was soll ich sagen? An der eigentlichen Forschung habe ich einfach nicht teilnehmen dürfen.

»Du solltest dich nicht in Dinge einmischen, von denen du keine Ahnung hast.« Zaidens Stimme ist kühl. Er würdigt mich keines Blickes, lässt die Tabletten einfach in seiner Hosentasche verschwinden. »Du isst gleich erst mal etwas, trinkst viel und legst dich nochmal hin. Cameron, pump die Matratze auf.«

»Das ist unfair«, zische ich und verschränke meine Arme wie ein bockiges Kind vor der Brust.

»Wenn das das Einzige ist, was du an deiner Situation unfair findest, kann ich damit durchaus leben.« Desinteressiert zuckt er mit den Schultern und verschwindet Richtung Tür.

»Ich bereue es, das gefragt zu haben, bevor er gegangen ist.«

Frustriert seufze ich auf. Mein Blick wandert zu Cameron, der jedoch lediglich mit den Schultern zuckt.

»Sorry, Hippie. « Er schenkt mir ein schiefes Lächeln. »Vielleicht ist es nach einer vernünftigen Portion Schlaf, ohne dass dir zwei Kerle den Platz wegnehmen, besser.«

»Man kann es nur hoffen«, erwidere ich schlicht und drehe mich in Richtung der Becken. Wahrscheinlich sollte ich mir Zaidens Worte zu Herzen nehmen und die beiden einfach hassen. Ihn und Cameron. Nur ist das einfacher gesagt als getan. Mein Herz ist ein mieser Verräter. Genau wie die Fische. Sie blubbern in ihren Becken leise vor sich hin und lachen mich damit sicherlich aus. Im Gegensatz zu mir sind sie nämlich nicht dabei, sich in ihre Entführer zu verlieben.

Kapitel 20

Zaiden

»Wann habt ihr endlich alles?« Anouks Stimme ist brüchiger denn je. Die letzten Wochen waren intensiv und anstrengend. Für uns alle, vor allem für sie. Dass sie fertig ist, ist nachvollziehbar. Wenn sie allerdings wüsste, dass wir das für sie tun, wäre sie uns hoffentlich dankbar. Geplant war mindestens ein halbes Jahr, wenn nicht sogar neun Monate. Dass wir jetzt nach knapp drei Monaten an einem Punkt angekommen sind, an dem wir sagen können, dass sie bald gehen kann, haben wir für unmöglich gehalten.

Genomsequenzierung, Genexpression, epigenetische Analysen, Proteinprofiling, um einen Bruchteil dessen zu nennen, was wir untersuchen müssen. Obwohl sie für das meiste davon nur für die Probenentnahme anwesend sein muss, weil der Rest von uns und den netten Maschinen erledigt wird, können wir nichts riskieren. Die Gefahr, dass etwas schiefgeht und wir neue Proben nehmen müssen, ist zu groß. Dazu kommen die epigenetischen oder metabolomischen

Studien, die einfach ihre Zeit brauchen. Es sind heikle Angelegenheiten, und ein bisschen Sex und Mitleid halten mich nicht von der Arbeit ab. Wobei ich sagen muss, dass es sich dabei um verdammt guten Sex handelt.

»Zaiden«, versucht sie erneut, meine Aufmerksamkeit zu bekommen, und dieses Mal gelingt es ihr. Sie sitzt zusammengekauert auf der Stoffmatratze, durch die wir das alte Ding aus Luft vor einer ganzen Weile ersetzt haben. Die graue Kuscheldecke hat sie eng um ihren Körper geschlungen, ihre blauen Augen wirken riesig.

»Bald.« Eine extrem vage Antwort. Mehr kann und will ich ihr nicht geben. Es wäre eine Lüge. Einen genauen Zeitraum gibt es nicht, einen genauen Zeitpunkt erst recht nicht.

»Das hast du letzte Woche schon gesagt.« Sie steht langsam auf und lässt die Decke fallen, bevor sie zu mir kommt. Dabei nicht auf ihren Körper zu starren, kostet mich einiges an Überwindung.

»Solange wir keine Ergebnisse haben, werde ich das auch nächste Woche wieder sagen.« Ein Blick kann nicht schaden. Mittlerweile trägt sie neben einem unserer Shirts eine Jogginghose. Ein unförmiges, schlabbriges Outfit, welches nichts an der Tatsache ändert, dass sie die schönste Frau der Welt ist.

Auf ihrem Gesicht zeichnen sich sämtliche Emotionen ab, und sie seufzt frustriert. »Können wir heute Nacht wenigstens wieder raus?«

»Wir schauen mal.« Ich wende mich von ihr ab und tippe auf meinem Laptop. Allerdings nichts Brauchbares, sondern einfach irgendetwas, damit ich einen Grund habe, sie zu ignorieren.

In den letzten Monaten hat sich viel zu viel verändert. Mittlerweile fällt es mir schwer, eine Grenze zwischen Moral und Erfolg zu ziehen. Mein Kopf schafft es nicht, den Plan bis zum

Ende durchzuziehen, Anouk wie ein Tier zu behandeln. Wir haben die Person dahinter kennengelernt, die unfassbar nervig und gleichzeitig unfassbar perfekt ist. Das war etwas, was ich unterschätzt habe. Mit jedem Tag zweifle ich mehr an dem, was wir hier tun. Aufgeben werden wir unsere Forschung nicht, dafür haben wir zu lange hieran gearbeitet. Von den Schulden ganz zu schweigen. Es gibt kein Zurück mehr. Irgendwann müssen wir meinem Vater das Geld zurückzahlen. Wie viel wir dafür mit den Ergebnissen verdienen müssen, traue ich mich gar nicht erst auszurechnen. Wir haben alles auf eine Karte gesetzt, teure Geräte gemietet, Programme gekauft. Mit jedem Tag wurde es mehr, unsere Ziele klarer.

»Bitte.« Sie kommt ein Stück näher. Vier wackelige Schritte, bis sie merklich zögernd gegenüber meinem Schreibtisch stehen bleibt. Wir haben ihr nie verboten, diesen Teil zu betreten. Zum einen wird sie wohl eh nichts von dem verstehen, was auf den Bildschirmen abgebildet ist – selbst ich verstehe die ganzen Formeln ja teilweise kaum – und zum anderen betrifft es sie. Von daher soll sie sich das ruhig ansehen.

Einladend breite ich meine Arme aus. »Komm her.«

»Erst möchte ich eine Antwort.« Obwohl sie den Kopf schüttelt, tritt sie nach wenigen Sekunden um den Schreibtisch herum und kommt zu mir. *Braves Mädchen.* Nach den vielen Wochen in diesem Labor ist es normal, dass der Kopf irgendwann mürbe ist. »Bitte«, wiederholt sie, und ich ziehe sie auf meinen Schoß. Sofort schlingt sie einen Arm um meinen Hals und kuschelt sich an mich.

»Du weißt, wie riskant das ist. Das behindert unsere gesamte Forschung. Du möchtest bald nach Hause, oder nicht? Das bekommen wir nicht hin, sollten die Leute dich entdecken«, erkläre ich. Wie egoistisch das ist, ist mir durchaus bewusst. Wahrscheinlich sogar krankhaft, immerhin erpresse ich sie indirekt mit ihrer Freiheit. Nur gut, dass mich das herzlich wenig interessiert. Wir verfolgen hier alle ein Ziel.

»Du meinst, wenn mich jemand entdeckt, bekommt ihr mich nicht wieder zurück ins Labor?« Als würde sie zu spät realisieren, was sie da gesagt hat, weiten sich ihre Augen, und sie schüttelt den Kopf. »Auf dem Spielplatz ist nachts keine Menschenseele. Das habt ihr selbst gesagt, also wird mich niemand sehen.«

»Gut gerettet.« Ich schmunzle. Dass sie diese Worte ernst meint, ist mir klar. Sie würde abhauen, sobald sie die Gelegenheit dazu bekommt. Ob sie sich bei uns wohlfühlt oder nicht, spielt dabei keine Rolle. Selbst die Gehirnwäsche, die durch ihre Gefangenschaft in diesem Labor von ganz alleine kam, verhindert es nicht. Wichtig ist, dass sie einfach keine Gelegenheit bekommt, abzuhauen.

»Also?« Erwartungsvoll sieht sie mich an und fängt an, meinen Nacken zu kraulen. Mit ihren Fingern zeichnet sie federleicht die Flügeltätowierung an meinem Hals nach, hinterlässt damit auf meinem gesamten Körper eine angenehme Gänsehaut. Dieses Biest weiß genau, wie sie ihre Reize einzusetzen hat.

»Wenn Cameron später nichts vorhat, gehen wir raus«, gebe ich mich schließlich geschlagen und könnte mich selbst dafür ohrfeigen. Die Nixe wickelt mich viel zu leicht um ihren kleinen Finger.

Anouk quiekt aufgeregt. »Perfekt.« Sie steht wieder auf und streckt sich. »War das jetzt so schwer?« Sie schenkt mir ein schiefes Grinsen, auf das ich nur mit einem amüsierten Kopfschütteln reagiere. Das schlechte Gewissen, das mal wieder an mir kratzt, kann ich absolut nicht gebrauchen.

»Vielleicht höre ich dich nur gern betteln«, flüstere ich ihr rau ins Ohr und lasse meine Hand unter ihr Shirt gleiten. Ihre Gänsehaut kribbelt unter meinen Fingern.

»Mhm.« Entspannt legt sie den Kopf zur Seite. »Dafür hast du schnell aufgegeben.«

»Es gibt viele Arten, dich zum Betteln zu bringen, Nixe.« Meine freie Hand wandert Anouks Seite hoch, meine Finger umschließen ihren Hals. Ich drücke nicht zu, übe gerade so viel Kraft aus, um ihren Kopf zu mir zu drehen. Blaue Augen starren mich direkt an, ihre dunklen Pupillen sind geweitet.

»Zain«, japst sie erschrocken und greift nach meinem Arm.

Zufrieden beuge ich mich vor und hauche einen Kuss auf ihren Scheitel. »Ich will dich hören.«

»Bitte.« Ihr Atem geht flach und trotz des weiten Hoodies senkt ihre Brust sich viel zu schnell.

»Was, bitte? Du musst schon deutlich mit mir sprechen. Möchtest du, dass ich weitermache, oder möchtest du, dass ich loslasse?«

»Ich will …« Sie stockt. »Beides«, antwortet sie leise. Genau das wollte ich hören. Ihr Verstand sagt ihr, dass sie das nicht mögen sollte. Ihr Herz allerdings ist auf meiner Seite.

Mein Griff um ihren Hals wird fester, ihr Atem schneller. »Nicht jetzt«, sage ich schließlich und lasse sie wieder los. »Lass mich hier erst einmal weitermachen. Sonst haben wir keine Zeit mehr, um rauszugehen.«

Anouk räuspert sich. »Monster«, nuschelt sie und streckt ihren Rücken durch. Bevor sie geht, wirft sie einen Blick auf den Bildschirm, der mit meinem Laptop verbunden ist. »Ich wüsste ja zu gern, zu welchen Ergebnissen ihr da kommt.« Sie lässt sich auf Camerons Schreibtischstuhl sinken und zieht ihre Knie unters Kinn.

»Zu nichts Gravierendem bisher.« Das also zum Thema Arbeiten. Ich klappe den Laptop zu und schiebe ihn zur Seite.

»Im menschlichen Zustand ist alles recht normal. Kein Arzt würde erkennen, dass du es nicht bist. Das weißt du sicher, oder?«

Sie nickt zustimmend. »Natürlich. Kannst du dir vorstellen, wie grausam es wäre, jede Krankheit mit sich selbst ausmachen zu müssen? Ich meine, von Grippen oder Mandelentzündungen bleibe ich nicht verschont. Ich lag mit ungefähr sechs oder sieben Jahren sogar mit einer Lungenentzündung im Krankenhaus. Hätte meine Mutter nicht gewusst, dass ich nicht als Meerjungfrau zu diagnostizieren wäre, wäre ich entweder längst ein Versuchsobjekt oder tot.«

Wie gern würde ich ihre medizinischen Aufzeichnungen in die Finger bekommen, um sie zu untersuchen. Mit Sicherheit gibt es darin Dinge, die mit ihrem kleinen Geheimnis zu tun haben. An dem Punkt, an dem sie uns diese freiwillig besorgt, sind wir bisher nur nicht angelangt. Vielleicht erreichen wir den ja irgendwann.

»In schuppiger Gestalt sieht es allerdings ganz anders aus«, fahre ich fort, ohne auf ihre Worte einzugehen. »Deine Organe sind zwar alle normal, aber die Technik, mit der du die Funktion von Lunge und Kiemen vereinst, ist super interessant. Ihr arbeitet scheinbar mit einer adaptiven Atemoberfläche. Das erklärt, wieso du als Nixe an der Oberfläche Luft bekommst, als Mensch unter Wasser jedoch nicht.«

»Und woran liegt das? Ich meine, dass ich beides kann, weiß ich.« Seufzend lehnt sie sich zurück. »Das erzählst du mir bestimmt eh nicht. Könnte eure Forschung ja kaputt machen. Ich mein, was ist, wenn ich eure Arbeit unter meinem Namen verkaufe?«

»Was?« Amüsiert ziehe ich eine Augenbraue hoch und lasse meine Knöchel knacken. »Nixe, daran habe ich nicht einmal gedacht. Davon abgesehen, dass du dir das bestimmt eh nicht alles merken kannst, spricht auch sonst nichts dagegen. Ich warne dich nur, das könnte langweilig sein.«

Sie zuckt mit den Schultern und ich erkenne dieses Strahlen in ihren Augen. »Ich begeistere mich zwar eigentlich mehr für Schildkröten, aber Dinge über meinen Körper zu erfahren, klingt gut.«

Und weil sie das wirklich zu interessieren scheint, und ich nur zu gern über die Forschung rede, fange ich an, ihr das Vorgehen zu erklären. Die verschiedenen Ursachen, die es geben könnte, die verschiedenen Techniken, die wir an ihren Proben anwenden werden, und wie die Ergebnisse sein könnten. Ins Detail gehe ich jedoch nicht, denn sie ist diejenige, die das Thema wechselt und sich auf die Schildkröten fokussiert. Daher erzähle ich ihr von der Verhaltensforschung, den Untersuchungen in der freien Wildbahn und hier im Labor sowie von dem Spielverhalten der Schildkröten. Scheinbar liegt ihr Interesse primär bei diesen Tieren.

»Okay. Ich muss das unbedingt mal beobachten, wenn einer von euch sie füttert. Ich möchte sehen, wie sie mit dem Obst spielen.« Grinsend streicht sie sich eine Strähne hinters Ohr. Obwohl sie das mit großer Wahrscheinlichkeit unbewusst macht, unterstreicht es dieses beinahe niedliche Lächeln perfekt. »Ich hoffe, ihr macht das bald mal«, fügt sie hinzu, wobei ihre Stimme bei diesem Satz bestimmt ein oder zwei Oktaven tiefer ist.

»Ja, das ist wirklich süß«, erwidere ich schmunzelnd. »Das bekommen wir mit Sicherheit hin.«

»Was haben sie denn am liebsten? Orangen? Äpfel? Oder eher etwas Exotisches, weil es immerhin Tropentiere sind?«

»Gute Frage, nächste Frage. Sie sind mit allem zufrieden, Hauptsache fruchtig.« Über solche Dinge habe ich mir bisher nie Gedanken gemacht. Alle Tiere hier bekommen artgerechtes Futter und das war es dann auch schon mit meinen Gedanken, die ich mir darüber mache. Immerhin verlangt keines von ihnen, dass man ihm Cola serviert, weil Wasser nicht schmeckt.

»Klingt logisch.« Sie sieht mich über ihre Knie hinweg an. »Ich freue mich schon darauf.«

Es fällt mir schwer, den Kloß in meinem Hals herunterzuschlucken. Rick füttert die Tiere immer. Obwohl wir ihn nicht allein ins Labor lassen, verstehe ich Anouks Bedenken. Niemals würde sie ihn dabei beobachten, wie er die Tiere füttert, geschweige denn ihm dabei helfen. Ihre Abneigung ihm gegenüber ist komplett gerechtfertigt. Da wundert es mich eher, dass sie vor uns keine Angst hat. Wir machen zwar keine grausamen Dinge, weil es uns Spaß macht, aber wir machen sie eben trotzdem mit ihr. Sie sollte uns genauso hassen, doch sie tut es nicht.

»Weißt du was? Ein bisschen Obst kann nicht schaden.«

Kapitel 21

Cameron

»Hey, ihr zwei.« Ich stelle die Tüte mit den Getränken neben meinem Schreibtisch ab und werfe meine Lederjacke einfach obendrauf.

»Cam.« Wie immer ist Anouk die Erste, die sich umdreht. Sie sitzt allerdings nicht auf meinem Stuhl, wie sonst üblich, sondern steht zusammen mit Zaiden an einem der beiden Schildkrötenbecken. Sofort schleicht sich ein Lächeln auf meine Lippen. Irgendwann fliegen wir nach Florida oder gar Costa Rica und beobachten zusammen, wie diese majestätischen Tiere schlüpfen. Tief im Inneren habe ich mir selbst diesen Schwur längst gegeben. Anouk hat die Welt verdient, und die möchte ich ihr schenken. Wenn sie mich lässt.

»Ich habe dir Cola mitgebracht«, erkläre ich und komme zu ihnen.

Seitdem sie offenbart hat, dass sie kein Wasser mag, versuchen wir, immer etwas anderes für sie dazuhaben. Tee zum Kaltaufgießen, Cola und Sirup. Die Kleine trinkt verdammt viel, seitdem sie aus dem Becken heraus ist. Es ist nur eine schwammige Hypothese, die wir unmöglich nachweisen können, doch ich gehe fest davon aus, dass es daran liegt, dass sie eine Meerjungfrau ist. Da wären wir nur wieder bei den Verhaltensstudien, für die man eine Population bräuchte. Eine Meerjungfrau allein reicht nicht aus.

»Danke dir.« Anouk tapst rüber zu der Tasche und nimmt sich eine der Flaschen heraus. Ich bezweifle, dass sie sich hier mittlerweile wohl oder gar zu Hause fühlt – das wäre auch krank zu behaupten. Zumindest erweckt sie nicht mehr den Eindruck, als würde sie sich unwohl fühlen, und das ist etwas Gutes. Die Zeiten, in denen sie hier eingesperrt war, in denen sie kein Mitspracherecht hatte, waren nach unserer ersten gemeinsamen Nacht schnell vorbei. Zugegeben, hatte ich mit dem Gedanken bereits länger gespielt.

»Irgendwelche Pläne für heute Nacht, oder sind wir fertig? Ich denke, unsere schönen Sequenziermaschinen arbeiten erst mal autonom.«

Er wirft schnell die letzten Apfelstücke ins Becken zu den Schildkröten, ehe er sich zu mir dreht. »Ich habe ihr versprochen, rauszugehen.« Mit einem zerknirschten Ausdruck im Gesicht sieht er zu mir.

»Du siehst nicht begeistert aus.« Lachend schüttle ich den Kopf.

»Wie kommst du darauf? Nachts durch die Gegend irren und das ganz ohne sich vorher auf irgendeiner Party abgeschossen zu haben? Was gibt es Besseres?«

»Langsam hat sie dich um den kleinen Finger gewickelt«, stelle ich fest, wohl wissend, dass es bei mir selbst längst geschehen ist.

»Ach«, winkt er ab. Das dezente Glänzen in seinen Augen bestätigt meine Vermutung. »Frische Luft ist wichtig.«

»Frische Luft ist wichtig«, stimme ich zu. »Das passt perfekt. Rick hat mir vorhin geschrieben, dass er morgen spontan irgendeinen wichtigen Termin bekommen hat und die Becken entweder heute oder morgen Nacht reinigen möchte. Dann kommt Anouk an die frische Luft während er sich darum kümmert.«

Nie wieder würde ich sie mit Rick allein oder ihn auch nur in ihre Nähe lassen. Wäre die Sache mit der Geheimhaltung rund um die Meerjungfrauenforschung nicht solch ein heikles Thema, hätte ich ihn längst durch einen anderen Studenten ersetzt. Die findet man wie Sand am Meer. Um ehrlich zu sein, fehlt uns einfach die Zeit für den ganzen Papierkram.

Zaiden sieht zu ihr rüber und ich folge seinem Blick. Jetzt sitzt sie wieder auf ihrem altbekannten Platz und trinkt genüsslich ihre Cola, während sie sich in ihre graue Decke kuschelt. In ihrer linken Hand hält sie einen Müsliriegel, den sie sich aus der untersten Schublade meines Schreibtisches geschnappt hat. Die habe ich ihr extra für Snacks freigeräumt, während der Rest sicher abgeschlossen ist. Immerhin sind dort wichtige Unterlagen drin.

»Ändern kann ich es jetzt eh nicht mehr. Ich habe gesagt, wir besorgen uns an irgendeinem Imbiss etwas und setzen uns auf den alten Spielplatz. Da kommt um die Uhrzeit niemand mehr hin.«

»Klingt nach einem Plan.« Meine Aufmerksamkeit wandert wieder auf das Becken mit den Schildkröten. Es ist erstaunlich, wie sich die unterschiedlichen Charaktere bei der Fütterung deutlich herauskristallisieren. Wir haben keinem unserer Versuchsobjekte Namen gegeben. Keine offiziellen zumindest. Die verspielteste von allen heißt in meinem Kopf Flip und ihr Bruder, der genau das Gegenteil ist, Rocky. Sie sind beide aus derselben Aufzucht und obwohl man nicht sicher sagen kann, dass sie Geschwister sind, gehe ich stark davon aus.

»Dann lasse ich Anouk schon mal aussuchen, was sie gern hätte, und du schreibst Rick, dass er gleich kommen soll.« Zaiden fischt sein Handy aus der Hosentasche, wahrscheinlich um nach Karten für die Imbisse in der Gegend zu schauen, und ich hole mein eigenes heraus, um Rick zu schreiben.

Cameron: Du kannst in einer halben Stunde kommen und die Becken reinigen. Sei bitte pünktlich.

Dieses kleine Wort *kann* setze ich lediglich in den Text, um ihm die Schärfe zu nehmen. Es ist keine Bitte, sondern ein Befehl, und das weiß Rick. Dass er sich bei uns entschuldigt hat, hilft ihm kein bisschen. Genauso wenig die billige Ausrede, er hätte zu viel gekifft. Ich bin der Ansicht, dass jeder eine zweite Chance verdient hat, manchmal sogar eine dritte. Man kann immer mit mir reden. Außer wenn es um Anouk geht. Jedes Mal, wenn Rick das Labor betritt, verkriecht sie sich verängstigt auf ihrem Stuhl. Niemals würde ich das auf die leichte Schulter nehmen. Zain und ich sind anwesend, beruhigen sie, sind für sie da. Nur nimmt ihr das die Angst nicht. Ricks zweite Chance ist also, dass ich ihn nicht der Uni melde, und dafür kann er sich dankbar schätzen. Damit wäre es schnell vorbei mit seinem Abschluss.

Rick: Alles klar. Bis gleich, Boss.

Cameron: Bis gleich.

Zufrieden stecke ich mein Handy wieder weg und gehe zu den Schreibtischen, leise, damit ich sie nicht störe. Denn es ist zu niedlich, wie intensiv Nyx auf Zaidens Handy starrt. Sie scrollt immer weiter herunter und beißt sich dabei konzentriert auf die Unterlippe. Ihre Nase ist gekräuselt, die Augen verengt.

»Wenn du dich nicht entscheiden kannst, suche dir ruhig zwei oder drei Dinge aus. Das bekommen wir aufgegessen«, schlage ich grinsend vor. Wie erwartet, löst sie die konzentrierte Haltung direkt und sieht mich belustigt an.

»Ach ja? Was ist, wenn ich zwischen fünf verschiedenen Dingen schwanke? Frühlingsrollen, gebratenem Reis, Mapo-Tofu, Kung-Pao-Gemüse und den Szechuan-Auberginen?«

Neugierig schiele ich über ihre Schulter, um einen Blick auf die Bilder der Karte zu erhaschen. »Dann nehmen wir das einfach alles zusammen mit dieser knusprige Ente und teilen«, schlage ich vor und Zaiden nickt.

»Habe ich kein Problem mit«, erwidert er.

»Perfekt.« Zufrieden grinst Anouk mich an. Es ist erstaunlich, wie schnell man sie glücklich machen kann. Doch ich bin froh, dass sie dieses Strahlen nach all den Monaten nicht verloren hat. Das steht ihr nämlich viel zu gut.

»Okay. Das war verdammt gut.« Glücklich stöhnend lässt Nyx sich auf die Affenschaukel fallen, sodass diese sanft hin und her schwingt.

Wie erwartet, ist jedes der fünf Plastikschälchen bis auf den letzten Krümel leergekratzt, und ich bin gerade dabei, diese in den Müll zu schmeißen.

Zufrieden lehnt Zaiden sich auf der Bank zurück. »Gut ausgewählt, Nixe.«

Der Himmel ist klar, gibt den perfekten Blick auf den Vollmond frei.

Kurz sehe ich mich um, um sicherzugehen, dass wir nach wie vor allein sind, bevor ich mich wieder zu Zaiden auf die Lehne der morschen Holzbank setze.

»Wenn ich von etwas Ahnung habe, dann ist das Essen. Egal, ob Chinesisch, Italienisch oder Indisch. Gutes Lieferdienstessen ist wichtig, wenn man nicht kochen kann.«

»Und während der Klausurenphase, auch wenn man eigentlich kochen kann«, werfe ich ein und innerlich ergänze ich die aktuelle Forschungsphase. Wir halten uns mit Lieferdiensten, Dosensuppen und Fertigsalaten über Wasser. Bisher bin ich davon ausgegangen, dass Anouk sich nicht äußert, weil sie sich nicht traut. Es ist gut zu wissen, dass es daran liegt, dass sie es nicht anders kennt.

»Stimmt. Da schaffe ich es manchmal nicht einmal, mir die Milch für den Kaffee aufzuschäumen.« Die Schaukel quietscht in den schrillsten Tönen, als Anouk Schwung holt, und ich verziehe unwillkürlich das Gesicht.

»Gut, dass ich meinen Kaffee schwarz trinke«, murmelt Zaiden und holt seine Zigarettenschachtel heraus.

»Wusstet ihr, dass meine Kräfte vom Mond kommen?«, wechselt sie plötzlich das Thema. »Mit sieben oder acht Jahren habe ich Mondwasser getrunken und schwups kam der Fischschwanz.« Sie verzieht keine Miene, erklärt es sachlich und trocken. Währenddessen verschlucke ich mich beinahe an der Cola, die ich gerade trinken wollte.

»Bitte was?«, nimmt Zaiden mir das Antworten ab. »Du verarscht uns doch.«

Es gibt diverse Legenden über Meerjungfrauen, viele davon reichen bis zu den Anfängen der Gebrüder Grimm oder gar noch weiter zurück. Doch wie der Name schon sagt, sind es eben alles Legenden, alte Erzählungen, die sich über die Jahre hinweg verändert haben. Teilweise basieren sie noch auf den wirren Gedankengeschwüren der Menschen im Mittelalter, die an Hexen geglaubt haben. Ängste wurden mit der Realität vermischt, die Fantasie hat verrückt gespielt und zack, war eine Legende entstanden oder um falsche Informationen ergänzt. Dabei könnten die Inhalte teilweise gar nicht unterschiedlicher sein. Manch einer behauptet, so wie Anouk das gerade erzählt, dass der Mond etwas damit zu tun hat. Andere Legenden besagen, dass es etwas mit der Schifffahrt auf sich hat und die Menschen, die auf See verschollen gegangen sind, gelernt haben, im Meer zu leben. Wieder andere behaupten, dass es pure Hexerei ist. Man merkt, viel Hokuspokus, wenig Wissenschaft. Deswegen haben wohl alle Wissenschaftler, die versucht haben, anhand dieser Schriften brauchbare Forschung zu betreiben, schnell aufgegeben.

Anouk richtet sich auf und setzt sich gemächlich in den Schneidersitz. Für eine gefühlte Ewigkeit sieht sie uns beide einfach an. Wir müssen aussehen wie zwei Teenager, die darauf warten, dass ihnen die heiße Cheerleaderin das erste Mal ihre Brüste zeigt. Leider bekommen wir die nicht zu sehen, denn Nyx beginnt lauthals zu lachen.

»Um Gottes willen, nein. Ihr hättet eure Gesichter sehen sollen.«

Perplex räuspere ich mich, meine Mundwinkel ziehen sich jedoch schnell in die Höhe. Es ist schön, dass sie sich bei uns so wohl und sicher fühlt, dass sie sich erlaubt, solche Witze zu machen.

Zaiden ist da allerdings anderer Meinung. »Was soll der Scheiß?« In einer einzigen fließenden Bewegung steht er auf, geht zu ihr rüber und umgreift ihren Hals. Er drückt sie in das Gitter der Schaukel, sorgt dafür, dass Anouk erschrocken aufjapst.

»Zaiden.« Obwohl ich sofort nach seiner Schulter greife, lässt er sich davon nicht irritieren.

»Z-Zain«, versucht Anouk es ebenfalls. Mit zittrigen Händen umfasst sie seinen Unterarm und starrt ihn an.

Zu gern würde ich die Situation entschärfen, aber im Grunde hat sie sich das selbst zuzuschreiben. Trotzdem bleibe ich bei ihnen stehen, nicht, dass er etwas tut, was er am Ende bereut.

»Selbst schuld, Nixe«, knurrt Zaiden aufgebracht.

»Es tut mir leid, okay. Das war nur ein Scherz.« Sie windet sich unter seinem Griff, und seine Finger schlingen sich enger um ihren Hals. »Nur ein Scherz.«

»Sicher?« Er lässt nicht locker.

»Ja«, antwortet Anouk direkt. Sie drückt ihre Hand gegen seine Brust, und anstatt ihn wegzudrücken, greift sie in sein Shirt, um ihn näher zu sich zu ziehen.

Zaiden schnaubt zufrieden. »Sehr schön. Geh hinter sie, Cam.«

»Dazu ist sie nicht bereit, Zain«, versuche ich ihn aufzuhalten, doch es ist Nyx, die ihn erwartungsvoll ansieht. Ihre Lippen sind leicht geöffnet, und sie leckt sich über die rosige Unterlippe.

Okay, verflucht, das ist heiß.

»Und wie bereit sie ist. Nicht wahr, Nixe?«

Mit seiner freien Hand umgreift Zaiden den Bund ihres

Shirts und wartet auf ihr Nicken, bevor er es hochzieht. Er zieht es ihr nicht aus, sondern gerade so weit nach oben, dass er es zusammengerafft in ihren Mund schieben kann und ihre wunderschönen Brüste freigelegt sind.

Ich stelle mich hinter die Schaukel, streiche zärtlich über ihre Wange, während sie Zaiden erwartungsvoll anblickt. Dass sie versaut ist, durfte ich die letzten Wochen selbst erleben, aber das hier hätte ich nie von ihr erwartet. Mitten auf einem Spielplatz mit einer ungemütlichen Schaukel im Rücken.

»Weißt du eigentlich, wie schön du bist?« Eine rhetorische Frage, antworten kann sie immerhin nicht. Sie sieht mich über den Kopf weg mit ihren großen blauen Augen an, wodurch sich alles in mir zusammenzieht.

»Ist sie«, antwortet Zaiden für sie und schließt seine Lippen um ihre Brust. Erstickt stöhnend bäumt Nyx sich auf. Wahrscheinlich beißt er zärtlich hinein, denn das Geräusch, das sie von sich gibt, ist nicht nur lustvoll.

Währenddessen umgreife ich ihre langen Locken, wickle sie zu einem kleinen Knäuel zusammen, das ich neben ihren Kopf lege. Sie fallen sogleich durch die Öffnungen der Schaukel und baumeln im Sand. Meine Gedanken wandern zu unserer Strandsession. Das ist gerade einmal drei Monate her, fühlt sich allerdings an wie ein halbes Leben. In dieser Zeit ist viel passiert, ich muss ehrlich gestehen, dass ich niemals damit gerechnet habe, jemals wieder in den Geschmack ihres perfekten Körpers zu kommen. Nicht, nachdem ich sie am ersten Tag verängstigt zusammengekauert in der Ecke des Labors gesehen habe.

Nyx dreht ihren Kopf minimal zu mir, in ihrem Gesicht zeichnet sich die pure Lust ab.

»Gott, du bist wirklich ein versautes kleines Biest«, murmle ich, und wie zur Bestätigung greift sie mit einer Hand über den

Kopf nach mir. Es dauert einen Moment, bis sie gefunden hat, wonach sie sucht. Durch meine Hose hinweg massiert sie meinen Schwanz, womit mein letzte bisschen Selbstbeherrschung verschwindet. Kehlig brumme ich auf und unterdrücke damit ein Stöhnen. Auf den ersten Blick sind wir zwar allein, doch ich möchte es nicht riskieren, irgendwelche Creeps anzulocken. Da reichen Zaiden und ich aus.

»Letzte Chance, einen Rückzieher zu machen, Hippie.« Eindringlich sehe ich sie an, und sie schüttelt umgehend den Kopf. Das ist für sie anscheinend überhaupt keine Option. Ich tausche einen kurzen Blick mit Zaiden aus, der seine Lippen mittlerweile durch seine Hand ersetzt hat, ihre süßen rosigen Nippel mit seinen Fingern zwirbelt. Kein Wunder, dass sie nicht will, dass wir aufhören. Wer kann es ihr übelnehmen, wenn nicht nur ein Mann, sondern gleich zwei sie begehren.

Denn eins steht fest: So versaut sie sich uns hier auch präsentiert, und egal, wie ich sie nenne, das hier ist alles, nur kein Spiel. Diese Frau ist eine Göttin und gehört genauso behandelt. Und wenn sie eben eine Göttin ist, die auf versauten Sex mitten auf dem Spielplatz steht, dann soll sie den bekommen.

Kapitel 22

Anouk

Hätte man mich vor einer Stunde gefragt, was ich mir darunter vorstelle, wenn ich sage, ich möchte nach draußen gehen, wäre meine Antwort klar gewesen: eine Runde spazieren gehen mit einem Abstecher zum Spielplatz. Nicht, um zu schaukeln, sondern weil man dort gut sitzen kann. Das hier entspricht überhaupt nicht meiner Vorstellung. Wenn ich mir vorstelle, dass nur ein paar Stunden zuvor Kinder seelenruhig auf dieser Schaukel gespielt haben. Den Gedanken sollte ich ganz schnell verdrängen. Man muss die Feste feiern, wie sie fallen.

Jetzt gerade steht meine Welt kopfüber. Zaidens Sperma läuft meinen Mundwinkel herunter, oder ist es Camerons? Keine Ahnung. Sie haben sich abgewechselt. Immer und immer wieder.

»Du hast lang genug gelegen, was meinst du, Baby?« Cameron zieht mich an den behelfsmäßig mit dem Shirt gefesselten Händen in eine sitzende Position. Obwohl ich für einen Moment die Augen schließen muss vor Schwindel, nicke ich direkt. Ich würde diese Männer alles mit mir machen lassen ohne mich dafür zu schämen. Wer in seinem Leben die Möglichkeit bekommt, von zwei Männern gleichzeitig begehrt zu werden, sollte sich das nicht entgehen lassen. Die Schmetterlinge hören gar nicht mehr auf, in meinem Magen Theater zu machen, und zwar auf eine angenehme Weise.

»Hm.« Grinsend sehe ich ihn an. Cameron beugt sich zu mir, schiebt etwas von dem Sperma an meiner Wange nach unten und hält mir den Daumen an die Lippen. Sofort lecke ich ihn ab.

»Ich wette, du bist klitschnass, Nixe.« Zaiden steht hinter mir und packt mich mit beiden Händen an den Hüften, um mich auf die Beine zu ziehen. Direkt lehne ich meinen Rücken an seine Brust. Eine Antwort von mir ist nicht notwendig, das wissen wir beide. Mit einer raschen Bewegung zieht er mir die Jogginghose samt Slip herunter.

»Was für eine Frage«, murmelt Cameron und kommt zu uns. Er zieht mich dicht an sich, sodass kein Blatt mehr zwischen uns passen würde – kein Blatt, aber seine Hand, die er zwischen meine Beine schiebt. Ich erschaudere, als er seinen Daumen auf meinen Kitzler legt und mühelos zwei Finger in mich schiebt. Keuchend falle ich nach vorne, lehne meine Stirn an seine Brust. »Und wie bereit sie ist.«

»Bin ich«, stimme ich stöhnend zu und genieße diese sanften Stöße.

»Oh ja«, raunt er und zieht seinen Finger zurück. Er holt ein Kondom aus seiner Hosentasche, und ich beobachte ihn mit gekräuselten Augenbrauen sowie meinem besten Schmollmund.

»Beeil dich«, fordere ich.

Lachend schüttelt Cameron den Kopf und hebt meine Arme hoch, um sie um seinen Hals zu legen. »Schon fertig,

Baby.« Seine Hand landet auf meinem Hintern und er spreizt meine Backen. Bevor ich etwas einwenden kann, spuckt er auf seinen Schwanz und hebt mich hoch. Vorsichtig dringt er in meinen Anus ein, schiebt sich Stück für Stück nach vorne und zieht sich immer wieder heraus, um mich langsam zu dehnen.

»Fuck fuck fuck«, fluche ich und vergrabe mein Gesicht in Camerons Halsbeuge. Ich lasse es mir nicht nehmen, einen Kuss auf seine verschwitze Haut zu drücken, wobei ich eindeutig mehr Druck ablassen müsste. Beißen wäre nicht schlecht. Oder schreien. Beides leider keine Optionen.

»Atme, Nyx«, befiehlt er fürsorglich. Er drückt mein Gesicht leicht hoch, damit ich ihn ansehen muss. »Entspann dich, okay?«

Zaghaft nicke ich und komme der Anweisung nach. Einen tiefen Atemzug nach dem anderen. Es dauert einen Moment, mich an seine volle Größe in mir zu gewöhnen. Mit jedem Stoß lässt die Verspannung mehr, sodass ich mich komplett fallen lassen kann. Die liebevollen Küsse, mit denen Zaiden meine Schultern bedeckt, sind dabei eine angenehme Unterstützung.

»So ist es gut.« Eine seiner Hände wandert von meiner Hüfte zu meinem Hintern, und der Klaps, den er mir gibt, lässt mich aufstöhnen. Ich genieße, wie Cameron die Führung an sich gerissen hat, wie ich mich dem kopflos hingeben kann. Mein Herz rast gegen meine Brust, mein Kopf ist wie leergefegt, allein auf die vielen Empfindungen konzentriert, die auf mich einprasseln. Er stößt so fest in mich, dass ich gar nicht merke, wie sich der Orgasmus anbahnt; er rollt einfach über mich hinweg. Anstatt zu stöhnen, atme ich ihn weg. Das Risiko, dass hier Menschen in der Nähe sind, die uns hören, gehe ich nicht ein. Wenn man mich in dieser Situation mit den beiden erwischen würde, wäre die ganze Entführungsstory recht unglaubwürdig. Da spielt es keine Rolle, dass es die Wahrheit ist. Man würde mich für verrückt erklären und einweisen lassen. Vielleicht würden die Leute, die uns erwischen, auch einfach wieder gehen und ihrem Therapeuten hiervon erzählen.

Nur am Rande nehme ich wahr, wie Zaiden ein paar Schritte zurücktritt und sich auf eine der Schaukeln setzt. Er beobachtet uns einfach, und ich kann meinen Blick nicht von ihm abwenden. Er ist die Schönheit in Person. Diese schwarzen, wuschigen Haare, die im Schein des Mondes glänzen, die dunklen Augen, die interessiert auf uns gerichtet sind, dazu diese zartgebräunte Haut, die mit schwarzen Linien verziert ist.

Cameron bemerkt meinen Blick. Er hört auf, sich in mir zu bewegen, geht stattdessen auf die Schaukeln zu. »Einer reicht dir scheinbar nicht, oder, Hippie?«

Ein dezentes Grinsen schleicht sich auf meine Lippen. »Nein«, stimme ich zu.

Schmunzelnd beugt Cameron sich nach vorne um seine Lippen auf meine zu legen. Es ist ein schneller und verflucht schmutziger Kuss, den ich nur zu gern erwidere. »Dann will ich mal nicht so sein.« Vorsichtig hebt er mich hoch, zieht sich dabei aus mir heraus, nur um mich im nächsten Moment umzudrehen und mich auf Zaidens Schwanz zu platzieren.

Dieser legt seinen Kopf in den Nacken, stöhnt genüsslich auf. »Fuck, Nixe.« Er schlingt seine Arme um meinen Körper, während ich meine Hände in sein geöffnetes Hemd kralle.

Diese Spitznamen setzen meinem vernebelten Verstand noch mal die Krone auf, und ich zerfließe förmlich unter ihnen. Ich selbst habe keine Chance, mich zu bewegen, weil meine Füße den Boden nicht berühren. Meine Beine liegen angewinkelt neben seinem Körper, drücken sich schmerzvoll gegen die Metallketten links und rechts von mir. Doch den Schmerz nehme ich bereitwillig in Kauf, und die Führung gebe ich nur zu gerne ab. Es ist ein atemberaubendes Gefühl, sich fallen lassen zu können.

»Wenn du dich sehen könntest«, raunt Zaiden und stößt sich mit langsamen, fließenden Bewegungen in mich. Er muss nicht viel tun, bis sich alles in mir zusammenzieht. Ich bin von Cam vollkommen gereizt. Meine Lider flattern, meine Beine fangen an zu zittern. Wellenartig zieht sich der Orgasmus durch meinen gesamten Körper. Ich bin froh, dass Zaiden mich festhält, obwohl ich merke – und höre –, dass auch er in diesem Moment kommt. Trotz des Kondoms spüre ich sein warmes Sperma in mir, das leichte Schwingen der Schaukel, die kühle Nachtluft auf meiner erhitzten Haut.

»Weißt du eigentlich, wie schön du bist, wenn du kommst?«, raunt Zaiden in mein Ohr und bewegt sich unter mir, um den Abklang des Orgasmus zu begleiten.

»Hm«, grummle ich, denn zu einer richtigen Antwort bin ich nicht in der Lage. Zum einen fällt mir dazu einfach nichts ein, zum anderen schlägt mir mein Herz bis zum Hals. In diesen Augenblicken mit den Jungs vergesse ich einfach alles um mich herum. Es gibt allein uns drei, keine Forschung, kein Nichts. Und als Cameron hinter mich tritt, sodass ich mich an ihn lehnen kann, und er sanft meine Kopfhaut massiert, ist alles perfekt. Ich liebe es, diese beiden Männer so eng bei mir zu haben, liebe diese Seite von ihnen. In ihrer Mitte fühle ich mich geborgen. Ich habe aufgegeben, unserer komischen Konstellation einen Namen zu geben.

»Na komm, machen wir dich mal sauber.« Behutsam hebt Cameron mich wieder hoch und stellt mich auf die Beine. Mit ein paar der Servietten vom Chinaimbiss macht er meine Mitte sowie die Innenseiten meiner Schenkel sauber. Viel gibt es nicht, immerhin ist es nur mein eigener Saft, doch allein diese Geste lässt wieder alles in mir kribbeln.

»Danke«, murmle ich und hebe meine Arme hoch, damit er mir das Shirt wieder überzieht. Diese kleine Geste lasse ich mir nicht nehmen. Meinen Slip und die Jogginghose übernehme ich allerdings selbst, bevor ich mich zu Zaiden auf die Affenschaukel fallen lasse, auf der er mittlerweile sitzt. Sonderlich groß ist sie nicht, aber wir schaffen es irgendwie, uns dort zu dritt hinzusetzen, wobei ich dafür halb auf den beiden sitzen muss.

Obwohl ich mich freuen würde, endlich wieder die Sonne auf meiner Haut zu spüren, bin ich für diese Momente dankbar. Ich kann mich zurücklehnen und die Sterne beobachten, während Zaiden gedankenverloren über meinen Arm krault. Cameron tippt irgendeine Nachricht auf seinem Handy, und auch wenn ich nichts dagegen hätte, mein Leben endlich wieder zurückzubekommen, verdränge ich den Gedanken. Abhauen könnte ich jetzt eh nicht, Schreien bringt nichts. Die wenigsten Leute interessiert das. Sie kümmern sich lieber um ihre eigenen Probleme, gehen mit Scheuklappen durch die Welt.

Gedankenverloren spiele ich mit meinem Armband und zwirble den bläulich schimmernden Mondstein zwischen meinen Fingern. »Übrigens war das mit dem Mond nur halb gelogen.« Vorsichtig setze ich mich auf, um beide ansehen zu können. Dass Cameron sein Handy direkt wegsteckt und Zaiden mich neugierig ansieht, ist nicht verwunderlich. »Es ist allerdings nicht der Mond selbst, der eine Bedeutung hat. Zudem bin ich nie in einen See oder dergleichen gefallen. Also irgendwie doch, mit acht oder neun Jahren im Urlaub, aber das hat nichts damit zu tun. Ich war einfach ein ungeschicktes Kind. Meine Mama hatte immer Probleme mit mir, und als ich mich dann in Spanien das erste Mal verwandelt habe, konnten wir danach nie wieder einen Strandurlaub machen. Tut mir leid, ich schweife ab.« Das ist wohl das Letzte, was sie hören wollen.

Zaidens Mundwinkel ziehen sich nach oben. »In Spanien im Meer also?«

»Ja. Es gab seit drei Generationen keine Meerjungfrau mehr in der Familie, deswegen hat damit niemand gerechnet. Ich glaube, sie hat sogar verdrängt, dass die Möglichkeit bestehen könnte.«

»Warte. Willst du damit sagen, dass das mehrere Generationen einfach überspringt? Sagen die Legenden nicht, dass das ein zufälliges Geschenk der Götter sei?«

»Warte, was?« Ich lache hellauf. »Ihr seid Wissenschaftler und glaubt an die Legenden, die sich Menschen in den letzten tausenden Jahren übermittelt haben? Das Wenigste davon stimmt. Das sind Erzählungen, die aus der Angst heraus entstanden sind. Oder meint ihr, nachdem ich drei Monate bei euch war, dass ich Blut trinke und an Vollmond am blutrünstigsten bin? Da hat man Vampire mit Werwölfen vermischt und es auf uns übertragen.«

Zaiden seufzt frustriert und mahlt mit dem Kiefer. »Natürlich nicht. Vieles davon ist Bullshit, keine Frage. Nur, womit sollen wir sonst arbeiten, wenn es wenig andere Schriften über euch gibt?«

»Mit eurer Wissenschaft? Es gibt doch viele Archäologen, die die alten Stätten dieser Legenden untersuchen. Es ist erstaunlich, dass sie bisher nichts gefunden haben.«

Mit hochgezogener Augenbraue sieht Zaiden mich an, und auch Cam spannt sich an. »Mach dich nicht darüber lustig, Nixe.«

Sofort hebe ich beschwichtigend die Hände. »Mache ich nicht, glaube mir. Mich würde es selbst interessieren.« Früher habe ich die Geschichten meiner Oma geliebt. Gebannt saß ich auf dem Boden vor ihrem Sessel, den Kopf auf den Knien abgestützt, manchmal mit einem Glas eiskalten Kakao neben mir. Jede einzelne ihrer Geschichten habe ich geliebt. Sie waren spannend, humorvoll und tiefgründig. Letztendlich waren sie jedoch genau das: Geschichten. Wer weiß, ob es Arctilia wirklich gegeben hat. Laut den Legenden ist sie die Mutter unserer Blutlinie, eine von sieben Schwestern.

»Wieso forscht denn keiner von deinen Nixenkollegen daran? Ihr sitzt immerhin an der Quelle.«

»Weil-«, setze ich an, doch er unterbricht mich sofort wieder.

»Vergiss es, dumme Frage. Die Gesetze.«

»Die Gesetze«, stimme ich zu. »Außerdem gibt es genug Menschen, die Dinosaurier erforschen, ohne dass sie Dinosaurier sind.«

Cameron schnaubt amüsiert. »Das wäre schlecht möglich, Hippie.«

»Das ist der Punkt. Man muss nicht Teil einer Gruppe sein, um sie zu erforschen. Die Nachfahren von Caesar, Cleopatra und sämtlichen historischen Menschen turnen mit Sicherheit irgendwo herum. Oder den einfachen Bauern der Antike. Alles wird erforscht, außer Meerjungfrauen.«

»Wir stoßen den Gedanken mal an«, sagt Cameron nachdenklich. Bei diesem Thema könnte ich mich wirklich in Rage reden. Jeder, die beiden hier eingeschlossen, möchte um jeden Preis mehr über uns erfahren, möchte an uns forschen, uns gefangen nehmen. Dabei wäre der erste, viel einfachere Schritt, die Vergangenheit und unsere Fußabdrücke zu untersuchen.

»Von den sieben Urmeerjungfrauen habt ihr sicherlich gehört.«

Cameron nickt. »Natürlich. Sieben Urmeerjungfrauen für die sieben Weltmeere.«

»Genau. Ich glaube, ich muss euch nicht sagen, dass es der Stein an dem Armband ist, der mir hilft, mich zu verwandeln, und nicht das Armband selbst, oder?« Damit sie verstehen, was ich meine, halte ich ihnen meine Hand hin. »Und wahrscheinlich habt ihr längst herausgefunden, dass es ein Mondstein ist. Allerdings nicht irgendein Mondstein. Er wird seit Generationen in unserer Familie weitergegeben.«

»Und was ist daran besonders?« Sanft, beinahe vorsichtig greift Cam nach meiner Hand, um den Stein genauer zu betrachten. »Außer, dass es ein Familienerbstück ist, natürlich.«

Unsicher sehe ich zu ihm und beiße mir auf die Unterlippe. »Bitte, nimm es mir nicht übel, das möchte ich nicht erzählen. Er stammt von einem besonderen Ort, und ich möchte nicht, dass ihr ihn wegen eurer Wissenschaft tottrampelt. Das könnte unsere gesamte Existenz gefährden.« Allein die Vorstellung, dass man die kleine Höhle in Norwegen deswegen zerstört, bricht mir das Herz. Sollen sie ruhig die Gegenden besuchen, wo wir den Erzählungen nach herstammen. Bloß nicht diese Höhle.

Ganz zu meiner Überraschung schüttelt Cameron den Kopf und hebt meine Hand hoch, um einen Kuss auf meinen Handrücken zu hauchen. »Keine Sorge. Das wollen wir gar nicht wissen«, erklärt er, und Zaiden nickt zustimmend. »Das gehört nicht zu unserer Forschung. Es reicht zu wissen, dass es nicht irgendein Kristall ist, den du brauchst, um dich zu verwandeln, sondern ein ganz bestimmter. Ich bin nur neugierig.«

»Danke.« Erleichtert atme ich durch. »Eigentlich unterstützt er die Verwandlung bloß. In meiner Generation schaffen es die wenigsten aus eigener Kraft. Dafür verwandeln wir uns zu selten. Im Grunde geht das auch ohne Stein. Ich weiß eben nur nicht wie«, erkläre ich schulterzuckend.

»Ach?« Nun richtet Zaiden sich auf. Die Schaukel ächzt unter seiner Bewegung und fängt an, hin und her zu schwingen.

»Ach«, erwidere ich nickend. »Das liegt wohl daran, dass ich niemanden hatte, der es mir vernünftig gezeigt hat. Es wäre einfacher gewesen, wäre meine Mutter oder meine Oma eine Meerjungfrau gewesen.«

»Gut möglich.« Er sieht mich nachdenklich an. »Möglicherweise liefert unsere Forschung ja Ergebnisse, die dir dabei helfen.«

Schulterzuckend wende ich den Blick ab. »Kann sein.« Mehr möchte ich dazu nicht sagen. Diese Forschung ist nichts, womit ich etwas zu tun habe. Das klingt bestimmt komisch, und es ist gut möglich, dass das an meiner angeknacksten Psyche liegt, schließlich bin ich nicht bloß Teil der Forschung. Ich *bin* die Forschung, oder vielmehr gesagt ihr Versuchsobjekt. Doch genau deswegen möchte ich es einfach nur verdrängen.

»Wir sollten das Thema wechseln.«

Dankbar lege ich meinen Kopf auf seine Schulter. Bei dem Gedanken, sie nie wieder zu sehen, sobald das hier vorbei ist, zieht sich mein Herz schmerzvoll zusammen. Denn es wäre komisch, wenn ich das tun würde. Eigentlich sollte ich sie sogar anzeigen, sie vor Gericht bringen, wegen Freiheitsberaubung. Leider glaube ich nicht, dass ich das kann. Es ist mir egal, ob es ein Zeichen von Schwäche ist oder ich dafür eingewiesen werde. Bei den beiden fühle ich mich wohl. Mich interessiert es nicht, was die gesellschaftlichen Normen mir vorschreiben. Gut möglich, dass ich es bei einem Perspektivenwechsel anders sehe. Wenn ich mit Zoe darüber rede und mir von ihr einen Therapeuten aufschwatzen lasse. Mit etwas Abstand ist es bestimmt ganz anders, aber jetzt möchte ich darüber nicht einmal nachdenken.

»Wir sollten langsam zurück.« Zaiden schwingt sich elegant aus der Schaukel und schubst sie dadurch kräftig an. Cameron steht ebenfalls auf, nachdem ich meinen Kopf von seiner Schulter gelöst habe.

Grinsend strecke ich meine Arme nach ihm aus. »Ich glaube, meine Beine können mich nicht tragen.« Ich verziehe meine Lippen zu einem perfekten Schmollmund, der ihn seufzen lässt.

»Ist anstrengend, von zwei Typen gevögelt zu werden, hm?« Zwinkernd geht er mit dem Rücken zu mir gewandt in die Hocke. »Na dann, spring hoch.«

Das lasse ich mir nicht zweimal sagen. Sofort schlinge ich meine Beine um seine Hüfte und halte mich mit den Händen an seinen Schultern fest. Seine eigenen Hände legt er auf meinen Hintern, zwickt tatsächlich einmal zu.

»Ey.« Quietschend zucke ich zusammen und drücke mich dadurch enger an ihn.

Lachend schüttelt er den Kopf. »Sorry, das wollte ich mir nicht nehmen lassen, Nixe.«

»Jaja«, entgegne ich verärgert und lege meinen Kopf auf seinen. Wieso müssen meine Entführer nur solche Charmeure sein? Ich befürchte, ich bin dabei, mich zu verlieben, und das ist nicht gut. Das darf nicht passieren, und doch merke ich, wie ich immer weiter abrutsche, mich in ihnen verliere. Man kann sein Herz eben nicht aufhalten, egal, wie sehr man es versucht.

Kapitel 23

Cameron

Tick.

Tack.

Tick.

Tack.

Kann eine Uhr einen wirklich auf eine derart unverschämte Weise verhöhnen, wie dieses hässliche Ding es gerade tut?

Die vergangenen Wochen sind wie im Flug vergangen. Unser Leben bestand fast nur aus Forschung, Essen und Schlaf. Wir hatten kaum Zeit, um über etwas anderes nachzudenken, und jetzt prasselt alles auf einmal auf einen ein. Die Maschinen müssen mindestens bis morgen Abend arbeiten. Das sind die letzten Proben, die wir genommen haben, die letzten Ergebnisse, die uns fehlen, bevor es an die Auswertung geht.

Seufzend lehne ich mich zurück und beobachte Nyx, die sich schlafend auf meinem Stuhl zusammengerollt hat. Vier

Monate lebt sie bereits in diesem Labor, und es wird langsam Zeit, sie gehen zu lassen. Es gibt keinen Grund, sie länger hierzubehalten. Wir werden keine weiteren Proben mehr nehmen müssen. Sie sitzt seit über einem Monat nur noch hier herum, wird von Tag zu Tag verrückter. Und nerviger. Deutlich nerviger, nur kann ich ihr das schlecht übelnehmen. Mir würde es ähnlich gehen.

»Worüber denkst du wieder nach?« Zaiden stellt die Tüte vom Getränkemarkt auf den Tisch und zieht seine Jacke aus.

»Wir sollten sie bald gehen lassen, Zain. Sie war lange genug hier«, antworte ich. Er weiß, dass ich darüber seit Tagen nachdenke, vielleicht sogar seit mehreren Wochen. »Wir haben alles, was wir brauchen. Sie sitzt hier unnötig ihre Zeit ab.«

Seufzend verdreht er die Augen und räumt die Dosen aus der Tüte. »Das machen wir, sobald die letzten Ergebnisse handfest sind.«

»Das sagst du schon die ganze Zeit«, flüstere ich, um Anouk nicht zu wecken. »Das sind sie, Zain. Wir haben genug, mehr als genug.« Dieses Thema macht mich rasend. Dass er mit solch gutem Gewissen weitermachen kann, obwohl sie ihm ans Herz gewachsen ist. Ich bin an einem Punkt angekommen, an dem ich sogar gegen die Gesetze vorgehen würde, nur um Anouk zu schützen. Ein Wunschdenken, es wäre immerhin nicht nur unsere Regierung, gegen die man sich stellen müsste oder gegen den fucking Präsidenten, sondern gegen die gesamte Welt. Unmöglich.

Er zuckt mit den Schultern. »Ja und? Wir sind noch nicht fertig.« Er stellt alle Dosen, bis auf eine, in den kleinen Kühlschrank in der Ecke des Raumes. »Auf die paar Tage kommt es nicht mehr an.«

»Ach nein? Sieh sie dir an. Sie schläft nachts wenig, vor

allem, wenn sie hier allein ist. Wann hast du sie das letzte Mal ruhig schlafen gesehen?«

Er erwidert nichts, weil wir die Antwort beide kennen. Die dunklen Ringe sind da und lassen sich nicht verstecken. Sie hockt in ihre Decke gekuschelt auf dem Stuhl, das Gesicht in die vielen Lagen Stoff gehüllt. Sie ist vollkommen erschöpft, und der Sex – zugegeben, der verdammt gute Sex – macht es nicht besser.

»Wir können sie nicht gehen lassen«, beharrt Zain weiterhin. Er sieht mich an, ohne jegliche Gefühlsregung in seinem Gesicht.

»Ist sie dir wirklich so egal? Das kauf ich dir nicht ab, Zain.«

Zaiden atmet hörbar ein und trinkt ein, zwei, drei große Schlucke, bevor er mich ansieht. »Wenn wir sie jetzt gehen lassen, sehen wir sie nie wieder, Cam.«

Autsch.

Nun bin ich derjenige, der tief durchatmen muss. Denn er hat recht. Er hat verdammt nochmal recht. Diesen Gedanken habe ich versucht zu verdrängen, habe mir eingeredet, dass diese Gefühle auch das Danach überstehen können. Nur ist die Realität eine andere. Es wird kein Danach geben, kein Wir, kein Uns.

»Und du meinst, wenn wir sie hier einsperren, wird es besser?« Ich blicke zwischen Zain und Nyx hin und her, raufe mir die Haare. »Sie hasst uns mit jedem Tag mehr.«

»Dann soll sie uns hassen«, haucht er. Der Schmerz in seinen Augen ist nicht zu übersehen. »Das würde es für sie leichter machen. Lass mich dieses bisschen Egoismus bitte behalten. Nur für wenige Tage.«

Wir wissen beide, dass wir nicht nur hiermit egoistisch handeln. Das haben wir die letzten vier Monate getan. Sie hat all das nicht verdient, trotzdem stimme ich seiner Bitte zu.

»Übermorgen, Zain.«

Er nickt widerwillig. »Übermorgen.« Obwohl er nicht unbedingt überzeugt klingt, lasse ich es so stehen. Es bringt nichts, darüber zu diskutieren. Außerdem wäre es Zeitverschwendung. Das sind die letzten Stunden mit Nyx, und so sehr der Gedanke daran auch schmerzt, ist es die richtige Entscheidung.

Frustriert stehe ich auf und hole mir einen Energydrink aus dem Kühlschrank. Da ich selbst die letzten Nächte kaum geschlafen habe, brauche ich eine Dosis Koffein. Vermutlich hat es längst keine Wirkung mehr auf meinen Körper, angesichts der Menge, die ich von dem Zeug aus aktuellem Anlass trinke. Mein Herz dankt es mir mit Sicherheit, wenn die intensive Phase der Forschung vorbei ist.

»Was ist los?« Grummelnd schält der kleine Hippie sich aus der Decke, sieht mit verschlafenem Blick zu mir. Sie gähnt ausgiebig und streckt sich einmal, was zugegeben verdammt niedlich aussieht. Wer hätte gedacht, dass ich so etwas mal über eine Frau denke. Sonst musste sie vor allem eins sein – heiß. Dass es ausgerechnet die Kombination aus beidem ist, die mir den Kopf verdreht, hätte ich nicht erwartet. Doch Anouk ist genau das und so viel mehr. All das könnte ich haben, wäre ich kein verdammter Idiot.

»Es ist alles gut«, versichere ich. »Sorry, wir wollten dich nicht wecken.« Entschuldigend sehe ich sie an und hole eine koffeinfreie Cola aus dem Kühlschrank.

Dankbar nimmt sie diese entgegen und öffnet sie mit einem Zischen. »Habt ihr nicht«, erwidert sie kopfschüttelnd. »Ich habe euch gehört.«

Natürlich hat sie das. Sie sitzt direkt neben uns. Da können wir uns gar nicht leise genug unterhalten. Es wäre ein Wunder gewesen, hätte sie das verschlafen. Eine weitere total egoistische Aktion also, denn den Schlaf braucht sie dringend.

»Oh.« Zaiden lehnt sich nach vorne. »Dann weißt du ja, dass du bald gehen darfst.«

Sie beißt sich unsicher auf die Unterlippe. »Ja«, haucht sie zögernd.

»Das klingt nicht sehr begeistert.« Ich ziehe eine Augenbraue hoch, immerhin möchte sie gehen. Das sagt sie fast täglich. Erst heute Morgen standen ihr deswegen wieder Tränen in den Augen. Sie sollte daher Luftsprünge vor Freude machen.

»Doch«, wirft sie ein. »Wirklich. Nur habt ihr recht. Egal, wie verrückt das klingt, ich möchte nicht, dass es das war.« Sie schließt die Augen, scheint sich sammeln zu müssen. »Zoe wird mir ordentlich den Kopf waschen, wenn ich ihr von all dem erzähle, aber ich möchte euch hiernach wiedersehen. Ihr könntet mich auf ein richtiges Date einladen und wir fangen nochmal von vorne an?« Sie schüttelt seufzend den Kopf. »Ihr müsst mich für verrückt halten.«

Meine Mundwinkel zucken erleichtert nach oben, ich kann mir ein Grinsen gerade verkneifen. Das wäre eher unangebracht. »Ein bisschen vielleicht. Aber dann sind wir alle verrückt.«

Zaiden zieht nachdenklich die Augenbraue hoch. »Wir drei? So nett das auch klingt, das funktioniert nicht, Nixe. Ich bin nicht schwul.«

»Bist du nicht?« Anouk kichert leise. »Ich verlange nicht von dir, dass du Cam ... naja, mit ihm schläfst oder so was. Nur will ich mich nicht entscheiden. Ist es falsch, dass ich euch beide will?«

Zaiden grummelt genervt. »Manchmal muss man Entscheidungen im Leben treffen.«

»Stimmt. Manchmal muss man das und manchmal eben nicht. Um deine Frage zu beantworten, Hippie, nein, es ist nicht falsch, dass du uns beide willst.« Ob sie noch so denkt, wenn sie hier erst einmal heraus ist, steht wohl in den Sternen, aber per se spricht nichts dagegen. Es gibt genug polyamore Pärchen, bei denen das ganz wunderbar funktioniert.

»Außerdem wäre es nicht anders. Die letzten Tage hat das in meinen Augen gut geklappt.«

»Schön«, seufzt Zaiden. »Was man nicht alles für eine Frau tut«, nuschelt er leise vor sich hin.

»Eine Frau?« Anouk zieht empört die Augenbraue hoch.

»Unsere Frau«, korrigiert er direkt mit einem Schmunzeln auf den Lippen. »Unsere verflucht fordernde Frau.«

Zufrieden lehnt Anouk sich zurück. »Das kann ich nicht abstreiten.« Sie kuschelt sich in ihre Decke und ich nutze die Gelegenheit, sie auf ihrem Schreibtischstuhl zu mir zu ziehen.

Sanft sehe ich sie an und schenke ihr ein Lächeln. Ihre Augen sind geweitet, die Pupillen schlucken fast ihr gesamtes Blau. »Und ich würde mich freuen, dich auf ein Date einzuladen. Ein richtig edles, mit schickem Restaurant, Topgolf und allem, was dazu gehört. Natürlich in einem wunderschönen langen Kleid zusammen mit den braunen Sandalen, die du auf der Party anhattest. Wie klingt das?« Mit jedem Wort nehmen ihre Wangen an Farbe zu, werden tiefrot.

Ihr Blick huscht zu Zaiden, bevor sie mich wieder ansieht. »Absolut perfekt. Nur kann ich nicht golfen«, gesteht sie und bringt uns beide damit zum Lachen.

»Ich auch nicht, Nixe. Glaube mir, das wird eine Katastrophe.«

»Hm, wenn wir da alle mit null Treffern rausgehen, kann ich damit leben.« Vorsichtig löst sie ihre Beine aus der verschränkten Position und kommt auf meinen Schoß getapst.

Ich sauge die Wärme, die dieser zierliche Mensch versprüht, in mir auf und schlinge meine Arme um sie. Ihre Arme hingegen streckt sie nach Zain aus. »Komm her«, haucht sie.

Er zögert einen Moment, bevor er ihrer Bitte folgt und sich auf den Stuhl sinken lässt, auf dem Anouk eben noch gesessen hat.

»So pflegebedürftig?«, scherzt er und nimmt ihre Hand in seine. Er führt sie zu seinen Lippen um einen Kuss auf ihren Handrücken zu hauchen.

»Ein bisschen?« Grinsend zuckt sie mit den Schultern und legt ihren Kopf auf meiner Schulter ab.

»Wir bekommen das alles hin, versprochen.« Ich drücke meine Lippen auf ihren Scheitel, sauge ihren Duft in mich auf.

Keine Ahnung, wie wir das hinbekommen. Die Zeit wird zeigen, ob das, was wir in diesem Labor haben, im richtigen Leben eine Zukunft hat. Das ist allein Anouks Entscheidung. An ihrer Stelle würde ich Zain und mir keine zweite Chance geben, die haben wir nämlich nicht verdient. Nicht sie ist das Tier in dieser Konstellation, sondern wir. Wir sind gottverdammte Monster, und so sehr ich mir diese Zukunft wünsche, ich halte es für unwahrscheinlich, sie jemals in einem Kleid zu sehen. Weil wir das nicht verdient haben. Weil wir *sie* nicht verdient haben.

Kapitel 24

Zaiden

Tick.

Tack.

Tick.

Tack.

Noch nie habe ich mich von einer Uhr dermaßen ausgelacht gefühlt. Mit jedem Ticken des Zeigers nähert sich der Mittwochabend, und die Zeit zieht sich wie Kaugummi. Je mehr ich über all das nachdenke, desto größer werden die Zweifel. Ich möchte es einfach hinter mich bringen. Das hat sie nicht verdient.

Frustriert lasse ich den Nacken kreisen. Meine Gedanken sind überall, außer bei der Arbeit. Vor allem bei Anouk. Sie zählt die Minuten, bis sie endlich gehen darf. Ihre Freiheit ist zum Greifen nah und damit unser Ende. Es wird kein Wiedersehen geben, wenn wir sie gehen lassen. Sie wird zur Besinnung kommen und falls Cam und ich schlau sind, kappen wir von uns aus den Kontakt. Es wäre für alle das Beste.

Kopfschüttelnd schließe ich den Laptop und gehe in den hinteren Teil des Labors zu den Schildkröten. Ich habe viel zu lange auf den Bildschirm geschaut, brauche dringend eine Pause. Wie oft ich mir die Worte und Zahlen durchgelesen habe, ohne sie zu verstehen. Mein Kopf ist einfach nicht bei der Sache.

Mittlerweile informiere ich mich viel über die Gesetze und die Rechtsprechungen der letzten Jahre. Leider ohne großartigen Erfolg. Es ist, als würde sich niemand dazu äußern, und ich kann es nachvollziehen. Bisher waren Meerjungfrauen für mich zu weit weg. Ich habe nie darüber nachgedacht. So geht es wohl vielen. Jetzt sehe ich das jedoch anders. Menschenrechtlich sind die ganzen Paragraphen das Allerletzte. Trotzdem haben wir sie für unsere Zwecke ausgenutzt und tun es noch immer. Anouk steht keine zehn Meter von mir entfernt.

Ein leises Plätschern reißt mich aus meinen Gedanken, gefolgt vom Rauschen des Wassers. Anouk kümmert sich mal wieder darum, dass die Schildkröten bald fröhlich durchs Wasser kugeln. Sie stürzen sich auf den Apfel, dabei haben sie erst vor wenigen Minuten gegessen.

Ein weiteres Platschen ist zu hören, und ich drehe mich zu Anouk, die ein weiteres Stück hineinwirft. »Das wird ein richtiges Trauerspiel, sobald du nicht mehr hier bist.«

Seitdem sie weiß, dass sie bald gehen darf, haben ihre Augen diesen besonderen Glanz an sich, der sie noch schöner wirken lässt. Das Blau wirkt beinahe wie das Meer, lebendig, rauschend. Es passt zu ihr. Genau wie die dezente Röte, die bei meinen Worten dazukommt. Sie rundet das Bild perfekt ab.

»Wieso? Weil ihr euch schlecht um eure *Versuchsobjekte* kümmert?« Mit hochgezogener Augenbraue mustert sie mich, betont das Wort Versuchsobjekte besonders provokant. Sie nimmt es mit Humor, was ich niemals erwartet hätte. Immerhin gehört sie dazu. Für uns war sie nichts anderes als ein Versuchsobjekt.

Ich trete auf Anouk zu und nehme ein Stück Apfel vom Teller. »Weil du sie verwöhnst, Nixe«, erwidere ich und lasse es ins Wasser fallen. »Vor allem verwöhnst du nur die Schildkröten und sonst niemanden.«

Anouk stemmt ihre Hände in die Hüften. »Weil die Schildkröten am niedlichsten sind. Sie spielen mit dem Obst.« Im Augenwinkel registriere ich ihren empörten Blick. Bei jeder anderen Frau fände ich das kindisch, gar albern, nur nicht bei Anouk.

»Woher weißt du denn, dass Fische nicht mit ihrem Essen spielen? Ich meine, du hast es nie getestet.«

»Was?« Sie schüttelt den Kopf. »Weil du mir das nicht erzählt hast. Und weil Schildkröten generell auch niedlich sind«, fügt sie hinzu.

»Ich dachte, du wolltest selbst mal Meeresbiologin werden. Müsstest du da nicht besser informiert sein?«

Schulterzuckend wendet sie sich wieder von mir ab und isst eines der Apfelstücke. Sie will gerade zu einer Antwort ansetzen, da wird die Tür zum Labor aufgerissen. Cameron stürmt herein und sieht sich gehetzt um, bevor er die Tür absperrt.

»Alter, hast du einen Geist gesehen? Was ist los?«

»Keinen Geist.« Er schüttelt den Kopf. »Aber die Polizei. Sie schauen sich in jedem Labor um.« Sein Blick gleitet zu Anouk. »Du musst ins Becken. Sofort.«

»Was?« Irritiert zieht sie eine Augenbraue hoch. »Nein, muss ich nicht.«

»Doch«, übernehme ich das Antworten für Cameron. »Nixe, du bist seit über vier Monaten verschwunden. Wenn du hier jetzt als Mensch herumturnst, hätten wir alle ein Problem, verstehst du?«

»Wieso? Ich bin freiwillig hier.« Voller Überzeugung verschränkt sie die Arme vor der Brust.

Es ist mir ein Rätsel, was in ihrem Köpfchen vorgeht. Sie ist nicht freiwillig hier. Das weiß sie, das wissen wir, und das weiß mit Sicherheit auch die Polizei. Es gibt genug Fälle, in denen eine entführte Person dank Gehirnwäsche überzeugt davon ist, die Liebe ihres Lebens gefunden zu haben. Die Polizei wird ihr daher nicht glauben, wenn Anouk sagt, sie ist aus freien Stücken hier. Und ich glaube es, um ehrlich zu sein, selbst nicht. Würde ich das tun, wäre ich vollkommen desillusioniert.

Ich trete einen Schritt auf sie zu, will mich gerade vor ihr aufbauen, um ihr den Ernst der Lage zu verdeutlichen, da stellt Cam sich vor mich. Er umgreift Anouks Gesicht. »Hippie«, sagt er mit Nachdruck und haucht einen liebevollen Kuss auf ihre Lippen. »Willst du uns im Gefängnis besuchen?«

Sorge tritt in ihre Augen, und sie schüttelt direkt den Kopf. »Nein, wieso denn?«

Für einen kurzen Moment schließe ich die Augen. Cameron hat für all den Scheiß deutlich mehr Feingefühl. Ich habe ihr Angst gemacht, er weckt in ihr Sorge. Das ist der richtige Weg bei ihr. Ich bin kein Beziehungsmensch. Das war ich noch nie, und das werde ich nie sein. Auch Anouk wird das nicht ändern.

»Weil wir genau da landen, wenn sie dich hier als Mensch sehen. Da ist es egal, was du ihnen sagst, Baby. Du wirst vermisst, schon vergessen?« Camerons Stimme ist liebevoll und ruhig. Das könnte ich niemals. Ich wäre schon dreimal ausgeflippt. Eigentlich ist diese Frau doch intelligent und genau jetzt mal nicht? Unglaublich.

»Nein. Das habe ich nicht vergessen.« Sie seufzt.

»Morgen darfst du gehen. Und wenn wir alles nach Plan machen, stehst du die nächsten fünf bis zehn Jahre nicht ohne Orgasmus da. Wie klingt das?«

»Zain.« Empört sieht sie mich an, schluckt hörbar. Ihr Gesicht läuft hochrot an und entlockt mir dadurch ein Lachen.

»Nur die Wahrheit, Nixe. Im Gefängnis können wir schlecht weitermachen.«

Dass ich uns hier alle anlüge, versuche ich zu verdrängen. Es wird kein Danach geben. Ob Gefängnis oder nicht. Trotzdem werde ich nicht im Knast landen, nur weil sie sich zu sehr an unsere nette Seite gewöhnt hat. Sie muss genau jetzt in dieses verfickte Becken zurück. Am besten ohne eine Diskussion.

»Ich möchte nicht ins Wasser.« Sie weicht einen Schritt zurück und schüttelt Camerons Hände ab.

»Anouk.« Langsam verliere ich meine kaum vorhandene Geduld.

»Zaiden«, kontert sie aufgebracht und sieht mich herausfordernd an. Diese Frau ist unverbesserlich.

Schmunzelnd schüttle ich den Kopf und überbrücke die zwei Meter zwischen uns schneller, als sie gucken kann. Ich greife den Bund ihres Shirts, und obwohl sie sich dagegen wehrt, stellt es keine Herausforderung dar, sie davon zu befreien.

»Hör auf.« Sofort bedeckt sie ihre nackte Brust mit ihrem Arm.

»Das ist doch nichts, was wir nicht kennen«, sage ich trocken und mustere sie. Selbst in einem schlabbrigen Shirt und viel zu großen Jogginghosen sieht sie verflucht heiß aus. Trotzdem würde ich lügen, würde ich sagen, dass sie mir nackt nicht am besten gefällt. Schließlich bin ich lediglich ein Kerl mit Bedürfnissen. »Also. Ziehst du die Hose selbst aus, oder muss ich damit auch helfen?«

»Das bekomme ich allein hin.« Sie funkelt mich wütend an und zieht sich merklich widerwillig aus. Dabei lässt sie mich nicht aus den Augen, straft mich beinahe mit ihrem Blick.

»Schau nicht so. Das gibt Falten.« Ein Spruch, den meine Mutter damals immer gegenüber meiner Schwester an den Tag gelegt hat. Sie hatte eine besonders extreme Trotzphase. Anouk dagegen ist bestimmt ein Zuckerschlecken.

»Wichser.« Jetzt macht sie keine Anstalten mehr, sich zu verstecken. Sie steht mit einem solchen Selbstbewusstsein vor mir, dass ich direkt lächeln muss.

»Wir wissen beide, dass ich das nicht nötig habe, Nixe.« Ich packe sie bestimmend an den Hüften, ziehe sie näher zu mir. Ihr Atem streift meinen, und ich sehe zu ihr herunter. Sanft streiche ich eine ihrer blonden Locken aus ihrem Gesicht.

»Sicher, dass du mich in diesem Becken sehen möchtest? Auf dir wäre ich viel schöner, meinst du nicht?« Sie klimpert herausfordernd mit den Wimpern. Mein Schwanz springt auf ihre Worte an, und ich drücke meine Hand schmerzhaft auf meinen Schritt. Falscher Zeitpunkt.

»Dafür haben wir morgen ausreichend Zeit.« Ich male mir aus, was ich mit dieser Frau alles anstellen könnte. Eine Schande, dass wir dazu keine Zeit mehr haben.

»Wir wissen beide, dass dein Kopf anderer Meinung ist.« Provokant legt sie ihre Hand auf meine Beule. Sie weiß, welche Wirkung sie auf mich hat, aber ich mache auch kein Geheimnis daraus. Diese Frau ist einfach eine Granate.

»Verlockend«, knurre ich und beuge mich zu ihr herunter. Sanft beiße ich ihr in die Unterlippe, hauche einen zarten Kuss auf ihren Mund. »Aber ich muss passen.«

»Arsch«, grummelt sie. »Hätte ja klappen können.«

Cameron nickt zufrieden. »Gut. Für weitere Shows haben wir keine Zeit.«

»Zack, zack.« Auf dem Weg zur Treppe kann ich mir einen Klaps auf Anouks perfekt geformten Arsch nicht nehmen lassen. Dafür wackelt sie viel zu provokant damit, und das erschrockene Quieken ist Musik in meinen Ohren. »Verzeih mir, ich konnte nicht anders.«

»Arsch«, zischt sie amüsiert und steigt in das Becken. Den Moment, in dem sie untertaucht, um sich zu verwandeln, nutze ich und verschließe das Gitter.

»Es muss echt aussehen«, erkläre ich auf ihren fragenden Blick und nehme ihr das Armband ab. »Keine Sorge. Morgen früh bekommst du es wieder. Dann musst nie wieder in dieses Becken.« Dieses Versprechen kommt mir mit solch einer Leichtigkeit über die Lippen, dass ich mich beinahe vor mir selbst erschrecke. Es ist eine Lüge. Aber eine Notlüge. Sie soll die Nacht hier ohne Angst verbringen können.

»Damit ist alles bereit«, sage ich zu Cameron und klettere die Treppe herunter. Vor dem Becken bleibe ich stehen. Anouk soll nicht denken, dass ich sie und ihr böses Funkeln ignoriere.

»Alles bereit.« Genau in dem Moment klopft es an der Tür. »Alles richtig gemacht.« Cameron sieht erleichtert zu Anouk und setzt sich an seinen Schreibtisch. »Showtime.«

Damit bin ich derjenige, der die Tür öffnet. Drei Polizisten stehen dahinter, die ich freundlich begrüße.

»Hallo, Officers. Wie kann ich Ihnen helfen?«

»Guten Abend.« Einer der Polizisten tritt vor. »Entschuldigen Sie die Störung. Ich bin Officer Mike Daniels, das sind meine Kollegen Tamara Fuentes und Sean Frey. Wahrscheinlich haben Sie bereits mitbekommen, dass wir aktuell jedes Labor inspizieren? Anweisung von Ihrem Vermieter.« Er hält mir den Beschluss hin und ich überfliege ihn kurz. Etwas dagegen unternehmen kann ich zwar nicht, aber es ist bestimmt hilfreich, interessiert zu wirken.

»Natürlich. Kommen Sie rein.« Ich trete zur Seite, um sie ins Labor zu lassen.

Cameron sieht von seinen Unterlagen auf. »Guten Abend.« Er schenkt den Männern ein warmes Lächeln. Das hat er perfekt drauf. »Gibt es denn einen genauen Grund für Ihren Besuch?«

»Reine Routine«, kommt es von Mr. Frey.

Wer es glaubt. »Alles klar. Sehen Sie sich ruhig um.«

»Danke. Das werden wir.«

Entspannt lehne ich mich an meinen Schreibtisch und beobachte sie. Es dauert keine zwei Minuten, da hat Mrs. Fuentes das Becken entdeckt.

Erschrocken keucht sie auf. »Was zum?«

Ihre Kollegen folgen ihrem Blick und auf allen drei Gesichtern spiegelt sich ein ähnlicher Schock wider. Es ist amüsant zu beobachten, die Reaktion ist immerhin vollkommen verständlich. Sie haben in den anderen Laboren bestimmt Millionen langweiliger Fische, Amphibien und Säugetiere gefunden, allerdings keine Meerjungfrau.

»Sie ist wunderschön, nicht wahr?« Cameron geht zu ihnen.

»Das ist sie«, stimmt Officer Daniels zu und räuspert sich.

Die beiden anderen scheren aus und sehen sich um. Ein Glück, dass wir ihr keine vernünftige Unterwäsche besorgt haben. Das hätte uns echt zum Verhängnis werden können. Eine Matratze und Wechselklamotten, um unseren edlen Fang rund um die Uhr beobachten zu können, lässt sich Gott sei Dank gut erklären.

»Wann haben Sie mit der Forschung an Miss Thompson angefangen?« Mrs. Fuentes holt einen Block heraus. Währenddessen öffnen ihre Kollegen jede Schublade, jeden Schrank. Sie schauen sich in jeder Ecke um und ich knirsche mit den Zähnen, weil wir nichts dagegen tun können.

»Das dürfte Mitte Mai gewesen sein.«

»Dürfte? Haben Sie kein genaues Datum für mich?«

»Lassen Sie mich kurz nachschauen.« Natürlich kenne ich das genaue Datum. Ich weiß nicht einmal, wieso ich ihr das nicht einfach sage. »Das war der siebzehnte Mai.«

Zufrieden notiert sie sich das Datum. »Gut. Aus welchem Grund ist sie hier?«

»Wir erforschen Meerestiere. Dazu gehört auch sie.« Mittlerweile hasse ich es, diese Worte in den Mund zu nehmen.

»Ihnen ist bewusst, dass es eine Vermisstenmeldung gibt?«, mischt sich ihr Kollege nun ein.

»Das wissen wir.« Cameron kommt zu uns, die Hände in den Hosentaschen vergraben. »Wir haben viel darüber gesprochen und abgewägt.«

»Und sind zu dem Entschluss gekommen, sie in dieses Becken zu sperren?«

»Zu dem Entschluss, dass unsere Forschung von Bedeutung ist«, verbessere ich sie. »Gerne zeige ich Ihnen all unsere Auflagen.« Mit schnellen Schritten gehe ich zu dem Aktenschrank und hole den Ordner mit allen wichtigen Dokumenten heraus. Sie sind feinsäuberlich sortiert, sodass Officer Daniels nicht lange braucht, um ihn durchzublättern. Ein Tier im Labor zu halten, ist mit den richtigen Auflagen komplett legal. Die Fische und Schildkröten sind alle angemeldet, die Versuche an ihnen laufen unter rechtlichen Auflagen. Für Meerjungfrauen gibt es diese eben nicht. Noch nicht. Ich bin mir sicher, dass es sich schnell ändern wird, wenn herauskommt, was wir hier mit Anouk machen. Doch morgen ist sie weg und wir können uns guten Gewissens um die Ergebnisse sowie die Dissertation kümmern.

»Okay.« Mrs. Fuentes beobachtet Anouk in ihrem Becken. »Da können wir nichts tun. Ich hoffe bloß, Sie wissen, was Sie diesem Mädchen antun.« Sie schüttelt den Kopf. »Wir geben Bescheid, dass sie lebt. Damit zumindest ihre Familie Bescheid weiß.«

Sie hat keine Familie. Den Gedanken behalte ich für mich. Mein schlechtes Gewissen schmälert es nämlich kein Stück. Sie hat zwar keine Familie mehr, dafür Freunde, die sie suchen.

Daher nicke ich nur.

Cameron hingegen zeigt keinerlei Reaktion.

»Einen angenehmen Abend.« Mit diesen Worten verabschiede ich die drei und schließe die Tür zum Labor. Ihre Schritte entfernen sich von unserer Tür und ich atme erleichtert aus. Damit fällt mir ein riesiger Stein vom Herzen. Das hätte echt in die Hose gehen können.

Cameron seufzt. »Dafür, dass wir kein bisschen vorbereitet waren, lief das gut.«

»Meinst du, sie kommen noch mal wieder mit dem Beschluss, unsere Ergebnisse einsacken zu dürfen?«

»Keine Ahnung.« Er zuckt mit den Schultern. »Wir sollten Sicherheitskopien machen. Nur für den Notfall.« Er geht zu seinem Laptop und sucht alles Wichtige zusammen. Ein Hoch auf die Elektronik. Keine Zettelwirtschaft, keine unnötigen Unterlagen. Alles sicher auf unseren Laptops und der externen Festplatte. Morgen werde ich noch eine zweite besorgen. Man weiß ja nie.

»Gut. Dann machen wir das direkt.« Kurz sehe ich zu Anouk. Es ist das erste Mal, dass ich sie ansehe, seitdem die Polizisten hier reingeschneit sind. Ich habe ihr verzweifeltes Klopfen gehört, das Platschen des Wassers, und konnte es nicht ertragen. Das hier ist schon lange nicht mehr nur unser Job, das wissen wir beide. Wir sind emotional, verweichlicht, und es ist gut, dass das hier endet.

»Wir sind morgen wieder da. Eine letzte Nacht in dem Becken, Hippie. Falls sie noch mal zurückkommen.« Cameron geht einen Schritt näher zu ihr, hat noch immer mindestens fünf Meter Abstand zum Becken. Auch er kann es nicht ertragen.

Verzweifelt schüttelt Anouk den Kopf und ich schlucke schwer. Ich bin viel zu sensibel geworden. »Bis morgen«, sage ich knapp.

Mit schwerem Herzen gehe ich nach Cameron durch die Tür. Den Schlüssel drehe ich erst zweimal nach rechts und dann zweimal nach links, ehe ich mein Handy zücke, um eine schnelle Nachricht zu verschicken.

Zaiden: Die Tür ist offen.

Kapitel 25

Anouk

Tick.

Tack.

Tick.

Tack.

Genau neunzehn Stunden und zwölf Minuten, bis ich gehen darf. Nur noch diese eine Nacht, dann bin ich frei. Die große Uhr über der Tür verrät es mir. Zumindest, wenn ich mit Camerons Angaben rechne. Mittwochabend um Mitternacht bringt er mich zurück. Das ist heute.

Ich habe fast vergessen, wie es sich anfühlt, und jetzt ist es greifbar nah. Nur, wo fange ich an, wenn es so weit ist? Gehe ich zu Zoe? Zur Polizei? Wurden meine Sachen dort abgegeben, oder hat sie jemand vom Strand geklaut? Was muss ich alles regeln? Hat die Uni mich rausgeschmissen, weil ich nicht mehr gezahlt habe? Wissen sie Bescheid? Gelte ich als tot? Es gibt Unmengen an Dingen, über die ich mich nicht getraut habe, nachzudenken. Leider bleibt mir jetzt nichts anderes übrig, und der Gedanke daran bereitet mir bereits Kopfschmerzen.

Frustriert blicke ich mich im Labor um. Ich verstehe durchaus, wieso ich meine letzte Nacht hier in diesem Becken verbringen muss. Sie sollen nicht im Gefängnis landen. Das möchte ich nicht. Wieso genau, kann ich mir selbst nicht erklären. Verdient hätten sie das auf jeden Fall. Nicht nur Rick, nicht nur Zaiden oder Cameron, sondern sie alle. Doch ich ertrage diesen Gedanken nicht. Gut möglich, dass ich hier drin wirklich wahnsinnig geworden bin und meine Meinung ändere, sobald ich wieder Kontakt zur Außenwelt habe, zu Zoe und meinen Freunden. Bestimmt hilft meine beste Freundin mir dabei, das alles rationaler zu sehen und treibt mir Vernunft ein. Seit vier Monaten bin ich isoliert. Wie soll mein Kopf da bitte einen klaren Gedanken fassen?

Durch die Scheibe versuche ich, einen Blick auf die Schildkröten zu erhaschen. Sie stehen zwar viel zu weit weg und ich erkenne kaum etwas, aber sie lenken mich von all dem hier ab. Gestern konnte ich einfach zu ihnen hingehen, weil ich mich frei bewegen durfte und jetzt bin ich wieder in diesem verfickten Becken. Ich kann nicht mehr. Hätten sie nicht bei mir bleiben können? Das haben sie sonst auch immer getan.

Ein leises, viel zu vertrautes Quietschen lässt mich aus meinen Gedanken hochschrecken. Nach all den Monaten haben sie die Tür noch immer nicht geölt. Gedanklich mache ich mich bereit, endlich aus dem Wasser herauszukommen. In den nächsten Monaten werde ich garantiert nicht mehr ins Meer gehen, so viel steht fest. Allerdings ist es weder Cameron noch Zaiden, der das Labor betritt.

Meine Augen weiten sich, als ich im Schein des Flurlichts Ricks Gestalt erkenne. Er ist es, der das Labor betritt, der das Licht anstellt und ohne weitere Begleitung in den Raum schreitet wie der König höchstpersönlich. Mit solch einem Selbstbewusstsein und solch einer Souveränität kommt er auf das Becken zu – mein Becken – und betrachtet mich für einige Minuten einfach. Mit jeder Sekunde schlägt mein Herz schneller, meine Gedanken überschlagen sich und ich hoffe, dass einer der Jungs bald nachkommt. Sie haben mir versprochen, mich nie wieder mit ihm allein zu lassen. Er darf das Labor nicht ohne sie betreten.

»Einen wunderschönen guten Morgen, meine kleine Goldgrube.« Ein kalter Schauer läuft mir beim Ton seiner Stimme und diesem Spitznamen über den Rücken. »Bereit für einen Tapetenwechsel?«

Sofort schüttle ich den Kopf, obwohl ich nicht verstehe, was er damit meint. Er hat keine Chance, mich aus diesem Becken zu holen, solange ich mich weigere. Es gibt keine Kette, an der er mich hochziehen kann, und ich bezweifle, dass er ins Wasser springt, um mich hochzuhieven. Das würde für ihn nicht gut gehen. Meine Flosse ist scharf, verflucht scharf. Um ihn damit zu verletzen, muss ich nicht stark sein. Das Vergnügen hatten wir auf dem Boot bereits miteinander. Das wird er kein zweites Mal riskieren. Niemals.

»Ich vergaß, du kannst ja nicht antworten.« Er lacht dreckig. »Und dabei wird es bleiben. Haben wir uns verstanden?«

Ich schnaufe tonlos und drücke mich enger in die Ecke. Mir bleiben nicht viele Methoden, mich zu behaupten, aber ich klammere mich an jede kleine Geste, jede Möglichkeit, so unbedeutend sie auch wirken mag. Ich bin mir sicher, Cameron und Zain werden gleich kommen. Das müssen sie einfach.

Rick wandert durchs Labor, wühlt durch Schubladen und Schränke, begutachtet sogar meinen Schlafplatz. Bei jeder dieser Bewegungen beobachte ich ihn genau, behalte gleichzeitig die Uhr im Auge.

»Dann wollen wir mal.« Er zückt etwas Glänzendes aus seiner Tasche, was ich nicht erkenne. Entspannt schlendert er zu meinem Becken, wirft das Teil dabei immer mal wieder in die Luft und fängt es auf. Erst, als er direkt an der Leiter zum Stehen kommt, realisiere ich, was es ist.

Nein. Nein. Nein.

Keuchend schüttle ich den Kopf, fixiere den Elektroschocker mit meinen Augen. Das kann er nicht tun. Nicht wieder.

»Du erinnerst dich«, stellt Rick mit einem zufriedenen Grinsen fest. »Dann weißt du heute hoffentlich, wie du diese Schmerzen verhindern kannst.« Er klettert Sprosse für Sprosse die Leiter hoch, und mit jedem Schritt drückt mein Herz sich fester gegen die Brust. Wüsste ich es nicht besser, würde ich behaupten, es springt gleich heraus.

Rick öffnet das Gitter und ich zögere. Ich fühle mich wie gelähmt, unfähig, seinem Befehl nachzukommen. Flehend blicke ich zu ihm hoch, wohlwissend, dass es nichts bringt. Das hat Rick mir beim letzten Mal deutlich gemacht.

»Ich zähle bis drei«, knurrt er bedrohlich. »Eins.« Hilflosigkeit macht sich in mir breit, und obwohl ich leicht mit dem Kopf schüttle, setze ich mich bei dem bedrohlichen »Zwei« in Bewegung. Alles, aber nicht das. Bitte keine Elektroschocks.

Mit merklich zittrigen Gliedern gehorche ich seinem Befehl. Meine Bewegungen sind schwer und unbeholfen, nur mit Mühe schaffe ich es, mich aus dem Becken zu stemmen. Ich bin ihm vollkommen ausgeliefert.

»Brave Nixe«, säuselt er voller Hohn. »Du wirst dich wieder nicht verwandeln, nehme ich an?« Er steckt den Elektroschocker in seine hintere Hosentasche.

Unsicher schüttle ich den Kopf. »Kann ich nicht«, antworte ich zögernd.

»Habe ich mir fast gedacht. Es ist das Armband, stimmt's?« Er seufzt theatralisch auf. Dass ich eine Antwort verweigere, ist für ihn vermutlich Antwort genug. »Wir bekommen dich hier schon raus.«

Erinnerungen an meine ersten Tage schießen mir durch den Kopf und ich erahne, was er meint, möchte es aber nicht wahrhaben. Soweit würde er niemals gehen, oder? Das würden Cam und Zaiden niemals zulassen. Niemals. »Was meinst du mit raus?«, frage ich dennoch.

»Erinnerst du dich an mein Versprechen, Arielle? Du wirst uns reich machen. Oder hast du das schon vergessen?« Er streckt seinen Arm nach mir aus, und ehe ich mich wehren kann, zieht er mich an der Flosse zu sich. Wimmernd kämpfe ich dagegen an, versuche, um mich zu schlagen, mich am Holz festzuhalten, ohne Erfolg. Er hievt mich über seine Schulter und trägt mich die Treppe herunter. Gegen ihn bin ich vollkommen machtlos.

»Lass mich sofort los.« Mein Herz hämmert immer stärker, mein Kopf dröhnt. Die pure Verzweiflung durchzuckt meinen Körper. Grob drückt er mich auf den Boden, fesselt meine Hände. Die rauen Seile bohren sich in meine Haut, reiben unangenehm an ihr, weil er keinerlei Rücksicht nimmt. Ich bin viel zu schwach, um mich großartig zu wehren. Mein Körper macht es kaum mit, doch Aufgeben ist keine Option.

»Halt verfickt nochmal still.« Ein plötzlicher Schlag, der weniger überraschend sein sollte, als er es gerade ist, lässt mich laut aufschreien. Rick schlägt ein zweites Mal mit der flachen Hand auf meinen Rücken. Mein ganzer Körper spannt sich vor Schmerz an, und er nutzt die Gelegenheit, die Fesseln stramm zu ziehen. Sie schlingen sich um meinen Oberkörper, sorgen dafür, dass ich meine Arme nicht mehr bewegen kann. Tränen der Verzweiflung rinnen über meine Wange, und ich versuche gar nicht erst, sie zu unterdrücken.

»Sie haben versprochen, dass ich gehen darf. Bitte.«

Rick tritt vor mich und ich senke unsicher den Blick. »Haben sie das?«

Schwach nicke ich. »Das hier darfst du nicht. Bitte, binde mich los.« Bei Rick kann man nicht an den Verstand appellieren. Der ist bei ihm nicht vorhanden. Trotzdem kann er sich nicht einfach gegen seine Bosse stellen und meinen, er kommt damit durch.

»Wie meinst du denn, bin ich hier reingekommen?« Sein höhnisches Grinsen lässt meinen Magen zusammenkneifen.

»Nein.« Ich schüttle den Kopf und versuche, ein Stück zurückzurobben. »Das würden sie niemals tun.« Er spielt mit mir. Er spielt irgendwelche dämlichen Psychospielchen mit mir, auf die ich nicht eingehen werde. Niemals hat einer der beiden etwas damit zu tun.

»Bist du dir da sicher?« Mit einem ekelhaften Schmunzeln auf den Lippen hockt er sich vor mich und holt eine Rolle Panzertape heraus. Er reißt ein großes Stück ab um es mir auf den Mund zu kleben. »Ich bin deine Stimme wirklich leid.«

Schnaubend winde ich mich, komme mir allerdings eher wie ein Häufchen Elend vor.

»Spar dir deine Energie. Ich wette, Silvio möchte dich in Action sehen, Arielle.« Fast schon zärtlich streicht er mit dem Zeigefinger über meine Wangenknochen. Ich zucke stark zusammen und drehe meinen Kopf weg, was ihn nur lachen lässt. »Du wirst dir noch wünschen, wieder bei mir zu sein.« Er nimmt seine Hand weg, legt diese stattdessen auf meinen Rücken. Sein anderer Arm wandert unter meine Flosse und er hebt mich unter ächzenden Geräuschen hoch. »Fuck, bist du schwer«, stöhnt er. Kurzerhand ändert er seinen Plan und setzt mich wieder ab, nur um mich im nächsten Zug über die Schulter zu werfen, wie einen nassen Sack. Mit einer Mischung aus Hoffnungslosigkeit und Erschöpfung hänge ich da, unfähig, zu reagieren.

Er öffnet die Tür des Labors und trägt mich nach draußen. Jeder Schritt durchzieht meinen Körper wie ein Stromschlag. Wir entfernen uns immer weiter von der vertrauten Umgebung. Wer hätte gedacht, dass ich mal dorthin zurückwollen würde? Wenn es sein müsste, würde ich vier weitere Monate dort bleiben. Wie kann er mich verkaufen? Wie ein Tier, ein verfluchtes Haustier. Ob das mein Schicksal ist? Vielleicht bin ich einfach das Tier, das sie in mir sehen. Keine Ahnung. Ich kann verflucht nochmal nicht mehr.

Eine weitere Tür wird geöffnet und sofort umströmt uns die kühle Nachtluft. Der Kontrast zum stickigen Labor lässt mich erschaudern.

Er schleppt mich weiter zu seinem Auto, das am Rande des Parkplatzes steht. Der Motor brummt leise vor sich hin, verstummt allerdings, sobald wir uns nähern. Jemand steigt aus, und ich versuche, einen Blick zu erhaschen, doch Rick steht dafür falsch.

»Wieso hast du mir nicht geholfen, wenn du längst hier bist?«

»Wieso sollte ich reinkommen? Das hier war deine Idee.« Ein eiskalter Schauer läuft mir über den Rücken. Das ist unmöglich. Nein. »Ich habe genug geholfen, Rick.«

»Jaja«, brummt dieser und geht ein paar Schritte weiter, sodass ich das Gesicht hinter dieser vertrauten Stimme erkenne. Tatsächlich steht Zaiden dort, in angespannter Haltung. Er blickt sich auf dem Parkplatz um und geht zu einem anderen Wagen.

Wimmernd winde ich mich unter Ricks festem Griff, sehe hilfesuchend zu Zaiden. Dieser würdigt mich allerdings keines Blickes.

»Beeil dich und leg sie rein. Uns soll niemand sehen. Schlimm genug, dass die Kameras das auffangen«, sagt er mit angespannter Stimme.

»Jaja. Na los, gib ihr das Armband. Ich habe keine Lust, dass mein ganzer Kofferraum nachher nass ist.«

Zaiden schüttelt den Kopf. »Sie wird nicht nackt hinten in deinem Auto sitzen.« Er verschränkt die Arme vor der Brust und betrachtet mich. Seine Augen sind so kalt, so undurchdringlich. Es fühlt sich an, als würde ich diesen Mann gar nicht kennen. Scheinbar habe ich einen verdammt guten Schauspieler vor mir.

»Ja und?« Rick lacht dreckig und gibt mir einen Klaps auf den Hintern. Wimmernd winde ich mich in seinem Griff, versuche, mich hochzustemmen, scheitere allerdings kläglich. Verzweifelt sehe ich Zaiden an, der mich jedoch ignoriert.

»Keine Chance.« Zumindest bleibt er hartnäckig. Ein schwacher Trost. Er öffnet den Kofferraum, in dem ich keine zwei Sekunden später lande.

»Bleib liegen.« Grob drückt Rick meine Flosse neben mich und schließt ihn wieder.

Ich habe Zaiden vertraut, ihm geglaubt, dass ich gehen darf. Vielleicht würde ich sogar so weit gehen, dass ich dabei war, mich in ihn zu verlieben. In ihn und in Cameron.

Wie kann ich mich nur dermaßen in ihm getäuscht haben? In ihnen beiden?

Kapitel 26

Zaiden

Wer denkt, eine Autofahrt von der Westküste bis zur Ostküste ist lang, ist noch nie zu dem größten Fehler seines Lebens gefahren. Im Hintergrund ist das leise Summen des Radios zu hören. Irgendein Song von Lady Gaga oder Dua Lipa. Sicher bin ich mir nicht, denn meine Gedanken übertönen alles. Meine Gedanken und das Kratzen und Winseln aus dem Kofferraum.

Das hier war mit Abstand die beschissenste Idee, die ich je hatte. Zumindest wenn es nach meinem Gewissen geht. Vielleicht hätte ich darüber mit Cam reden sollen, und womöglich hätte ich sogar Anouk vorwarnen müssen. Ein Alleingang hat sich vor wenigen Stunden richtig angefühlt. Niemand konnte mir dazwischenfunken. Das hätten sie beide getan. Cam, indem er mir ins Gewissen redet oder mich anschreit, Anouk, indem sie mich anfleht, ihr das nicht anzutun. Dass sie damit beide recht gehabt hätten, weiß ich, doch jetzt ist es zu spät.

Ein Zurück gibt es nicht mehr. Was tut man nicht alles für die Forschung.

»Wir sind da.« Rick fährt nach etwa einer halben Stunde auf einen unbeleuchteten Parkplatz, und ich versuche, mir meine Nervosität nicht anmerken zu lassen. Vermutlich hätte ich das besser planen sollen.

Er stellt den Motor aus, sodass das Licht der Scheinwerfer erlischt und wir in Dunkelheit gehüllt sind.

Schnell checke ich meine Nachrichten, tippe selbst zwei Stück, bevor ich mit Rick gemeinsam aus dem Wagen steige.

»Es läuft alles nach Plan.« Zufrieden reibt er sich die Hände und geht zum Kofferraum.

Ich komme ihm zuvor und greife nach der Klappe. »Ich kümmere mich darum.« Das hat mir gerade noch gefehlt.

»Tu, was du nicht lassen kannst. Doch der Deal steht, verstanden?«

Innerlich verdrehe ich die Augen. Wie könnte ich das jemals vergessen? Das ist der einzige Grund, wieso ich diesen Mist hier mache, wieso ich mir und Anouk das antue.

»Natürlich vergesse ich den nicht«, grummle ich genervt. Ich warte, bis er sich mit seinem Handy am Ohr vom Wagen entfernt. Erst dann öffne ich den Kofferraum, und der Anblick, der sich mir bietet, lässt mich kurz innehalten. Anouks schimmernd-blaue Schuppen leuchten im schwachen Licht. Ihr Blick wirkt müde, aber vor allem ist er von Misstrauen und Angst gezeichnet, und es tut weh, der Grund dafür zu sein.

»Ich löse jetzt das Klebeband, okay? Bitte schrei nicht.« Obwohl hier niemand ist, der sie hören könnte, können wir das absolut nicht gebrauchen. Niemand von uns, sie eingeschlossen.

Argwöhnisch zieht sie eine Augenbraue hoch, bevor sie nickt. Sie zittert am ganzen Körper, was ich mehr der Kälte zuschreibe, weniger ihrer Angst. Sie ist immerhin klitschnass, und der Herbst hat San Francisco voll im Griff.

Vorsichtig löse ich das Klebeband von ihrem Mund. Ganz schmerzfrei bekomme ich das wohl nicht hin, doch Anouk macht keinerlei Anstalten, sich irgendetwas anmerken zu lassen. Sie ist eben trotz allem die kleine Kämpferin, die ich – kopfschüttelnd seufze ich – die ich ins Herz geschlossen habe. Nicht mehr und nicht weniger.

»Wieso?« Ihre Stimme ist leise und kratzig. Es schmerzt, sie so gebrochen zu sehen, zu wissen, dass ich der Grund dafür bin. Egal, was Rick anstellt, das kann er nur tun, weil ich ihm die Macht dazu gegeben habe.

Einen Moment halte ich inne. »Ich kann es dir nicht sagen, Anouk. Du musst mir vertrauen.«

»Vertrauen? Ich soll dir vertrauen? Wie, wenn ich nicht einmal weiß, was ihr vorhabt?« Sie zerrt an den Fesseln. Wohl nicht, um sie zu lösen, sondern um zu demonstrieren, dass es ihr sichtlich schwerfällt, mir zu vertrauen. »Du hast mir versprochen, dass ich gehen darf.«

»Es ist ein letzter Schritt für unsere Forschung, okay? Danach ist es geschafft.« Mir ist bewusst, dass meine Antwort schwammig ist und sie damit nichts anfangen kann, aber ich kann ihr einfach nicht mehr erzählen.

»Ist das deine Masche? Mir Honig ums Maul zu schmieren, damit ich dir vertraue und du dir das dann zunutze machen kannst? Möchtest du das mit in deine Berichte schreiben?« Immer mehr Tränen steigen ihr in die Augen. »Dass du eine Meerjungfrau gefickt hast? Herzlichen Glückwunsch, das kannst du offiziell tun.«

Nein! Verfickt nochmal nein!

Das würde ich am liebsten laut in die Nachtluft schreien, sie packen und nach Hause bringen. Nicht in dieses Labor, sondern in unsere Wohnung. Doch ich schweige, weil ich ein verdammter Feigling bin. Es darf nichts schieflaufen, dafür ist das hier zu wichtig.

»Habt ihr es gleich? Das ist kein Kaffeeklatsch. Wir hatten einen Deal, Zaiden.« Rick kommt zu uns. »Dafür, dass ich auf meinen Namen in euren Berichten verzichte, darf ich die Kleine verkaufen.«

Ich rolle schwach mit den Augen und wende mich erst dann ihm zu. »Wie könnte ich unseren Deal bitte vergessen?« Dafür habe ich viel zu lange an diesem Plan gesessen.

»Gut. Silvio sollte gleich hier sein.« Er zündet sich eine Zigarette an und zieht kräftig daran.

Das war eine weitere Sache, die mir die letzten Tage wirklich Kopfzerbrechen beschert hat. Natürlich war ein einfacher Käufer für Rick nicht gut genug. Er musste Silvio nehmen, den Mafiaboss Nummer eins in San Francisco. Er hat seine Finger einfach überall drin. Man kann sich durchaus darüber streiten, ob mein Plan bescheuert oder vollkommen wahnsinnig ist. Vielleicht irgendetwas dazwischen. Jetzt stehe ich hier, ein Zurück gibt es nicht.

Angespannt lausche ich jedem kleinsten Geräusch. Der Wind rauscht durch die Blätter am Rande des riesigen Parkplatzes, die Grillen zirpen im Gras, und um den Eingang des leerstehenden Supermarktes huschen ein paar streunende Katzen herum. Alles total normale Geräusche, dennoch lässt mich jedes genau aufhorchen.

»Wer ist Silvio?« Anouks Stimme lässt mich zusammenzucken. Kein Geräusch könnte auch nur ansatzweise so schlimm sein wie die Angst in ihrer Stimme. Und das habe ich allein mir zuzuschreiben. Weil ich nicht einsehe, die Ergebnisse mit Rick zu teilen, da ich verdammt noch mal ein egoistisches Arschloch bin.

»Dein neuer Besitzer und der Mann, der mich reich machen wird.« Rick dreht sich mit einem solch widerlichen Grinsen zum Kofferraum, dass selbst mir schlecht wird.

»W-was? Ich bin kein Tier. Das kannst du nicht tun.« Sie schenkt Rick keinerlei Beachtung, wendet sich allein mir zu. Es fällt mir schwer, jedoch ignoriere ich sie, verziehe keine Miene. Dafür ist mir Rick zu nah.

»Nicht? Bei meinem letzten Blick ins Gesetzbuch stand da etwas anderes.« Der Hohn in seiner Stimme ist deutlich zu hören. »Wann war das? Letzte Woche. Da habe ich nämlich den Kaufvertrag aufgesetzt. Es geht alles nach rechten Dingen, Nixe. Also mach dir keine Hoffnungen.«

Wie bitte hat er sie genannt? Schnaubend wende ich mich an Rick, allerdings kommt Anouk mir zuvor.

»Nenn mich nicht Nixe«, faucht sie.

»Wieso?« Rick lacht. »Weil das nur Zaiden darf?«

»Genau«, erwidere ich kühl. »Spiel dich nicht so auf.«

Rick rollt übertrieben mit den Augen und atmet hörbar aus. »Wie auch immer«, murmelt er. »Gleich spielt das sowieso keine Rolle mehr. Da kann sich dein neuer Besitzer einen Spitznamen ausdenken.« Eine nicht sonderlich befriedigende Antwort, aber ich habe wenig Lust, mit Rick zu diskutieren. Meine Energie spare ich mir für später auf.

Anouks Blick huscht unruhig zwischen uns hin und her. Verzweiflung, Wut und Unsicherheit wechseln sich in ihm ab, zudem glänzen ihre Augen verdächtig. »Wie konntest du das tun?«

»Ich habe nichts getan, Anouk. Ich bin nur hier, weil Rick Angst hatte, dass du für ihn allein zu schwer bist.« Gleichgültig zucke ich mit den Schultern. »Das hier ist allein Ricks Ding. Für alles, was hier passiert, ist er verantwortlich.« Die Worte sind mehr an Rick gerichtet, um noch einmal klarzustellen, dass er sich dessen bewusst ist. »Ich habe mein Soll erfüllt.«

»Ich hasse dich«, sagt sie kühl. Ihre Wut wird zu einem Ausdruck der Gleichgültigkeit.

»Anouk«, hauche ich, doch sie wendet sich von mir ab. Das ist pure Folter. Sie soll mich lieber wieder anschreien, mich ansehen mit diesem Lodern in ihren Augen. Diese Gleichgültigkeit fühlt sich grausam an. Dieses schreckliche Gefühl zieht sich meinen kompletten Rücken hoch und sorgt für eine ekelhafte Gänsehaut.

Motorengeräusche durchbrechen diese unangenehme Stille, und der Parkplatz wird plötzlich von den Scheinwerfern zweier Wagen erhellt. Das ist mein Stichwort, mich in den Hintergrund zu begeben, um Rick seine Geschäfte machen zu lassen.

Ich gehe ein letztes Mal zu Anouk ehe ich mich in den Wagen setze. Jetzt muss ich allein auf sie vertrauen.

»Richard.« Durch den Beifahrerspiegel beobachte ich Silvio, wie er mit offenen Armen auf Rick zuläuft. Das Grinsen auf seinen Lippen verrät dabei alles. Sein Blick fällt auf Anouk, und sofort zucken seine Mundwinkel weiter in die Höhe. Widerlich.

»Es freut mich sehr, dass es geklappt hat.« Rick ist merklich nervös. Zurecht, wie ich finde.

»Wie könnte ich mir dieses Angebot entgehen lassen.« Er ist wie hypnotisiert von Anouks Flosse. »Hallo, meine Schönheit. Ich freue mich sehr, deine Bekanntschaft zu machen.«

Anouk windet sich und zerrt an den Fesseln. Das ganze Auto wackelt unter ihren Bewegungen. »Fahr zur Hölle«, spuckt sie ihm entgegen. Das ist mein Mädchen.

Silvio lacht trocken. »Das Temperament wird dir schnell vergehen.«

»Keine Sorge. Im Wasser ist sie stumm.«

Es fällt mir schwer, mich nicht einzumischen. Dieser Mann ist von der ersten Sekunde an unsympathisch. Allein der Gedanke, Anouk muss dort leben, eingesperrt in irgendeinem Becken wie ein Haustier, dreht mir den Magen um.

»Das ist ja noch besser. Ein Problem weniger.« Er reibt sich zufrieden die Hände. »Und sie bleibt wirklich in diesem Zustand? Auf irgendwelches Drama mit der Polizei oder den Behörden verzichte ich gerne.«

»Ja. Sie braucht irgendein Armband dafür, welches nicht mehr existiert«, erwidert Rick selbstbewusst. *Lügner.*

»Sehr gut.« Silvio beugt sich über den Kofferraum, verschwindet dadurch aus meinem Blickfeld. Kurz schließe ich die Augen. *Finger weg, du Wichser.*

»Eine außergewöhnliche Schönheit habt ihr da an Land gezogen. Beeindruckend. Die Schuppen glänzen ja richtig. Und dieser Körper«, raunt er.

»A-Aufhören.« Anouk wimmert leise, und ich zähle im Kopf die Sekunden.

»Du hast hier nichts zu sagen, verstanden? Heult ein Hund herum, wenn man ihm die Leine anlegt? Ich denke nicht. Wenn doch, muss man ihn besser erziehen.«

»Ich bin kein Hund«, wendet sie ein, und im nächsten Moment ist ein unangenehmes Klatschen zu hören. *Fuck.* Hat er sie ernsthaft geschlagen?

Keine Ahnung, ob ich es gut oder schlecht finden soll, dass ich sie nicht sehe. Jede Faser meines Körpers schreit danach, auszusteigen, diesem Kerl zu zeigen, wo sein Platz ist, aber ich kann nicht. Noch nicht. Die Nervosität kriecht mir unangenehm unter die Haut, meine Gedanken rasen, und ich verkrampfe meine Hände in den dunklen Stoff meiner Jeans. Meine Finger zittern vor unterdrücktem Zorn, während sie sich über Anouk unterhalten, als wäre sie gar nicht da. Wie ein Stück Fleisch. Sie behandeln sie wie das Haustier, zu dem die beiden sie machen wollen.

Ich behalte die Uhr im Auge, zähle innerlich die Sekunden. Es läuft alles nach Plan.

»Dass wir ausgerechnet sie gefangen haben, ist wirklich eine Meisterleistung. Hässliche Nixen gibt es bestimmt viele. Sie hingegen ist ein Traum.« Natürlich brüstet Rick sich damit. Genau damit habe ich gerechnet und es dementsprechend auch eingeplant. Silvio hätte schon dreimal weg sein können, aber das wäre Rick zu langweilig.

»Papà? Hast du es langsam?« Aus einem der dunklen Vans steigt eine junge Frau aus, die sichtlich angefressen ist. Ihre dunklen Locken sind zu einem unordentlichen Dutt gebunden, und ihre grünen Augen glänzen im Licht der Scheinwerfer müde. Trotzig sieht sie ihn an, stemmt die Hände in die Hüften.

»Nicht so ungeduldig, Principessa.« Silvio streckt einen Arm aus, um sie der jungen Frau um die Schulter zu legen. »Darf ich dir meine Tochter vorstellen? Gabriella.«

Schmunzelnd beobachte ich das Geschehen durch den Spiegel. Es ist unverkennbar, dass sie absolut keine Lust hat, hier zu sein. Sie entzieht sich geschickt dem Griff ihres Vaters und geht zu Anouk. »Das ... ist das dein Ernst?« Sie dreht sich zu Silvio. »Du hast gesagt, du lässt das. Schon vergessen? Was ist aus dem niedlichen Welpen geworden, den ich vorgeschlagen habe?«

Silvio seufzt genervt. »Ein Welpe? Wie langweilig. Denkst du, das Becken wurde für ein paar Fische gebaut?«

»Sie ist ein Mensch. Du kannst keinen Menschen einsperren«, ruft sie merklich angefressen. Ihr gesamter Körper ist angespannt, und ihr Blick geht immer wieder gen Anouk.

»Gabriella«, lacht Silvio kühl. »Ich tue weitaus Schlimmeres, oder hast du vergessen, wie ich das Geld für dein teures Studium verdiene?«

»Das ist etwas komplett anderes.«

Rick ist vollkommen verunsichert, während ich die Show genieße. Das ist wie Kino, nur besser. Er ist ratlos, wie er mit diesem Familienstreit umgehen soll.

»Okay. Wir sollten das hier erst einmal beenden. Nicht, dass jemand etwas mitbekommt«, versucht Rick die beiden zu beschwichtigen. Dass das ein Versuch ist, den Kauf schnell zu beenden, aus Angst, Silvio könnte ihn wegen seiner Tochter abbrechen, ist eindeutig. Ihm geht der Arsch auf Grundeis, und ich liebe alles an dieser Situation.

Kaum hat Rick das ausgesprochen, wird das Gespräch von Motorengeräuschen übertönt. Während die drei – plus Silvios Männer, die sofort mit gezückten Waffen aus dem zweiten Wagen steigen – mit der Herkunft der Geräusche beschäftigt sind, steige ich aus Ricks Auto und entferne mich ein Stück davon.

»Das wirst du bereuen, Rick. Einsteigen, Principessa«, blafft Silvio und schiebt seine Tochter zurück zu ihrem Van. Noch bevor die insgesamt fünf Polizeiautos auf dem Parkplatz zum Stehen kommen, ist er über alle Berge verschwunden. Keine Ahnung, ob man ihm folgt, aber das ist mir egal. Hier geht es allein um Rick, der wie angewurzelt vor dem Kofferraum steht und wie ein Reh im Scheinwerferlicht zu den Polizisten sieht.

Kopfschüttelnd geht er zur Beifahrertür. »Ist das dein Werk, Zaiden?« Er öffnet die Tür und keucht erschrocken, weil das Auto leer ist.

»Nehmen Sie die Hände hinter den Kopf und bewegen Sie sich langsam vom Wagen weg.« Die Türen der Polizeiautos werden geöffnet, sieben Waffen richten sich auf Rick. »Ich sagte, Hände hinter den Kopf und weg vom Wagen, Sir.«

»Das ist ein Missverständnis«, ruft er verzweifelt, kommt dem Befehl jedoch direkt nach. »Ich mache nichts Illegales.«

»Ach nein? Wie würden Sie Freiheitsberaubung und Menschenhandel sonst nennen?« Mit gehobener Waffe geht ein blonder Polizist auf Rick zu, der ihm Handschellen anlegt.

»Menschenhandel? Nein. Sie ist ein Tier.« Ricks Stimme bricht vor Verzweiflung. »Sie ist ein Tier.«

»Das sieht für mich anders aus«, kommt es von einem weiteren der Männer, der seine Waffe wegsteckt und auf den Kofferraum zugeht. »Sie können rauskommen.«

Das ist mein Stichwort. Langsam schlendere ich auf den Wagen zu, schenke dem Polizisten ein Nicken. Allerdings bin ich wohl nicht der Einzige, dem diese Worte galten. Niemand Geringeres als Cameron steigt aus einem der hinteren Autos und rennt auf Anouk zu.

»Fuck, Hippie.« Pure Verzweiflung liegt in seiner Stimme. Ich traue mich gar nicht, hinzusehen, trotzdem stelle ich mich mit vor den Kofferraum, um Anouk abzuschirmen.

»Cam.« Unbehaglich windet sie sich, versucht sich irgendwie wegzudrehen. Es bricht mir das Herz, sie so zu sehen.

»Nein, sie ist kein Mensch. Wie kann das sein?« Rick sieht zu mir, und seine Miene verzieht sich zu einer wütenden Fratze. »Was hast du getan? Wir hatten einen Deal.«

»Ich habe gar nichts getan.« Lässig zucke ich mit den Schultern. »Du wolltest, dass ich ihr das Armband gebe, oder nicht?«

»Nein, ich meine ja. Vorher, nicht jetzt.« Verzweifelt stöhnt Rick auf, ballt die Hände zu Fäusten. »Sie müssen mir glauben. Ich bin nur ihr Praktikant. Die beiden stecken dahinter.«

Cameron löst Anouks Fesseln und zieht ihr seine Jeansjacke über. Dankbar sieht sie ihn an und kuschelt sich hinein.

»Das können Sie uns gern auf dem Revier erklären. Die beiden Herren wurden bereits durchleuchtet. Kollegen waren in ihrem Labor und haben eine Meerjungfrau gefunden. Rechtlich können wir nichts machen. Nun kann man von den Gesetzen halten, was man will. Falls Sie meine Meinung interessiert, kann ich sagen, dass sie grausam sind. Doch das entzieht sich meiner Befugnis.« Damit lief alles nach Plan. Abgesehen von Cameron, der war kein Teil dessen, und doch bin ich froh, dass er jetzt hier ist. Für unsere Glaubwürdigkeit und vor allem für Anouk. »Nun ist Frau Thompson allerdings keine Meerjungfrau, sondern ein Mensch. Und selbst wenn, ich glaube, ein Richter würde selbst bei einem illegalen Meerjungfrauen-Kofferraum-Verkauf etwas einzuwenden haben. Denken Sie nur an die vielen Hundewelpen. Keiner dieser Vermehrer kommt ungeschoren davon, wenn man ihn erwischt.«

»Wie ist es möglich, dass ich abgeführt werde und die beiden nicht? Wie kann das gerecht sein?« Während man ihn zu einem der Wagen führt, oder besser gesagt drückt, wendet er sich an uns. »Ihr wisst beide, dass ich hiermit nichts zu tun habe.«

»Wir bringen Sie jetzt aufs Revier. Dort können Sie Ihre Aussage machen. Natürlich haben Sie das Recht auf einen Anwalt. Ich würde Ihnen sogar empfehlen, diesen zu nutzen.« Mit diesen Worten wird Rick auf die Rückbank des Wagens geschoben.

»Nein«, wehrt er sich. »Fragen Sie Anouk. Sie wird bestätigen, dass die beiden sie entführt haben.« Wut, Verzweiflung und ein Hauch Panik schwingen in seiner Stimme mit. Wäre ich kein Arschloch, hätte ich gar Mitleid mit ihm. Zum Glück bin ich eins.

»Möchten Sie sich dazu äußern, Miss?«, wendet sich eine Polizistin an Anouk.

Unsicherheit spiegelt sich in ihrem Blick wider, und sie rutscht näher an Cam. »Über Rick? Oder über die beiden?«, fragt sie leise.

»Worüber auch immer Sie möchten«, sagt sie sanft. Sie kommt einen Schritt näher, hält aber genug professionellen Abstand. »Wenn Sie mir sagen, dass auch Mr. Mansour und Mr. Dallas etwas damit zu tun haben, nehmen wir sie selbstverständlich mit aufs Revier. Hier geht es allein um Sie, Miss.«

»Okay.« Anouk atmet tief durch. Ihr Blick huscht zu mir. Eine Weile sieht sie mich einfach nur an, und ich mache mich darauf gefasst, ebenfalls abgeführt zu werden. Ich hätte es verdient. »Es war nur Rick. Die beiden hatten damit nichts zu tun«, sagt sie jedoch.

Die Polizistin nickt freundlich und wendet sich an Rick. »Da haben Sie es gehört.«

Mir ist bewusst, dass es damit nicht vorbei ist. Rick wird gegen uns aussagen, Anouk wird befragt, genau wie wir. Und das ist in Ordnung. Wir haben es nicht anders verdient. Das Einzige, was zählt, ist, dass es Anouk gut geht. Dass es unserem Mädchen gut geht.

Kapitel 27

Cameron

»Miss?« Eine weitere Polizistin kommt auf uns zu, oder besser gesagt auf Anouk.

Mittlerweile steht von vier Wagen nur noch einer auf dem großen Parkplatz. Rick wurde abgeführt, der Tatort gesichert, Beweise gesammelt. Nyx sitzt währenddessen in eine Decke gekuschelt auf dem Rand von Ricks Kofferraum. Eigentlich wollte man sie ebenfalls mit aufs Revier nehmen, das hat allerdings in einer kleinen Panikattacke geendet. Man muss demnach nicht erwähnen, dass Zaiden und ich ihr in dieser Zeit kein Stück von der Seite gewichen sind.

»Hm?« Langsam sieht sie auf, verkrampft ihre Hand in der Decke. Sie ist komplett durch den Wind, und ich verstehe sie. Würde es keine Zeugen geben, vor allem keine Polizisten, hätte ich Zaiden längst den Hals umgedreht und es wie einen Unfall aussehen lassen.

»Wir würden Sie jetzt nach Hause bringen«, erklärt sie

sanft. Ich mag mir gar nicht vorstellen, was sie täglich alles erlebt, mit wie vielen traumatischen Menschen sie zu tun hat.

Zögernd sieht Nyx zu uns, und mein Herz schlägt augenblicklich schneller. Sie hat keinen Grund, bei uns zu bleiben, keinen Grund, nicht mit der Polizistin nach Hause zu gehen. Sie ist frei.

»Ich-«, fängt sie an und atmet tief durch. Tränen glänzen in ihren Augen, der Zwiespalt ist offensichtlich. Es bricht mir das Herz zu wissen, dass es unsere Schuld ist. Zu glauben, dass sie uns vertraut, ist dumm. Doch ich wünsche mir in diesem Augenblick nichts mehr als das.

»Geh mit ihnen«, bestärke ich sie mit einem erzwungenen Lächeln auf den Lippen. Zaiden knirscht mit den Zähnen, schweigt jedoch. Er weiß mit Sicherheit, dass das kein gutes Ende nehmen würde, würde er mir widersprechen. Schließlich habe ich recht.

Anouk schüttelt den Kopf. »Nein«, sagt sie mit solch einer Überzeugung, die keinen Platz für Widerrede lässt. »Ich möchte mit den beiden fahren.« Sie sieht zu der Polizistin.

»Natürlich, Miss. Das ist Ihre Entscheidung, gegen die ich mich rechtlich nicht stellen darf. Ich möchte bloß sicherstellen, dass Sie das wirklich wollen«, entgegnet sie behutsam. »Haben Sie darüber nachgedacht, was das für Sie bedeutet? Es ist wichtig, dass Sie sich selbst schützen und sicher fühlen. Wenn Sie bleiben möchten, dann respektiere ich das, aber ich bin hier, um Ihnen zu helfen, falls Sie sich anders entscheiden.«

»Das weiß ich zu schätzen.« Sie greift nach meiner Hand. »Ich weiß, dass Sie das mit Sicherheit nicht verstehen, aber diese beiden Männer sind mein Zuhause. Es ist schwer zu erklären.«

»Sie müssen mir gar nichts erklären. Ihre Sicherheit und

Ihr Wohlbefinden sind das Wichtigste. Wenn es diese beiden Männer sind, die Ihnen genau das geben, akzeptiere ich das. Versprechen Sie mir, dass Sie sich bei mir melden, sollte sich das ändern oder sollten Sie Hilfe brauchen.« Sie holt Zettel und Stift aus ihrer Tasche um ihre Nummer aufzuschreiben. Anouk nimmt ihn direkt entgegen und nickt zaghaft. Es ist ihr gutes Recht, uns zu hassen. Es ist ihr gutes Recht, mit dieser Frau mitgehen zu wollen. Und es ist ihr gutes Recht, nie wieder etwas mit uns zu tun haben zu wollen. Allerdings ist es genauso ihr Recht, das nicht zu tun, ihrem Herzen zu folgen. Wir haben sie nicht verdient. Keiner von uns beiden.

»Das mache ich, danke.« Um ihre vorangegangenen Worte scheinbar nochmal zu bekräftigen, greift sie nach Zaidens Hand.

»Gut.« Die Polizistin wirft einen letzten, prüfenden Blick auf uns, ehe sie einen Schritt zurücktritt zu ihrem Kollegen, der an ihrem Wagen steht und wartet. »Passen Sie gut auf sich auf«, sagt sie mit einem leisen Seufzen. »Und aufeinander.« Ohne ein weiteres Wort von uns steigt sie ein. Das Geräusch des Motors erfüllt den Parkplatz, meine Aufmerksamkeit liegt jedoch voll und ganz auf Nyx.

Erst, als das Licht langsam in der Ferne verblasst, atme ich erleichtert aus. Wir sind allein. Endlich.

»Du hättest mit ihr fahren sollen, Anouk«, ist das Erste, was Zaiden sagt. »Sie hätte dich nach Hause gebracht. In Sicherheit.«

»Ich bin sicher«, widerspricht sie sofort. »Und zu Hause. Bei euch. Ich habe nicht gelogen, Zain. Ich möchte Zoe endlich wiedersehen. Wieder an die Uni gehen, Kaffee mit Freunden trinken. Ich möchte an den Strand, möchte mich sonnen und dabei einen Cocktail trinken. Aber was ich nicht möchte, ist zurück in meine einsame Wohnung.«

»Zurück ins Labor also?«, scherze ich. Bevor ihr die Ironie hinter meinen Worten deutlich wird, entzieht sie mir ihre Hand und schlägt gegen meine Schulter.

»Nein.« Empört sieht sie mich an. »Nicht zurück ins Labor.«

Zaiden lacht. »Keine Sorge. Du kommst erst mal mit zu uns und morgen bringen wir dich zu Zoe. Wie klingt das?«

»Klingt gut«, haucht sie zögernd.

»Sicher? Hippie, rede mit uns.« Ich gehe vor ihr in die Hocke, um auf Augenhöhe zu sein. Tränen sammeln sich in ihren Augen und sie wendet den Blick ab. »Bitte«, füge ich hinzu und fahre mit meinen Fingern vorsichtig über die nackte Haut ihres Oberschenkels.

»Doch, doch, das ist gut«, entgegnet sie und ein einzelner Schluchzer löst sich aus ihrer Kehle.

»Aber?« Zaiden steht neben mir, die Arme vor der Brust verschränkt. Sein Kiefer ist angespannt. Ihm scheint etwas auf der Zunge zu liegen, was er nicht ausspricht.

»Das hier.« Sie hebt ihren Arm zu einer ausladenden Geste. »Wieso habt ihr mich nicht einfach gehen lassen? Wieso sollte Rick mich verkaufen?«

Darüber wollte ich mit Zaiden eigentlich in Ruhe reden, sobald Nyx schläft. Für sie muss das noch verwirrender sein als für mich, und ich kann nachvollziehen, wieso sie es wissen möchte. Ich habe vorhin zumindest eine Nachricht bekommen. Zwar ohne eine wirkliche Erklärung, aber zumindest bin ich nicht ins offene Messer gelaufen.

Zaiden seufzt. »Lass uns erst ins Auto steigen und fahren.«

»Nein.« Sie verschränkt die Arme vor der Brust. Damit war zu rechnen, immerhin ist sie die sturste Person, die ich je kennengelernt habe.

»Gut«, seufzt er und fährt sich durch die dunklen Haare. »Die Kurzfassung ist: Rick hat mich erpresst. Entweder, du wirst verkauft und er steckt sich das Geld ein, oder sein Name erscheint auf den Forschungsberichten.«

Ich ziehe eine Augenbraue hoch. »Und du entscheidest dich wirklich dafür, sie zu verkaufen?« Das hätte ich selbst von Zaiden nicht erwartet.

»Das verstehst du falsch.« Er atmet hörbar aus. »Ich habe die Option gewählt, bei der er verhaftet wird, damit Anouk sicher vor ihm ist. Er war von diesem Verkauf besessen. Meinst du wirklich, er hätte Ruhe gegeben?«

»Ganz ehrlich? Ich weiß es nicht. Aber ich weiß, dass du so was nicht einfach abziehen kannst, ohne dass du mich einweihst. Und Nyx. Fuck, das war ... egoistisch beschreibt es nicht einmal ansatzweise. Das war absolut hirnrissig von dir.«

»Es ist okay«, wendet sie ein. Ihre Stimme ist von solch einer Klarheit durchzogen, dass ich sofort innehalte. »Ich meine, ich stimme dir zu, Cam. Nur möchte ich nicht streiten. Bitte. Das greifen wir gern in ein oder zwei Tagen noch mal auf. Dann streite ich liebend gern mit euch.« Das ist die Nyx, die ich kenne.

Lachend schüttle ich den Kopf und hebe sie hoch. Sofort legt sie ihre Arme um meinen Nacken, bettet ihren Kopf in meine Halsbeuge. »Dann reden wir darüber in den nächsten Tagen noch mal«, stimme ich zu.

Auch Zaiden lacht, allerdings deutlich trockener. »Damit kann ich leben.« Er öffnet die Beifahrertür, damit ich Nyx absetzen kann. »Und ich weiß, dass der Plan wenig durchdacht war. Doch er hat funktioniert, oder nicht?«

»Touché.« Meine Augen scannen Anouks Körper, der endlich lockerer ist. Sie entspannt sich langsam. »Soll ich dich anschnallen?«

Mir ist durchaus bewusst, dass ich sie in Watte einpacke. Sie ist nicht aus Glas und kann sich allein anschnallen, aber ich übernehme es gern. Für diese Frau würde ich alles tun, sogar etwas so Simples ist wie das hier. Sie hat die Welt verdient.

Anouk kuschelt sich in die Wolldecke und nickt zögernd. »Wenn du schon fragst.« Ein freches Grinsen schleicht sich auf ihre Lippen, und ich bin erleichtert, genau das zu sehen.

»Alles für meinen kleinen Hippie.« Grinsend beuge ich mich über sie. Bevor ich meine Worte in die Tat umsetzen kann, legt sie ihre Hände in meine Locken und zieht mich zu sich. Ihre Lippen treffen auf meine, sanft und ebenso verzweifelt. Ich erwidere den Kuss, lege eine Hand an ihre Wange.

»Ich weiß nicht, was das hier ist.« Sie dreht sich etwas auf dem Sitz, um Zaiden anzusehen. »Aber ich liebe dich, Cameron. Und ich liebe dich, Zaiden. Vielleicht ist das falsch, vielleicht müsste ich mich entscheiden, doch das will ich nicht.«

»Das musst du nicht, Baby. Das musst du auf keinen Fall. Deine Gefühle sind berechtigt«, verspreche ich ihr und streiche eine ihrer blonden Locken hinters Ohr. »Und ich liebe dich auch.«

»Fuck, ist das kitschig.« Zaiden schüttelt schmunzelnd den Kopf, nickt aber. »Ich liebe dich auch, Nixe. Wir finden schon heraus, wie du dich ausgerechnet in die zwei größten Idioten dieser Stadt vergucken konntest.« Er zwinkert ihr zu, und das Kichern, das ihr über die Lippen gleitet, erfüllt das ganze Auto.

»Ich freue mich schon darauf.« Erschöpft lehnt sie sich zurück. Unser Zeichen, endlich von diesem düsteren Parkplatz wegzufahren.

Es wird nicht leicht, einen Kompromiss zwischen Anouk und der Forschung zu finden. Wir müssen dringend darüber reden, wie es weitergeht, wie die Veröffentlichung ablaufen wird. Fest steht, Nyx wird in alles mit einbezogen. Wenn sie das möchte, landet ihr Name auf sämtlichen Papieren. Das werden intensive Gespräche, doch das hat Zeit. Das Wichtigste ist jetzt erst mal, dass sie ihr Leben zurückbekommt. Dass sie zurück zur Uni geht, die Freiheit genießt, die wir ihr genommen haben, und dass wir uns kennenlernen. So richtig. Denn ich glaube wirklich, dass das eine Zukunft haben kann. Nie hätte ich gedacht, mir einmal mit Zaiden die Freundin zu teilen, aber es könnte weitaus schlimmer sein. Ich freue mich darauf, diese Frau und unsere Verbindung in all ihren Facetten kennenzulernen. Wo die Liebe hinfällt, würde ich sagen.

Epilog

Anouk

8 Monate später …

»Sag mal, wie oft möchtest du dir das eigentlich noch durchlesen?« Ich ziehe Zoe die Zettel aus der Hand, die durch das Meerwasser und den Sand vollkommen aufgeweicht und zerknittert sind.

»Da ich wenig davon verstehe, noch mindestens zehnmal. Immerhin muss ich wissen, ob sie Mist über dich geschrieben haben«, erwidert sie trocken. Sie nimmt mir die Forschungsarbeit wieder ab, um sie in ihren Strandbeutel zu stopfen.

Seufzend setze ich mich auf und schiebe meine Sonnenbrille auf den Kopf. »Das haben sie nicht.«

»Und woher willst du das wissen? Du hast davon doch genauso wenig Ahnung wie ich.«

»Weil ich die beiden kenne? Und du auch. Schon vergessen, dass du sie magst?« Mit hochgezogener Augenbraue sehe ich sie an und fische mir aus unserer Kühltasche eine Flasche Eistee heraus. »Und Gale mag sie ebenfalls.«

»Jaja. Das eine hat mit dem anderen nichts zu tun.« Sie schüttelt den Kopf. »Ich passe nur auf dich auf.«

»Das weiß ich doch«, sage ich seufzend. Und wie sie auf mich aufpasst. Seitdem ich vor acht Monaten mit den beiden Männern vor ihrer Tür stand, hat sie einen starken Beschützerinstinkt entwickelt. Cam und Zaiden haben alles verdient, was sie mit ihnen angestellt hat, aber bei den vielen Verhören hatte selbst ich irgendwann Mitleid mit ihnen. Zoe kennt keine Gnade, und im Grunde bin ich ihr verflucht dankbar dafür. Jeder braucht eine Freundin wie sie. Sie würde alles für mich stehen und liegen lassen. Deswegen nehme ich es ihr nicht übel, dass sie bisher bei jedem Mal, wo sie die Forschungsergebnisse durchgelesen hat, etwas Neues zu meckern hatte. Bis zur Veröffentlichung dauert es noch einige Wochen, von daher können Kleinigkeiten geändert werden. Zumindest hat Cam mir das versichert.

»Kapitel 15 ist übrigens mein Liebstes. Oder Paragraph 15?« Sie schüttelt den Kopf. »Kapitel ist richtig. Sind ja keine Gesetze«, beantwortet sie sich ihre eigene Frage, bevor ich etwas einwenden kann.

»Meins auch«, stimme ich mit einem Lächeln auf den Lippen zu.

Das ist das einzige Kapitel, das aus meiner Feder stammt. Dementsprechend ist es wenig wissenschaftlich, aber mindestens genauso informativ wie alle anderen. Es zeigt meine Erfahrung in dem Labor, meine Sicht der Dinge und vor allem hinterfragt es die ohnehin längst veralteten Gesetze. Ein Wandel ist dringend notwendig, und diese Veröffentlichung soll der erste Anstoß sein. Möglicherweise klingt es etwas übertrieben, doch wir wollen die Welt verändern.

»Du solltest ein Buch schreiben«, schlägt Zoe vor. »Wenn der ganze Mist mit den Gesetzen erledigt ist, könntest du es veröffentlichen und deine Erfahrungen teilen.«

»Ein Buch?« Überrascht schüttle ich den Kopf. »Dafür fehlt mir das Talent. Ich beschäftige mich mit Texten von Shakespeare und Jane Austen. In diesem Stil kann ich schlecht meine Biografie verfassen.«

»Mit Shakespeare, Austen, Hilary Mantel und wie hieß die Autorin noch, von der du so geschwärmt hast? Donna Tate?«

»Donna Tartt«, korrigiere ich.

»Stimmt, Donna Tartt. Außerdem sollst du nicht den Schreibstil von anderen übernehmen, sondern deinen eigenen finden. Das kannst du. Wissenschaftlich, wie in diesem Werk, oder auch fiktional.«

»Das ist ein guter Punkt. Einen Versuch ist es wert. Bestimmt interessiert es vor allem andere Meerjungfrauen, die keine Chance auf Kontakte haben. Man könnte auch Gruppen ins Leben rufen«, denke ich laut nach.

»Genau.« Zoe grinst begeistert. »Das wird so gut. Dann bin ich die Erste, die es liest.«

»Oh Gott. Aber sei bitte nicht so kritisch mit mir, wie du es mit den Jungs bist.« Ich sehe zum Meer, wo die drei Wasserball spielen. »Dann breche ich weinend ab.«

»Keine Sorge«, beschwichtigt sie mich. »Ich bin dein Hypemännchen und feuere dich beim Schreiben an.«

»Das ist gut. Dann überlege ich es mir.«

Obwohl es eine Schnapsidee ist, gefällt mir der Gedanke, meine Geschichte aufzuschreiben, wie ich mit dieser Seite von mir umgehe, vor und nach der Zeit im Labor. Es könnte Menschen inspirieren, kleine Mädchen, die nicht wissen, wie sie damit umgehen sollen. Selbst wenn ich es allein für mich schreibe und niemals veröffentliche, wäre das auch okay. Denn auch ich habe lange zu diesen Mädchen gehört. Damit heile ich vielleicht mein inneres Kind.

»Zehnmal ist übrigens übertrieben«, sagt Zoe irgendwann. Gedanklich habe ich bereits angefangen, das Buch zu plotten, doch sofort gehört meine Aufmerksamkeit meiner besten Freundin. »Ich bin fertig. Von mir haben sie das Go, es zu veröffentlichen.«

»Das ist zu gnädig.« Schmunzelnd schüttle ich den Kopf.

Grinsend sieht Zoe zu mir und nimmt sich selbst etwas zu trinken aus der Tasche. »Weiß ich doch.« Sie trinkt einen großen Schluck. »Das kannst du deinen beiden Kerlen gern sagen.«

»Was kann sie uns gern sagen?« Cameron schnappt sich ein Handtuch und rubbelt sich die Haare trocken, bevor er sich vorsichtig zu mir beugt um einen Kuss auf meine Stirn zudrücken. Zaiden ist da weniger elegant. Er kommt aus dem Wasser gerannt und lässt sich, nass wie er ist, neben mich aufs Handtuch fallen. Sanft zieht er mich an sich.

Erschrocken quieke ich auf und stemme meine Hände gegen seine Brust, habe bei seiner Stärke aber keine Chance. Er drückt sich eng an mich, seine nassen Haare tropfen unangenehm auf meinen Kopf, und mein Bikinioberteil färbt sich dunkelgrün.

»Zaiden«, jammere ich mit meinem besten Schmollmund, den er allerdings mit einem sanften Kuss gekonnt ignoriert.

»Ihr solltet ins Wasser kommen. Die Temperatur ist wirklich angenehm, Nixe.«

»Ach ja? Wieso bist du dann eiskalt?«

Zoe rollt schmunzelnd die Augen. Dabei hat sie meiner Meinung nach absolut kein Recht dazu. Gale ist ein Gentleman wie Cameron und trocknet sich ab, bevor er sich neben sie aufs Handtuch setzt.

»Ich hatte nur gesagt, dass ich nichts mehr zu meckern habe«, beantwortet sie Camerons Frage. Sie muss nicht einmal erwähnen, was sie damit meint. Das ist allen Anwesenden klar.

»Perfekt. Vielen Dank für diese hohe Ehre«, scherzt er und deutet eine Verbeugung an, die Zoe nur mit einem erneuten Augenrollen kommentiert. Obwohl sie hin und wieder ein wenig skeptisch ist, mag sie die beiden. Das weiß ich einfach.

Zaiden hat mich in der Zwischenzeit wieder losgelassen und war so gnädig, mir ein trockenes Handtuch umzulegen, in welches ich mich reinkuschle. Niemals bekommt er mich ins Wasser. Nicht heute. Wir haben zwar Sommer, aber ich fühle mich hier am Strand pudelwohl.

»Kommst du denn gleich mit?« Gale nimmt Zoe ihre Flasche ab, um einen Schluck zu trinken. Anstatt zu antworten, schnipst diese ihm gegen die Stirn – liebevoll natürlich – und lehnt sich zurück.

»Ihr verpasst etwas.« Zaiden zuckt mit den Schultern und zieht mich an sich. Jetzt, wo ich ein schützendes Handtuch als Barriere habe, ist es recht angenehm, sodass ich mich gern an ihn lehne.

»Meinst du? Ich habe alles, was ich brauche, genau hier.« Mit meinem Finger mache ich eine kreisende Bewegung, um zu verdeutlichen, dass ich sie alle meine. »Ich liebe dich«, flüstere ich.

»Ich liebe dich auch, kleiner Schleimer.« Mit einem frechen Grinsen auf den Lippen beugt er sich über mich, sodass ich mich ins Handtuch zurücklehnen muss, und küsst mich liebevoll.

Wahrscheinlich ist es etwas kitschig, das gebe ich zu, aber es ist die Wahrheit. Ich brauche nur das hier. Diese Menschen, die Sonne, den Strand. Vielleicht einen guten Cocktail dazu, und die Tatsache, dass wir Semesterferien haben, ist auch ganz nett. Zwar liebe ich es, zur Uni zu gehen, Pausen sind jedoch wichtig. Vor allem, weil ich im letzten halben Jahr beinahe alles aufholen konnte, was ich verpasst habe.

»Worüber denkst du nach?« Zaidens nasse Strähnen kitzeln meine Haut. Fast wie von allein hebe ich meine Hand und zeichne die Striche eines seiner Tattoos mit der Fingerspitze nach. Ein kleines Line Art einer Flosse ziert seit einigen Wochen die Innenseite seines Oberarms, und ich sage zwar, dass das verrückt ist, doch insgeheim liebe ich es. Dort passt es perfekt hin.

»Wenn ich dir das jetzt sage, wiederholst du deinen Spitznamen für mich nur«, erwidere ich schulterzuckend und strecke ihm die Zunge heraus.

»Deine gute Laune gefällt mir«, raunt er. Seine Lippen streifen meine, fahren meinen Kiefer entlang bis hin zu meinem Dekolleté. Überall, wo er mich berührt, hinterlassen sie ein angenehmes Kribbeln. »Und das hier auch.« Er umgreift mein Handgelenk, zwirbelt die Kette meines Armbandes etwas zwischen seinen Fingern.

»Ach ja? Wieso ausgerechnet das?« Obwohl ich mir die Antwort denken kann, muss ich die Frage stellen. Es ist das erste Mal seit über einem halben Jahr, dass ich es trage. Nach all dem, was im Labor und mit Rick passiert ist, fühlte es sich an meinem Körper an wie ein Fremdkörper. Als würde es dort nicht hingehören. Natürlich ist das Schwachsinn, und ich habe es mir morgens auch immer wieder angelegt, konnte es aber nie länger als fünf Minuten tragen. Heute hingegen hat es sich endlich wieder richtig angefühlt.

»Weil es zu dir gehört«, erklärt er. »Ich meine damit nicht, dass du dich verwandeln musst, um du zu sein. Es ist dieses Armband an sich. Das gehört zu dir.«

Seine Worte lösen eine angenehme Wärme in meinem

Körper aus, für die Glück das falsche Wort ist. Diese beiden Männer sind so viel mehr als das. Egal, wie holprig unser Aufeinandertreffen auch war. Zumindest müssen wir unseren Kindern nicht irgendwann erzählen, wir hätten uns auf Tinder kennengelernt. Man muss den Fokus einfach auf die Vorteile legen.

»Vielleicht schwimmen wir irgendwann zusammen, okay?« Ich drehe mich einmal zu Cameron, der dicht bei uns sitzt. Sie gehören beide an meine Seite, egal, wie man diese Beziehung nun definieren mag. Wir haben dem Ganzen keinen Namen gegeben, an die komischen Blicke haben wir uns mittlerweile gewöhnt. Es ist ungewöhnlich, keine Frage, aber es ist absolut perfekt.

»Du hast alle Zeit der Welt, Hippie«, erwidert Cameron sanft.

Ein Lächeln schleicht sich auf meine Lippen. »Ich weiß.«

»Es ist traumhaft, das verspreche ich euch. Klar, für euch ist Anouk schon jetzt die schönste Frau der Welt, aber wenn ihr sie erst einmal als Meerjungfrau seht.« Zoes Augen leuchten vor Begeisterung, meine vor Belustigung.

»Sie kennen mich mit Flosse, Zoe«, erinnere ich sie. »Schon vergessen, wie ich sie kennengelernt habe?« Mittlerweile nehme ich meine Zeit im Labor mit Humor.

»Was meinst du? Ihr – oh.« Sie haut sich mit der flachen Hand vor den Kopf. »Dann müsst ihr sie eben im Meer sehen. Das ist viel schöner als in einem langweiligen Becken.«

Zaiden räuspert sich. »Wir merken es uns«, sagt er knapp.

»Wenn wir schwimmen, ist es traumhaft«, verspreche ich und stupse ihn sanft an. Unser erstes Treffen im Meer war nicht unbedingt das Angenehmste, aber ich bin nicht nachtragend. Wir leben im Hier und Jetzt. Das möchte ich genießen.

»Wenn du das sagst, Nixe.« Seine Finger gleiten durch mein Haar, sein heißer Atem streift meine Haut.

»Unglaublich, dass ich das vergessen konnte«, nuschelt Zoe und vergräbt ihren Kopf an Gales Schulter. Dieser überspielt sein Lachen mit einem Schnauben und drückt sie sanft an sich. Er weiß, wann es besser ist, bei Zoe nichts zu sagen.

»Das zeigt bloß, dass wir endlich in eine Art Normalität ankommen.« Damit ist das Thema für mich beendet. Vorsichtig schäle ich mich unter Zaidens Körper hervor um aufzustehen. »Ich finde, wir sollten die letzte Prüfung des Semesters ordentlich feiern. Was sagt ihr?« Seit gestern bin ich fertig und Zoe hat ihre langersehnte und meistverhasste Statistikklausur heute Morgen geschrieben. Wir sind also freie Frauen.

»Wonach steht dir denn der Sinn? Reicht dir ein Tag am Strand etwa nicht, Nixe?« Wider seiner Worte steht Zaiden ebenfalls auf und legt unsere Handtücher zusammen.

»Strand ist toll, keine Frage. Doch eine Strandparty ist noch viel toller, oder nicht? Ich habe gehört, an der Beachbar hinten am Pier findet nachher eine statt.«

»Oh, wirklich?« Zoe wird direkt hellhörig, funkelt mich verschwörerisch an. »Da sollten wir hin.« Das ist meine beste Freundin, auf die ich mich immer verlassen kann. Selbst bei solchen Dingen.

Zufrieden sehe ich sie an, ein verschlagenes Grinsen auf den Lippen. »Ihr habt es gehört. Da müssen wir hin.«

Cameron steht auf und stopft sein Handtuch in die Tasche. »Wie könnten wir da bitte nein sagen?« Kurz zieht er mich an sich und küsst mich liebevoll. »Alles für unsere Kleine«, raunt er heiser und hinterlässt eine Gänsehaut auf meinem gesamten Körper.

»Dann treffen wir uns in zwei Stunden bei euch?« Gale legt seinen Arm um Zoes Schulter, die sich direkt an ihn schmiegt.

»Zwei Stunden klingen gut. Das sollten wir hinbekommen«, stimmt Zaiden zu. Er schultert unsere Tasche und gemeinsam stapfen wir durch den Sand zu seinem Auto. »Oder brauchst du länger?« Belustigung liegt in seiner Stimme, auf die ich mit einem empörten Schnaufen reagiere.

»Nicht ich brauch so lang im Bad.«

»Hm ... vielleicht sollten wir zusammen duschen? Das spart Zeit«, schlägt er lasziv vor und erhält von mir dafür einen Schlag gegen die Schulter. Das Angebot würde ich allerdings annehmen. Denn diese billige Anmache löst ein angenehmes Kribbeln zwischen meinen Beinen aus. Am liebsten würde ich mich ihm direkt hier um den Hals werfen und Cameron gleich mit dazuziehen, aber ich reiße mich zusammen. Gerade so.

Wir haben kein Ablaufdatum, haben alle Zeit der Welt.

Wir drei gegen den Rest der Welt – und gegen diese dämlichen Gesetze.

Danksagung

Als aller erstes möchte ich mich bei jedem einzelnen von euch bedanken. Danke, dass ihr "Treasured Siren" gelesen und die Story von Anouk, Cameron und Zaiden verfolgt habt.

Auch meiner Familie und meiner besten Freundin gebührt ein großes Dankeschön. Alyssa, dank unserer unzähligen Schreibsessions bin ich am Ball geblieben. Ohne dich würde es dieses Buch gar nicht geben.

Ein riesiger Dank gebührt zudem meinen Testlesern. Danke, dass ihr euch die Rohfassung angetan habt und die Geschichte mit mir zusammen aufpoliert habt. Anki, Bianca, Carina, Dani, Danni, Darja, Jennifer, Larissa, Lexi und Lexi, Manu, Ulli.

Und danke an meine Blogger, die mir schon jetzt so viele tolle Momente beschert haben, egal, ob auf Social Media, in der Gruppe oder privat. Ein besseres Team könne es nicht geben.

Weiter geht es mit der unglaublichen Gestaltung. Danke an Ann für das atemberaubende Cover samt Farbschnitt und Danke an Kevin für die Umsetzung des Farbschnittes. Dank euch beiden strahlt das Buch in wunderschönem Gewandt.

Ein großes Dankeschön gilt meiner Lektorin Sabrina, die das Beste aus meinem Buch rausgeholt hat und mit ihren Kommentaren zu den Schildkröten und Baby Haien ein Grinsen in mein Gesicht gezaubert hat...

Danke an meine Freundin Hannah, die diese wundervolle

Charakterkarte von Anouk gezeichnet hat. Sie ist absolut perfekt.

Danke an Saige für die bezaubernden Schildkröten (und Anouk), die einen riesigen Platz in meinem Herzen eingenommen haben. Lieblingstrope = Schildkrötenliebe.

Danke an Max, dass du Zaiden deine Stimme geliehen hast.

Und zum Schluss gehört das größte Dankeschön meiner unglaublichen Verlegerin: Ann. Danke, dass du Anouk und ihre Männer bei dir aufgenommen hast. Vor genau einem Jahr war dieses Buch nicht mehr als eine Idee, die ich spontan gepitcht und geschrieben habe. Du hast von Anfang an an die Idee geglaubt und ihr ein Zuhause gegeben. Danke für alles.

Bis zum nächsten Mal.
Eure Mavie

Content Notes

In diesem Buch geht es um moralisch dunkle Gesetze. Meerjungfrauen dürfen wie Tiere behandelt werden und das wird ausgenutzt: Entführung, Freiheitsberaubung, Gewalt, physische und psychische Folter, Demütigung, nicht einvernehmliche Experimente, explizite Szenen. Weitere möglich.

Sternfeder Verlag
HIER FANGEN TRÄUME AN
Du liebst Bücher? Tauchst gerne in andere Welten ab?
Schau doch mal bei uns vorbei. Bei uns findest du Bücher in den Genre:
Dark Romance
Dark Romantasy
Romantasy
Romantic Thrill
Dark Reverse Harem
Sternfeder VERLAG
In unserem neuen Adnew Verlag kannst du schon bald in wundervollen New Adult Büchern abtauchen.
www.sternfederverlag.de